U0911811

Best Time

白马时光

听话

Listen to love.

书也 著

百花洲文艺出版社
BAIHUAZHOU LITERATURE AND ART PRESS

图书在版编目（CIP）数据

听话 / 书也著 . — 南昌：百花洲文艺出版社，
2024.1
ISBN 978-7-5500-5326-7

Ⅰ . ①听… Ⅱ . ①书… Ⅲ . ①长篇小说－中国－当代
Ⅳ . ① I247.5

中国国家版本馆 CIP 数据核字（2023）第 198757 号

听话
TINGHUA

书也　著

出 版 人	陈　波
出 品 人	李国靖
责任编辑	黄文尹　曲　直　程昌敏
特约编辑	张　丝　陆珍珠
封面设计	陈　飞
版式设计	童　磊
出版发行	百花洲文艺出版社
社　　址	南昌市红谷滩区世贸路 898 号博能中心 I 期 A 座 20 楼
邮　　编	330038
经　　销	全国新华书店
印　　刷	天津融正印刷有限公司
开　　本	880mm × 1230mm　1/32
印　　张	9.5
字　　数	264 千字
版　　次	2024 年 1 月第 1 版
印　　次	2024 年 1 月第 1 次印刷
书　　号	ISBN 978-7-5500-5326-7
定　　价	49.80 元

赣版权登字：05-2023-362

版权所有，侵权必究

发行电话　0791-86895108　　　网　址　http://www.bhzwy.com

图书若有印装错误，影响阅读，可向承印厂联系调换。

目录 Contents

怯

听 话

LISTEN TO LOVE

▶ 喜欢的人近在眼前，
她好像伸手就能碰到了。

▶ **听 话**

LISTEN TO LOVE

就这个吧，

当生日礼物。

评论
分享
下载
多选

"按时吃饭，按时睡觉，好好生活，不要生病。"
"会听话。"
listen to love.

楔子

哪怕看了一万次也心动

程岁宁遇见周温宴是在 11 月的最后一天。

那天晚上 7 点的时候，实验室里的灯已经关了一大半。

实验进行得并不顺利，本来还得耗着，但那天的天气有点儿邪门儿，风一阵比一阵大，刮得窗户直响。

同门学长赵曜照常端架子，不做收尾工作打算先走。他要出门时，见程岁宁在刷瓶子，样子有点儿费劲儿，就说："试试铬酸洗液，不行就扔了，这种损耗没什么的。"

程岁宁没抬头，只"嗯"了一声，手上的动作还是没停。

孙思悦整理完数据，过来看了两眼："扔了得了，老板刚拉了个赞助，最近正大方着呢。"

程岁宁想了想也是，将瓶子放在一旁，按出洗手液，开始搓手。她有点儿洁癖，洗到皮肤微微发皱才停下。

孙思悦抽了两张纸巾递给她："食堂估计没菜了，一会儿去后街吃？"

程岁宁没什么胃口，一边收拾包，一边按亮被冷落了一下午的手机。她刚看了一眼，眉头就皱起来，微信界面上的信息一次比一次不耐烦："不了，陈越庭要等发火了。"

一听到陈越庭的名字，孙思悦立刻脸色微变，笑出声："哈，那你赶紧去，可别怠慢了陈大公子。"

这话让人听着别扭，程岁宁的眉头皱得更深，抿了抿唇倒也没说什么。

走出校门时，陈越庭的消息又来了。

陈越庭：你再不来我真要被人勾走了。

程岁宁：这个月第三次了。

陈越庭：谁让你未来婆婆不满意你。

校门口没遮挡物，程岁宁的手被冷风吹得发疼，索性就不回他的消息了。

这个点有点儿堵车，她叫的车晚了几分钟才到。陈越庭给的地址是瑰丽酒店，在二环，一路过去都是车挤车，寸步难行。

这种情况下，车内广播还在雪上加霜地说今晚有雨夹雪，让出行的市民注意安全。司机低声抱怨了几句，说昨天刚洗的车。

程岁宁早上8点就到实验室了，在里面待了一天，现在昏昏沉沉的。她被车里的暖气吹得差不多要睡着时，陈越庭的电话来了。

“到哪儿了？”

程岁宁睁开眼，看了看正前方司机师傅手机上的路程图：“还有1.8公里。”

陈越庭在那头，声音忽然低下来，笑问：“生气了？”

“没。”

她生什么气啊。

“真最后一次，我和我妈说了。”

这话说得有点儿哄人的意思。

程岁宁真没生气。她这阵子论文写得不顺，有点儿糟心。他们专业硕士毕业要求最少发表两篇核心期刊的论文，学姐说如果发表论文数量不够，后面的毕业答辩都参加不了。

她今年研二，已经开始焦虑了。

“知道了。”程岁宁的声音闷闷的，鼻音有点儿重，估计是等车时被风吹的。

陈越庭没察觉，身后有女生叫他，他随口应了一声，又对她说：“我等你。”

程岁宁“嗯”了一声，挂了电话。她靠在车窗上，看着窗外的繁华街景。

她其实不太喜欢北城，不喜欢这里的气候，不喜欢这里过快的生活节奏。当初高考后报考到这里，然后保研，一待就快六年的时间。

居然快六年了，可她为什么一点儿归属感都没有？

司机从后视镜看了她一眼，见她情绪低落，问道："小姑娘，心情不好？"

"还好。"

"没办法，晚高峰就这样。"司机师傅看她脸色不太好，以为她着急，"没事，过了这个红绿灯就通畅了，我保准用最快的速度送你过去。"

程岁宁笑了笑："谢谢师傅了。"

距离晚上 8 点还剩 3 分钟时，程岁宁才到瑰丽酒店。

程岁宁刚下车就差点儿被风吹跑。她其实不急，但手机不断振动，提醒她陈越庭很急。

她低着头裹紧羽绒服挡风，脚步加快。恍惚间，眼前好像有个人一晃而过，她下意识地回头看，可大厅里光线交错，来来往往的人衣着光鲜，全是陌生的脸。

陈越庭：人呢？

程岁宁自嘲一下，闷头进电梯。

程岁宁：马上。

陈越庭在瑰丽酒店有个常包套房，那是他们那一群纨绔子弟的基地。

程岁宁刚按下门铃，门立刻从内打开。开门的人嘴里叼着烟，见是她，连忙打招呼："嫂子，你终于来啦？"

程岁宁被烟喷了满脸，还是冲着他微微笑了一下。

房间里音响震天，酒瓶倒了一地。十来个人，男男女女都是熟面孔，有几个还出声调侃——

"嫂子来晚了罚酒啊。"

"你不在，越哥一晚上都没好脸。"

说完后又哄笑，朝她挤眉弄眼。

程岁宁看过去，陈越庭像没骨头一样窝在沙发里，身旁挨了个生面孔的女生，应该就是他妈给介绍的。他本来是低着头的，听见声音，抬头扫了程岁宁一下，然后又垂眼和身旁的女生低声说了几句话。

那女生脸色不太好，看了程岁宁一眼后，站了起来，有些不甘心地坐到旁边的沙发上。

这时，程岁宁听见陈越庭不耐烦的声音："还不过来？"

程岁宁走到他身边坐下，地方有点儿窄，彼此的身体被动地贴着。她不太适应，这时，陈越庭又低声在她耳边说："没化妆？"

语气有点儿不满。

程岁宁偏过头看了他一眼，脸色很平静。

陈越庭旁边的哥们儿见他俩的气氛不对，笑着插科打诨："嫂子不化妆也好看。"

程岁宁没出声，盯着堆得满桌的酒看。

刚刚那几个起哄要她罚酒的人，已经将酒倒好，放到了她面前。

"嫂子，一屋人等你一晚上，不罚一杯说不过去吧？"

"就是，把越哥晾在这儿，你不知道他可是唐僧肉啊！"

"我们越哥什么时候受过姑娘的气啊？"

他们越说越夸张，整个房间的人都在笑。

程岁宁的酒量其实不错，只是她今天身体不太舒服，现在还有点儿反胃。但自己确实是来晚了，这罚她得认。

刚伸手，身后的陈越庭靠了过来，替她挡下酒杯："够了啊。"

这群人最会看眼色："得，人家越哥护上了，散了散了。"

程岁宁下意识地缩了缩脖子，她明显地感觉到落在她身上的视线多了些。

陈越庭毫不在意，半搂着她说："你上点儿心，惦记我的人多着呢。"

她被房间里的烟味呛得喉咙不舒服，拿过旁边没开封的矿泉水拧开："那你去找她们。"

陈越庭反倒轻笑起来，伸手捏了捏她的脸："没良心。"

程岁宁眨了眨眼，知道他要做戏给对方看，但还是觉得不适应。她向来不太能融入这种聚会，每次来就乖乖地坐在他身边做个陪衬。

晚上8点40分时，程岁宁的手机振动了起来，是孙思悦发来的消息。

孙思悦：宁宁，你今晚还回宿舍吗？明天老板要来开早会。

程岁宁：回的。

程岁宁看了看四周，觉得差不多了，拽了一下陈越庭的衣角说："我想回去了，明天要开早会。"见陈越庭眉头皱起来，她又连忙说，"不用你送，现在还有地铁，我坐地铁就行。"

他似乎更不高兴了，不耐烦地摆摆手："要走就走，别扫兴。"

程岁宁抿了抿唇，在一众"嫂子怎么刚来就要走了"的声音中，逃了出来。

数字从高到低快速地变换，电梯里只有程岁宁一个人。她的身体这才松懈下来，吐出一口气。

走到大厅门口，外面在下雨夹雪。冰冷的夜夹着潮湿的水汽，风一吹就冻得人发抖。

程岁宁裹紧羽绒服，低头走出酒店大厅的旋转门。手指一直在切换叫车软件和导航软件，她犹豫着是叫车还是直接去地铁站。

她没注意到，隔了层玻璃墙，一行人正簇拥着一个男人。周围的人殷勤地和他搭话，但他没什么耐心，明明是主角，却游离在外，视线有一搭没一搭地看过来。

等了5分钟，打车软件上那一行"等待27位，预计56分钟"的红色加粗的字依旧没变。

程岁宁无声地叹气，在心里安慰自己，雨好像也小了点儿，而且这里离地铁站只有十几米。就地铁吧，还不堵车，总比待在这儿死等强。

她从包里翻出耳机，播放她最喜欢的音乐。刚准备冲出去，雨夹雪迎面而来。

就在这一秒，她的手腕忽然被人抓住了，耳机也连带着被拽了下来，音乐声戛然而止。

她的耳边响起一道男声。

“伞。”

与此同时，她的手心被塞进了一把伞——一把一看就价值不菲的黑伞。

程岁宁一怔，下意识地回头看了过去。

屋檐下光线浮浮沉沉，叫人看不清楚男人的脸，只能看见大致轮廓。

即便如此，她还是一眼就认出了这个男人。她在心里不由自主地默念一个名字，然后悲哀地发现，有的人哪怕看了一万次也心动。

男人看了一眼外头呼啸的雨夹雪，对她说：“撑伞，别淋雨。”

“越哥，外面好像下雨了。”

“雨个屁，那叫雨夹雪。”

“一个意思，嫂子刚刚来的时候好像没带伞。”

陈越庭抬眸看了一眼窗户上的雨珠，迟疑了两秒，把手里的烟摁灭，拿起手机和外套往外走。

关门时，后面的人瞎起哄：“越哥，女人可不能这么哄，不然没地位。”

他嗤笑了一声没搭理，低头给程岁宁发了两条信息。她没回，他刚要打电话，就看到了这一幕——

瑰丽酒店的冷香灰调景观墙前，站了一对男女。女生的眼尾红得吓人，眼泪在眼眶里打转，委屈到不行地盯着男人看，像是在上演什么狗血的剧情。

陈越庭本想离开，最后却大跨步走过去，搂住程岁宁的腰：“怎么了？”

程岁宁低下头，说不出话。

陈越庭低声道：“都说了是最后一次，你别生我气了。”

她无声地点点头。

他的车时机恰好地开过来，陈越庭搂着程岁宁上车，关车门之前，他看了一眼那个男人。

“您认识那个程岁宁？”

梁川见周温宴扔下一众人，专门给一个小姑娘送伞。他觉得奇怪，但转念想想，周温宴这人好像是挺绅士的。

周温宴的目光转向梁川：“你认识？”

“北城圈子里谁不认识程岁宁？”梁川心思活络，见周温宴没打断，连忙殷勤地将知道的都说了出来，“刚刚那个男的叫陈越庭，是陈家的小儿子。两三年前吧，陈越庭交了个女朋友，就是程岁宁。那叫一个迷啊，陈家人不同意，三天两头地棒打鸳鸯。”

他说完静静地看向周温宴，只见过了几秒，周温宴的眸子抬起来：“两年前还是三年前？”

梁川有点儿犯难：“这我不知道具体的，不过就看陈越庭那在乎劲儿，我感觉是分不了。这程岁宁真的不简单，听说当年是以高考状元的身份进入京大的，人漂亮又聪明，真是处处拔尖儿。但拔尖儿有什么用呢，陈家见多了，人家只要门当户对。”

陈越庭的车已经没踪影了，周温宴的视线还落在那个位置。他没再出声，手指转了转无名指上的戒指。

梁川有点儿紧张，他咽了咽口水，眼角的余光又去小心地打量这个刚回国的周温宴。

周温宴这个人气质偏冷，仿佛和初冬的雨雪夜融为一体。他很高，仪态很好，虽然状态有些松懈，但任谁看着都感觉很金贵。

之前只听说这位爷深不见底，脾气、秉性都摸不透。周温宴今天回北城，梁川主动跟着江叙去接机，想借机刷个脸。

现在周温宴不说话，刚刚围着他的那群人还被扔在大厅内，梁川也不敢贸然继续搭讪。之前在车里，在江叙的介绍下，周温宴只象征性地看了自己一眼。说起来，刚刚还是周温宴主动和自己说的第一句话，却是因为程岁宁。

梁川正琢磨程岁宁和周温宴的关系，江叙终于回来了。江叙看了一眼周温宴，才瞥向梁川。

江叙的语调有些受宠若惊：“怎么都站在这儿吹风不进去？不会是在等我吧？”

梁川连忙主动答：“碰到陈越庭和程岁宁了。”

江叙的眼尾挑起来，有些玩味地看向周温宴：“够有缘分的，一回来就遇到了。”

梁川嗅到了八卦的气息，可等了半晌，周温宴也没什么反应。

他们今晚在瑰丽酒店给周温宴办了个接风宴，大大小小的人物都削尖了脑袋要钻进来。只是被众星捧月的周温宴好像没什么兴致，只默默地喝着酒。

没人敢招他，大家只能互相使眼色，让场面保持着热闹和谐。

江叙是他的大学同学，关系更近一点儿。他往周温宴身旁一坐，说：“不是你甩的人家吗？现在见到小姑娘身边有人，你还不得劲儿啊？”

周温宴靠在椅子上，漫不经心地拿着打火机转了转，没说话。

江叙盯着他的脸色：“你不会真还惦记着吧？”

周温宴笑：“要是真的呢？”

“您就歇着吧，放小姑娘一条生路。再说都两年多了，她身边也有人，还记得您是哪位啊？”

周温宴的姿态里透着一种散漫，他不置可否地问：“陈家什么态度？”

江叙话里有话：“你家什么态度他家就什么态度。”

周温宴蓦然顿住，好半晌，又低头自嘲地轻笑一声。

陈越庭将车停在程岁宁的宿舍楼下，车没熄火，暖气徐徐在吹。

安静了一路，到这个时候，是陈越庭先开的口：“就是他？”

程岁宁愣了一下，低声说：“嗯。”

陈越庭半眯起眼，现在回想才觉得那男人眼熟，他试探地问："周温宴？"

程岁宁微微偏过头，没出声。

陈越庭的舌尖抵了抵腮，觉得好笑："程岁宁，你还真敢想。"

程岁宁拿起包，准备下车。指尖刚碰到车门，就响起锁门的声音，她又安静下来，等他的话。

"你不会是要踹我吧？"

"不会。"程岁宁转头看他，"咱俩又不是真的，你这么问无不无聊？"

陈越庭脸色一变："下去。"

程岁宁拉开车门，快步往宿舍楼里钻。

打开宿舍门，孙思悦在窗边站着，回头看她："陈越庭的车还在楼下呢。"

程岁宁"嗯"了一声，没去看，拿着睡衣就往卫生间钻。

洗完澡出来，孙思悦已经上床了。程岁宁见她好像已经睡了，就没用电吹风，只用浴巾擦了擦头发。

京大的宿舍楼太老，暖气不太管事，研究生宿舍的条件会好一点儿，但也没多暖和。她擦干头发上的水汽，坐在书桌前，还是觉得冻得头疼，又拿了条围巾围着。

程岁宁的书桌上有一个文件袋，平时她很少拿出来看。文件袋里面收集了全国各地的报纸，内容都不同，唯一相同的是出版日期都是同一年的 1 月 19 日。

这是一份没有送出去的生日礼物，那年她满怀少女心事，做过最傻的事之一就是去收集出版日期是心上人出生日期的报纸。

"你还不睡吗？明天要开会。"孙思悦的声音从上方传来。

程岁宁翻着报纸的手一顿："是光晃到你了吗？"

宿舍里的灯已经关了，只留了一盏护眼台灯。孙思悦抱着被子看向她："没有，你今天去晚了？和陈越庭吵架了？"

"没。"

“我感觉你们俩今晚的气氛不对。”

程岁宁没接话，她不太喜欢讨论自己的感情生活。

但拦不住别人好奇，孙思悦挺不明白为什么程岁宁和陈越庭能在一起。两个人天差地别，就算程岁宁长得好看，但在京大好看的又何止程岁宁一人？她觉得从家世上看，程岁宁配不上陈越庭，虽然程岁宁年年都拿国奖、绩点第一，但和陈越庭比，也不过是个从普通家庭出来的灰姑娘。

陈越庭是隔壁经管的研究生，和她们同届。重要的是他的家世背景，就是在藏龙卧虎的京大也能排得上前三。

“宁宁，我记得你本科就是京大的，你和陈越庭是读本科时就在一起的吗？”

“不是。”

孙思悦惊讶：“啊？你不是说你的初恋……”

程岁宁将报纸放回原位：“不是陈越庭。”

孙思悦还想问什么，程岁宁的手机响了，正是陈越庭的来电。

他的车还停在宿舍楼下。刚刚他在发小群里问了一圈周温宴的事，现在琢磨出点儿劲儿来：“下来。”

程岁宁有点儿累了：“门禁时间马上到了。”

陈越庭说了一句：“别以为我不住校就不知道，京大宿舍压根儿就没门禁。”

程岁宁抿了抿唇：“电话里不能说吗？”

“你当初答应我那么爽快，是不是拿我当替身哪？”

程岁宁沉默了两秒。

“你可真行啊。”陈越庭哼笑了一声，“那现在呢，你打算……”

她打断陈越庭：“我已经不喜欢他了。”

陈越庭刚想说“放屁”，程岁宁的声音又响起了：“有些事情经历一次就够了。”

这次轮到他沉默了许久。

楼下的车终于走了。

虽然孙思悦只听了一面之词，但她已经脑补了所有的起因和经过。她多看了程岁宁几眼，想说什么，见对方脸色不好，又没说。

第二天一早开会，讨论实验上出现的问题，该困难的还是困难，并没有得到实质性的解决。

程岁宁的导师叫柏清原，他很忙，带了十几个学生，还在外面开了个公司。柏清原匆忙地开了个会，交代了句“不懂的多问师哥、师姐”就急匆匆地走了。

实验室里的同门们抱怨了几句，又都按部就班地开始工作。

程岁宁对着电脑分析数据，觉得有哪里不对劲儿，但一时又分析不出，心情很糟。

到了中午，孙思悦提议：“今天去三食堂吃吧，听说新出的那个瓦罐汤特别好喝。”

实验室里几个人都没意见。

三食堂离他们比较远，一路上大家都在闲聊。一个叫许潇的研一学妹，暗恋的人结婚了，正在心酸地感叹自己的单相思：“暗恋真的太苦了，最苦的就是你在那儿伤春悲秋，人家根本就不知道。”

孙思悦话锋一转，问程岁宁：“宁宁，你经历过吗？”

许潇说：“宁宁肯定没，她是大学霸，又是大美女，哪里需要暗恋。”

程岁宁却说：“有。有一年春游，我给全班四十个人都做了两份不同口味的小蛋糕。我怕他不要，专门请了和他相熟的女生拿给他。他拿到后看了我一眼，那是他第一次正眼看我。”

许潇“啊”了一声：“听起来是有点儿心酸。”

程岁宁平静道：“后来我和他都考上京大，我还特意选了和他一样的选修。”

“那你们在一起了吗？”

“谈过，分了。”

这时，有人忽然问：“啊？不是陈越庭啊？”

气氛突然变得有些尴尬。

“不是。”程岁宁想再说些什么，一抬头就看见了在三食堂里的周温宴。

别人也看见了他，刚才在聊的话题立刻被抛之脑后。

“那是周温宴吗？副校长和法学院院长也在他身边。”

“献殷勤呗，他本科是京大法学院的，难得回一趟母校，不得过来刷刷存在感。”

许潇和孙思悦本科都不是京大的，对周温宴十分好奇。赵曜虽然也不是，但在京大读硕博，和周温宴有重叠的在校时间。

许潇问：“我看论坛上每次扒他都会被删帖，到底什么背景啊？这么讳莫如深。”

赵曜摇了摇头：“我也不清楚，传闻太多了。”

许潇叹了一口气，孙思悦问：“他真的去了国外读 LLM[1]？也太牛了吧。”

赵曜说：“这是真的。”

程岁宁一直没说话，她端着盘子，跟着坐了下来。孙思悦和许潇一直往周温宴那桌的方向看，实时转播他在做什么。

副校长和法学院院长坐在周温宴对面，一直在和他说话。

周围的人都在小声议论，有说他长得好看的，有说他学历牛的，还有在隐晦地讨论他的家庭背景的。

孙思悦忽然抵了一下她的胳膊：“宁宁，你怎么不说话？”

程岁宁恰好抬眸，视线与周温宴的撞到一起，她连忙低下头：“没什么兴趣。”

赵曜突然想起来什么：“宁宁，你本科不就是京大的吗？你是不是和周温宴同届？我之前听说，他有个女朋友就是我们学院的，你知道是谁吗？”

程岁宁摇摇头，语气很平常：“不清楚。”

1 LLM：法学硕士。

赵曜可惜地“哦”了一声。

孙思悦的眼珠一转，看了程岁宁一眼。

许潇的好奇心被勾了起来：“女朋友？还在一起吗？”

赵曜说：“好像分了，应该是周温宴出国那段时间分的吧。”

程岁宁吃完了，跟着同伴起身往食堂外走。

这边，丁院长问周温宴回国后有什么打算。周温宴收回落在程岁宁身上的目光：“暂时还没定。”

“也是，不急，先看看。”

下一秒，见周温宴站起来，丁院长问：“要走了吗？”

周温宴“嗯”了一声，跟副校长、法学院院长分别握手告辞：“这次过来谢谢招待了，之后还有别的事情要忙。”

周温宴说完便离开了，路过程岁宁他们那桌时，周围的女生反应都挺大。只有程岁宁脸色平静，完全没有看他。

食堂门口，陈越庭不知何时出现了，程岁宁朝他招了招手，笑着走到他面前。

周温宴看着他们并肩离开的背影，心像是一瞬间被抽空，酸涩溢满。

这一刻，他终于有了程岁宁不属于他的真实感。

她是真的不属于他了。

第一章

我喜欢听话的

时间回到大一，那年程岁宁 18 岁。

她入学时引起过轰动，因为省状元的身份。但京大的天之骄子实在太多，她很快就淹没在芸芸众生里。

军训结束那天天气雾蒙蒙的，高温让人很压抑。傍晚时分，程岁宁从外面回来，手里拎着帮室友带的晚饭。

到宿舍门口，隔壁宿舍的孟雅瑜走了出来。她穿着细肩带纱裙，长卷发披肩，一看就是约会的装扮。

程岁宁和她不熟，浅笑了一下当作打招呼。

她看了程岁宁一眼，继续和电话那头撒娇，声音又嗲又糯："每次都是我去找你，你就不能主动一下吗？"

那头的男生说了什么程岁宁不知道，但耳边孟雅瑜的声音变得更甜了："好吧，那你亲我一下我就原谅你。"

程岁宁笑笑，觉得恋爱中的少女真美好。她拧开门把手，走了进去。

孟雅瑜明明已经走远，声音却忽然飘了过来："就一下，阿宴。"

阿宴？程岁宁下意识地一怔，脑海里自动浮现出一张脸。

室友沈宜接过她手里的一堆打包盒，见她不动，奇怪地看了她一眼："怎么了？"

程岁宁压下心里的酸涩，摇摇头。

怎么可能是他呢？就算是他又怎么样呢？

另一个室友温瑶从床上爬下来，打开麻辣烫吃了两口开始老生常谈："隔壁传媒学院的孟雅瑜又去约会了，人家怎么刚进大学就能找到男朋友？而我辛辛苦苦考上京大，选了个男女比例悬殊的工科，居然还是脱不了单。”

沈宜笑出声：“孟雅瑜可是新闻系系花，别的不说，我们这专业就不吃香。”

他们是工科实验班，在京大挺特殊的，学的是交叉整合学科，又杂又累。能入选这个专业，分数又能够进来的，都是凤毛麟角。这一个班三十人，一共就四个女生，正好一个宿舍。

温瑶瞪了她一眼，目光移向正拿着衣服准备去卫生间洗澡的程岁宁。程岁宁一个下午都在外面做家教，被高温烤得一身汗，她回到宿舍后将外面的防晒衫脱了，现在只剩一件吊带贴在身上。

宿舍里空调冷风徐徐吹着，少女随意用发夹夹着长发，有几缕粘在她的脖颈上，嫩白的肌肤上带着微微的红。

温瑶下意识地说：“孟雅瑜也就是会打扮，光就外表长相来说，还是咱们宁宁好看。”

不仅好看，程岁宁还有一种很特别的气质，温婉又乖巧。

沈宜也表示同意：“皮肤也好，又白又嫩的，也不知道怎么养出来的。”

程岁宁脸皮薄，被调侃得脸红了，连忙钻进卫生间。

她花 15 分钟冲了个澡，换了身衣服，头发都不吹又往外走。

沈宜纳闷儿：“你不是刚做完家教回来吗？又去哪里？”

“老宋找我。”

老宋是他们的辅导员。

沈宜的眉头皱起来：“你赶紧把那个辅导员助理给辞了，一个月就 500 元，他简直把你当廉价劳动力在用。”

程岁宁自然也知道：“但是勤工俭学的项目不多。”

见她走了，温瑶才小声嘟囔：“宁宁为什么这么缺钱啊？”

沈宜摇摇头：“每个人都有难言之隐吧。”

教师办公室在三楼，靠近西门。程岁宁到的时候，老宋着急出去，他做完工作就走了，还不忘叮嘱："这个不急，这几天做好就行了，晚上早点儿回去。"

程岁宁点点头，其实老宋人还可以，今天找她来只是帮忙统计新生资料。

这是间大办公室，里面放了八张桌子，本来还有个老师也在，后来上课时间到了那位老师就走了，只剩下程岁宁一个人。

她专心地对着电脑工作，眼睛开始发酸后就撑着下巴看向窗外。

对面那栋是明德法学楼，有不少教室还亮着灯。

程岁宁不知想到了什么，忽然鬼迷心窍起来。她在这一届全校的新生名单里一个个找，第一遍没找到，她不甘心又找了第二遍。也不知道在执着什么，连天黑透了都没发现。

还是沈宜打电话来和她说要查寝了，她才心虚地关了电脑，往宿舍走。

京大的校园在北城的名校里不算大，校内景观也一般。现在已经是夏天的尾巴了，虽然白天热得发慌，但到了晚上还是有些凉意，风一吹，树叶悠然落下，在幽静的小路铺了浅浅一层落叶。

程岁宁下意识地将北城和自己的老家苏州比，此时的苏州，满座城市应该都飘满桂花香。她正漫无边际地想着，突然耳边传来一道又黏又糯的撒娇声——

"你一次都没有主动联系过我。"

晚上在校园里约会的情侣不在少数，程岁宁一开始没在意，眼角的余光瞥到那有些熟悉的裙角，才抬眼看过去。

他们俩就在明德楼下的一个角落里，那里没灯，光线很暗。男生的半个身子都匿在阴影里，隐隐约约能看出他个子很高，穿了件黑色的短袖。他很懒散，没骨头一样靠在墙上，嘴里还咬着一根烟，拿着打火机在手心把玩。火光忽明忽灭的，那模样看起来有点儿痞。

孟雅瑜靠在他怀里，红着脸一直在撒娇。

男生的态度冷淡，孟雅瑜说十句他才回几个字，注意力都在手里亮着的手机上。

孟雅瑜眼尖，看到了他最新收到的一条消息，不满道：“那个英语系的姜好好怎么还缠着你给你发消息啊？”

他没搭话，微眯着眼扫了一下那条消息，没回。但对方很执着，连续发了好几条。

他懒懒地看着，过了几秒，大概是被烦得没耐心了，才敷衍地回了一个字过去。

孟雅瑜咬了咬唇，心里发酸：“她是不是在追你？”

他淡笑一声，带着几分随性，不太在意地说：“大概吧。”

女朋友在身边还能这么理直气壮地和别的女生玩暧昧，是个人都忍不了。孟雅瑜果然开始发脾气了：“你到底喜不喜欢我，你这样算我男朋友吗？我们不如分手好了。”

一般女孩儿说这种话，就是想让男朋友哄哄她，根本不是想分手。更何况只要长眼睛的都看得出，孟雅瑜很喜欢他。

但气氛沉寂了两秒，他咬着烟不咸不淡地“嗯”了一声：“随你。”

漫不经心的口吻里全然是不在乎。

孟雅瑜的眼眶红了，盯着看了他几秒，态度又软化下来，猛地上去抱住他的腰：“对不起，我刚刚闹小脾气的，我才不会和你分手，我都喜欢死你了。”说完她踮起脚去亲他，可他太高了，头都不低一下，孟雅瑜的唇只碰到了他的下巴。

见他还没反应，孟雅瑜有点儿着急，将头窝在他脖子那儿：“真的，我以后再也不乱吃醋了，你别生气。”

他挑眉，笑着伸手安抚性地捏了捏孟雅瑜的后颈，但态度一如既往地随意，一点儿真心都没有：“我喜欢听话的。”

孟雅瑜急切地说：“我保证听话。”

程岁宁收回目光，脚步更快地往宿舍走。不知是天太黑，还是她心头思绪太杂乱，没看清脚下，被石头绊倒摔在地上。

估计是破皮了，膝盖很疼，她愣是在地上缓了好一会儿才站起来。

回到宿舍，沈宜看到她这模样吓了一跳：“你是在路上被人打劫了吗？”

程岁宁摇摇头，一边找创可贴和消毒水，一边说：“没看清路摔的。”

“你可真行。”沈宜拿过消毒水弯腰帮她处理。程岁宁膝盖上的伤口挺大的，消毒水碰到肌肤的时候，沈宜明显感觉到她的身体颤抖了一下。可沈宜抬头看向程岁宁的脸，她又好像一点儿反应都没有，整个处理过程中，她一句疼都没喊。

沈宜忽然觉得，程岁宁虽然看起来瘦瘦小小的又乖又软，其实性格很倔，内心也很强大。

沈宜想程岁宁可能是因为最近太忙，一个没注意给自己磕伤了，于是说：“你也别死心眼儿，老宋那工作能糊弄就糊弄。”

沈宜刚说完，宿舍的走廊上忽然热闹起来。女生们交头接耳，过了会儿窗外也开始热闹了。

温瑶拿着手机从床上下来，跑到窗户边：“我的天，是周温宴。周温宴送孟雅瑜回来的。”

孟雅瑜知道整栋宿舍楼的人都在看着他们，她握紧周温宴的手腕说：“你回去能跟我视频通话吗？”

周温宴的声音懒懒的：“今晚不行。”

孟雅瑜的眼睛亮了起来：“那明晚呢？”

“再说吧。”

孟雅瑜今天的目的已经达到了，女生们看他们的目光让她的虚荣心得到了大大的满足，于是她也就不为难周温宴了。

“那好吧。”她又拉着他的衣摆，指了指自己的脸，“要晚安吻。”

周温宴垂着眸，没动。

孟雅瑜没强求，惋惜地说：“好吧。”然后才红着脸一步三回头地往宿舍楼里走。

沈宜也走到温瑶身边，往楼下看：“孟雅瑜刚才整个人都要挂到周温宴身上了。”

温瑶说："要是周温宴是我男朋友，我也想挂在他身上不下来。"

程岁宁一瘸一拐地走了过来。

楼下本来已经转身离开的周温宴，不知为何忽然回头，抬眸往上看了看。他的眼睛很亮，四周的路灯似乎都因此显得暗淡。

程岁宁这次终于看清了他的脸。

他皮肤冷白，身材高瘦，下颌线和喉结格外好看。此刻他站在楼下，整个人透着一股散漫，气质却是干净的。

夜风来了，周温宴的黑发被吹得有些乱，他不知道看到了什么，忽然微眯了眯眼。

程岁宁突然听见隔壁宿舍有声音传来："孟雅瑜，你快过来，周温宴还在楼下看你呢。"

程岁宁垂下眸，回到床上。

过了会儿，楼下的周温宴走了。

就在程岁宁消失在他视线里的那一秒。

那晚女生宿舍楼热闹了很久才安静下来。

温瑶在床上翻来覆去睡不着，把睡在她隔壁的沈宜也吵醒了。

沈宜打着哈欠问："怎么了？"

温瑶的声音闷闷的："想到我高中时候暗恋的男生，和周温宴有点儿像，现在酸得睡不着了。"她只是想倾诉，也不管沈宜有没有回应，继续说，"高考后吃散伙饭那天，我跟他告白，他拒绝了我。"

另一边的程岁宁突然睁开眼睛，看着天花板，莫名地，她的整颗心好像被泡进水里，又酸又胀的。

不知是温瑶的声音太可怜，还是今晚看见了周温宴的缘故，她脑海里总浮现出高中时的情景。周温宴是高三时转来苏州的，因为他的原学籍在这里，得回来高考。来了这么一个大帅哥，那天班上的女生都很亢奋，不出一个课间，他的名字就传遍了校园。

程岁宁的同桌不知从哪里弄来他的微信号，还十分有分享精神地问她要不要。她也不知道自己当时怎么想的，鬼使神差地点了点头，同桌回了个“我懂”的眼神，然后将字条塞给她。

说来可笑，她像做了错事一样，特别忐忑不安地用笔抄下了那串数字，然后怀着欣喜又紧张的心情将那张字条小心地夹进书里。

之后的无数个夜晚，每当写卷子写累了，她就会把那张写了周温宴微信号的字条拿出来看看。然而，那张字条从平整到发皱，字迹从清楚到模糊，她都没鼓起勇气去加他。

周温宴不知道她喜欢他，更不知道她搜过这串数字无数遍。

“不行我们就换，男人还不多的是，他拒绝你说明他没眼光。”

沈宜忍着困意安慰温瑶，然而情况更糟了，温瑶开始小声地啜泣。

一直安静的程岁宁忽然开口：“喜欢一个人能告诉他，你已经很勇敢了。”

温瑶鼻音很重地“啊”了一声：“宁宁，你也没睡着吗？”

“嗯。”程岁宁抱住被子，想着曾经的自己，又轻声说，“瑶瑶，如果不能得偿所愿地和喜欢的那个人在一起也没关系，你记住你喜欢他时的那份心动就好了。”

温瑶沉默了好一会儿，似乎被她说得心情好了点儿。

沈宜连忙说：“都睡吧，明天早上 8 点还有课呢。”

黑漆漆的宿舍里终于静了下来，只有空调的冷气在吹。

室友们都睡了后，程岁宁反而失眠了，昏昏沉沉的到凌晨 2 点她才勉强睡着，可梦里辗转反侧都是一个人。那个人一直在问她一个问题：为什么不告诉他，她喜欢他？

第二天一上午的课都是在实验楼上，从这个实验室移到那个实验室。课程进度快，东西讲得杂，程岁宁的脑子被强塞进一堆知识点。好在她下午有一节校级选修课，上起来不会太费脑子。

程岁宁上学以来，一直是老师不用担心的那种乖学生。她上课早到，提早预习，作业永远是范本，成绩从来不会跌落前三。以至于她到了大学还保持着这种习惯，提早十分钟就到了教室。

教室里没什么人，她索性将上午没写完的实验笔记拿出来继续写。

教室里的人慢慢变多，说话声越来越嘈杂，引起骚动的那个瞬间，程岁宁才抬眼。

从门口进来的是周温宴，他穿着黑色短袖和牛仔裤，上衣有些皱，整个人看起来没什么精神。他没在意教室里那些看他的目光，应该说他根本就没抬头，只是边走边打电话，径直走到最后一排坐下来。

上一秒还喧闹的教室又神奇地静了下来，程岁宁和他隔得有些远，都能隐隐约约听到他的声音。

“在上课。”下一句，他就不耐烦起来，“随你，挂了。”

有女生大着胆子坐到他附近，一瞬不瞬地盯着他看。

周温宴将手机扔在桌子上，身体往后散漫地靠在椅子上。过了好一会儿，像刚发现似的，抬眸看了那女生一眼，便懒懒地收回了视线。

“能加一下好友吗？”女生问。

他哼笑一声，漫不经心地又抬起眼扫了她一下，声音低低沉沉的：“看上我了？”

女生的眼睛更亮，看他的眼神简直是势在必得：“对啊，看上了。”

周温宴的态度反而变得冷淡起来：“可我有女朋友。”

他说完，教室里看好戏的同学憋不住，发出了笑声，甚至有人说：“别惦记了，人家都有女朋友了，现在老实着呢。”

周温宴勾着笑漫不经心地点头。

那女生还打算说什么，这节课的老师来了，站在讲台上用书抵了抵桌子。

好学生程岁宁垂下眼合上笔记，看向老师。

这节校级选修课是电影赏析，老师说了句“看电影，下课交影评”后，就在投影屏幕上放起了短片。

程岁宁看起来十分专心，其实心思早就不在电影上，她身后有几个女生一直不停地在讨论周温宴。

“你说周温宴刚刚那话是因为对女朋友专一还是根本就不在乎啊？”

“应该是专一吧，反正我听着心碎又心动。”

程岁宁握着笔，思绪却更难集中。好不容易浑浑噩噩地上完课，程岁宁居然被老师拉住，让她做课代表，收下课堂作业。

“课代表。”有人叫她。

程岁宁看过去，那人将手里的影评给她，转头看到什么，又和她说：“周温宴好像睡着了。”

程岁宁一愣，抬头看过去。

周温宴睁开眼时，橘色的晚霞映照在窗边，光就这么落在他的侧脸上。

程岁宁站在一米外，抱着书和一叠纸正看着他，忽然和他对上了视线。错愕的表情来不及收起，她连忙低下头。

周温宴一开始没看清她是谁，过了两秒搓了几下脸，眼睛半眯起来：“怎么是你？”

程岁宁的心突然狂跳了一下，没去思考他以为在这里的会是谁，尽可能自然地说：“刚刚的课堂作业要交一下。”

周温宴从短片开播时就睡着了，现在压在掌心下的纸上一片空白。

他单手撑着下巴，显然是没睡好，眼皮还耷拉着，一时没回她，伸手去摸口袋里的烟盒。烟蒂都咬在嘴里了，忽然又看了她一眼，将烟放了回去，又颓又倦地抓了抓头发。过了五六秒，这次他像是反应过来了，语速缓慢：“你是课代表？”

她点了点头：“嗯。”

周温宴忽然笑出声：“叫什么？”

“程岁宁。”

他的目光从手机屏幕上缓缓移开，又在笑：“我是问刚才课上放的视频叫什么。”

程岁宁的脸红了：“《自杀热线》，得过奥斯卡最佳真人短片奖。”

他点点头，随口点评：“认真听讲的好学生。”

程岁宁抱着书的手收紧，感觉自己脸上的温度更高了些。她看见他按了按手机，随便在网上找了一篇影评，随后眼睛扫了扫干净的桌面，下一秒斜挑起眼又看向她。

好像是天生的默契一样，她很自然地就将手里的笔递给他。

周温宴微微挑眉，伸手接过。

接下来的 5 分钟里，程岁宁静静地看着他明目张胆地抄写。他的手指很好看，拿笔的姿势也好看。周温宴写得很快，字迹有些潦草，但并不难认，看字形结构是基本功很好的行书。

他抄完影评，最后才写上自己的名字，程岁宁看着那恣意嚣张的三个字，下意识地读了出来："周温宴。"

周温宴抬手按了按酸软的脖子，懒懒地歪过脑袋，对她说："知道我啊？"

周温宴靠得有点儿近，他身上淡淡的薄荷烟草味漫了过来。程岁宁觉得有点儿难熬，不动声色地避开他的视线，在心里自动回了一句：他们高三同班一年，怎么会不知道？

但她不好回答，只能含糊地"嗯"了一声，就抱着作业和书走了。

出门时程岁宁看见了孟雅瑜。孟雅瑜今天换了条短裙，细白的长腿露在空气里。擦肩而过时，程岁宁闻到了她身上的玫瑰香水味。

孟雅瑜没看见程岁宁，她所有的注意力都在程岁宁身后的那个人身上。

她跑过去黏着要抱他："你怎么这么慢呀？"

"写作业。"周温宴的声音还有些哑，也不知道是起床气没散，还是不太耐烦这种天气她靠得那么近，"松开，热。"

孟雅瑜才不放，就要黏着他，还不停地娇声抱怨："我才热，我在楼下等了你好久，都没空调。"

周温宴没出声。

她又说："一会儿我们去哪儿玩啊？我想去几家网红店。"

"回宿舍睡觉。"

听到他们的对话，程岁宁的心情还算平静，她像个路过的陌生同学一样离开了。

她以为那是那天她和周温宴仅有一次的遇见。

晚上9点，学生广场里正热闹。

本来说要在宿舍睡觉的人，出现在一家清吧前。

周温宴还是穿着下午那身衣服，他身旁站了几个男生，看模样像是学生。他漫不经心地咬着烟，低头在听他们说话。没一会儿，孟雅瑜从里面走出来找他，黏糊糊地又往他身上挂。

他脸色很淡，伸手搂住她的腰，算是在哄。

旁边的男生们被秀到，表情十分精彩，怪叫着、笑着调侃他：“系花啊，你够可以的啊。”

他挑眉吐出烟雾，恣意放纵：“这就羡慕了？”

程岁宁本来是拎着饭要走的。可就在这一秒，他忽然抬眸看了过来，闷热昏暗的夏夜里，男生的肤色冷白，下颌线条凌厉，眼睛漆黑，看她的眼神让人捉摸不透。

她一怔，刚要抬脚，他不知为何，唇角勾起对她笑了一下。

程岁宁鬼迷心窍地愣在原地，下一秒心跳声大如擂鼓，整颗心又酸又胀。

等她意识到什么，周温宴已经走进清吧里。

程岁宁觉得自己暴露了什么秘密，慌张又忐忑。身后人潮汹涌，耳边人声嘈杂，她指尖发颤，脑子里还在不可救药地反复播放着他那个笑容。

程岁宁想，一定是他笑得太好看了，才让她心甘情愿地出卖了藏了那么久的心动。

“你刚刚在外面笑什么？”

江叙觉得周温宴那个笑绝对是故意的，他平时只对看对眼的小姑娘这样。

“喝多了。”周温宴疲惫地抓了抓头发，看起来真挺没精神的，“先走了。”

江叙正在兴头上，不太情愿周温宴走，他走了姑娘就少了：“这才几点，你回去干吗？”

“赶作业，不然明天你上。”

江叙想到明天的专业课，立马赶他：“走走走，赶紧回去写。”

看到在台上唱歌的孟雅瑜，江叙又问：“那系花怎么办？”

周温宴说：“你送她回宿舍。”

江叙坏笑起来：“你就不怕我……”

周温宴没搭理他。

孟雅瑜回来时没看见周温宴，脸色立马沉了下来。一听江叙说周温宴回去写作业了，她发脾气道：“他有什么作业要写？家里不是都给打点好了吗？”

江叙的脸色也不好看起来：“你这话什么意思？”

周温宴这人再浑，也是凭自己的真才实学考上的京大分数最高之一的法学院。

孟雅瑜推开清吧的门：“不用你送！”

“孟雅瑜和周温宴估计要分了，孟雅瑜哭得可伤心了。”

温瑶刚从隔壁宿舍回来，带回来了热腾腾的一手消息。程岁宁刚洗好衣服出来，就听到了这个八卦。

沈宜问：“因为什么啊？”

“我分析啊，是孟雅瑜把周温宴看得太紧了，只要没课就缠着周温宴，估计周温宴烦了。”

沈宜咂了咂嘴，倒是能理解孟雅瑜：“和周温宴那种男生在一起怎么可能有安全感。”

程岁宁安静地听着，没说话，心里却想着今晚看到的情景，那两个人怎么都不像是要分手的样子。

宿舍门突然被打开，她们另一个缺席了军训和快一周课的室友倪明苒拎着行李箱走了进来。

宿舍里立马安静下来，倪明苒没和她们打招呼，把东西放好就出去了，全程没超过5分钟。

温瑶撇撇嘴："好冷漠啊，听说她好像要转专业了。"

"也正常吧。咱们这个专业听着不错——工科实验班航天航空方向，但其实就是和一堆枯燥的数据打交道，真正能成为优秀的航天工程师的只有极个别人。"

这时，程岁宁小声地插话："我会成为的。"

这天晚上程岁宁心里百转千回，很晚才睡着，但因为第二天上午课表满课，她早早就起了。

课程越来越难，因为缺少设备，许多实验只能用仿真代替，通过计算机技术模拟操作。

程岁宁之前没学过编程，听得一知半解，只能问旁边的温瑶。

温瑶被她问得一愣："今天有上到这里吗？"

程岁宁摇摇头。

"那没事，反正这种学了也都是为了仿真实验用的，只是没想到堂堂京大也会这么穷。"

沈宜倒是见怪不怪："我们做的是卫星，难道真的发两颗卫星吗？只能先仿真，等官方数据分析。"

程岁宁下午没课，索性去泡图书馆，借了基本编程语言学习的书，又去下载了一堆文献，准备慢慢啃。

等她从图书馆出来，天已经黑了。

温瑶懒得出宿舍，在微信群里让她带饭回来。

这天降温，晚上风很大，路两侧的树叶被风吹得"唰唰"响。程岁宁走路不专心，还在思考一个知识点，忽然听到一道懒懒的男声："课代表。"

她一怔，下意识地抬眼看去。树前站了个人，白色短袖外面套了件灰蓝色的衬衫。那人指间夹着烟，见她被吓到，又低头笑起来。

程岁宁莫名地有些难为情，她垂下眼睛。

“知道孟雅瑜吗？”他问。

她点点头。

周温宴将烟掐灭，从口袋里摸出一个包装精美的小礼盒，扔到她手里：“帮个忙，把这个交给她。”

程岁宁看了一眼，认出那是个价值不菲的牌子，她马上想到昨晚他们的分手传言。这个礼物，应该是他用来哄孟雅瑜的。

程岁宁说：“好。”

孟雅瑜比程岁宁想象中的还要开心，她欣喜地打开礼盒，里面是个奢侈品牌的经典款项链。她笑弯了眼，连“谢谢”都没顾得上说，就抱着手机去给周温宴打电话。

因为这个跑腿的事，还让孟雅瑜记住了程岁宁。第二天程岁宁刚出宿舍门，就被她拦住：“今晚我生日，在橙色 KTV 玩，你也来呗！”

程岁宁不太想去：“我今晚有晚课，结束都得晚上 9 点了。”

“那正好，那时候气氛应该刚炒热。”孟雅瑜毫不在意，反而说，“我叫了你们全宿舍的人，早就想和学霸们深入建交了。”

“……”

事情就这么定下了。

微信群里——

沈宜：咱是不是得送个礼物？

温瑶：人家都请我们了，肯定得带礼物去吧？

程岁宁：孟雅瑜身上总是香香的，估计是香水控。

沈宜：那行，我们以宿舍为单位送个香水好了，我去买。

晚上一起去 KTV 的路上，沈宜还在纳闷儿孟雅瑜突然请她们玩这件事。程岁宁将昨晚帮忙跑腿的事给说了，沈宜“啧啧”两声：“那看来今晚是秀恩爱专场。”

温瑶正在刷学校论坛，有人把今天周温宴在课上的英文演讲发了上去，他全程泰然自若，讲话条理清晰，而且英文发音特别好听。

“可真帅啊！我还以为是用钱砸进来的二世祖，没想到是真学霸。”

“人家在高中的时候雅思就考了7分，高考成绩并不比你差，你以为呢？”

程岁宁默默点头，她早在高中就知道，他玩归玩，但课业上从不马虎。

橙色KTV并不远，走了十几分钟就到了。

程岁宁跟在室友身后，最后一个进的包间，一抬头就看见周温宴坐在人群最中间。几个男生正和他聊天，他将烟咬在嘴里，心不在焉地听着，过了几秒才发现烟没点着，又懒懒地伸手去茶几上拿打火机。

孟雅瑜坐在他另一边，高调地窝在他怀里，宣示主权似的。

沈宜的声音在程岁宁的耳边擦过：“看吧，我就说了孟雅瑜组这个生日局是为了秀恩爱。”

程岁宁低着头，笑得有些涩。

她们本来就是来做陪衬的。程岁宁坐在角落里，存在感更加薄弱。

倒是那晚在周温宴身边的男生主动过来搭话：“江叙，法学专业，和那个……”他指了指周温宴，“是室友。”

她礼貌地回：“程岁宁……是孟雅瑜隔壁宿舍的同学。”

他眼睛一亮：“你就是程岁宁啊，那个S省的理科状元？我在新闻上看到过有关你的报道。”他好像想起来什么，“你是嘉荣中学的，那你不是和阿宴一个高中的吗？”

正好是两首歌切换的间隙，整个包间都静了下来，大家的目光聚集到程岁宁身上。

她手里握着饮料，有点儿不太适应这样的关注：“啊……是吧。”

江叙回头看向周温宴：“你在高中就没见过这么个美女吗？”

周温宴微微抬眼，随口道：“见过啊，公告栏上天天看见‘程岁宁’

三个字。是学霸两耳不闻窗外事，没见过我。”

一阵哄笑。

有男生在旁边说：“周温宴，你也有今天。”

程岁宁的头更低了些，心里有股说不清道不明的情绪，只有自己知道此刻的心情。

好在手机铃声解救了她，她跑出包间接起时，连来电人都没看。

“你去北城读书，怎么都不和我说？程岁宁，你还拿我当父亲吗？”

程岁宁脚步一顿，霎时全身冰冷。程豫川的声音自带威严，程岁宁的脑子里自动浮现出他不怒而威的表情。

“和你说了，是你忘了。”

她高考时正好撞上后妈生孩子，程豫川整颗心都扑在刚出生的儿子身上，她和他说了什么，程豫川应该全都忘了。

那头静了静：“我没给你学费和生活费，你这段时间怎么过的？问你妈要的？”

程岁宁没说话。

程豫川以为她是默认了，声音更加恼怒起来：“你就那么想和那个无耻的女人一起生活吗？”

程岁宁已经走到橙色KTV外，心被夜风吹得冷透，她声音发涩道：“爸爸，先出轨的人好像是你吧？强硬要离婚的人、有非婚生子的人也是你吧？你有什么资格说妈妈呢？”

她刚说完，程豫川就将电话挂了。

程岁宁站在橙色KTV门口，一时不太想进去。她被这通电话影响得心情有点儿差，想在外面静静。当然了，她也不愿意回去看热恋的小情侣。

她仰头望着黑压压的夜幕，想起高三那艰难的一年：父母离婚，她要接纳比父亲小很多的后妈，还有一个还未出世的弟弟。

程岁宁父母的离婚闹得很难看，她母亲报复性出轨，好在母亲和那个叔叔在一起后生活还算和谐。而她那时还没成年，抚养权归程豫川，她只能和父亲还有后妈生活在一起。

“宁宁，我给你买的衣服你为什么不穿？是不喜欢阿姨吗？”

——因为你买的尺码不对。

“宁宁，我专门给你做了早饭，怎么不吃呢？阿姨现在妊娠反应这么厉害，就算你不喜欢也不能这么糟蹋阿姨的心意。”

——因为我对杏仁过敏。

“宁宁，你是不是觉得弟弟出生后会抢走爸爸对你的爱，所以你故意将水打翻让我跌倒？”

她还没来得及争辩，程豫川的巴掌就打在她的脸上。

这种小事，几乎每天都在发生。

程岁宁眨了眨眼，又用手指揉了揉酸涩的眼角。

突然另一只手腕被人拉了一下，她的鼻尖触到柔软的全棉 T 恤，闻到了很淡的烟草味。

程岁宁还没反应过来，她就从他的左手边被拉到了右手边。

一辆横冲直撞的电瓶车开过，与她仅隔分毫，司机大叔还回头骂骂咧咧地说他们没长眼。

周温宴皱着眉，语气有点儿冲：“想什么呢？”

程岁宁的鼻尖还是红的，刚刚的眼泪还没擦干净，只能这样不知所措、狼狈又尴尬地看着他。

周温宴看她这副样子，松开她的手，低声说：“算了。”过了两秒，语气更低沉，“没凶你。”

程岁宁不知为何更想哭了。

你看啊，她喜欢的人就是这么好。

周温宴静了静，低头从烟盒里抽出一根烟。打火机的火苗蹿出来，要点烟的时候他忽然和她说：“你回去吧。”

程岁宁“哦”了一声，转身就走。

结果他又叫住她：“课代表。”

她回头，莫名地想纠正他的称呼，下一刻怀里突然被扔进一包纸巾。

“去吧，我抽烟。”

她点点头，边走边觉得哪里很奇怪：抽烟就抽烟，干吗要特意跟我说？

包间里依旧很热闹，音乐声震耳，孟雅瑜喝多了，没发现另一个女生走出了包间。

这天的局一直到很晚才结束，程岁宁最后误喝了两杯酒，稀里糊涂的，也不知道自己怎么回的寝室，只知道醒来后天都变了。

隔壁宿舍里，孟雅瑜的眼泪快要把女生宿舍楼都淹了，温瑶和沈宜轮番过去安慰，回来时见程岁宁在床上发呆。

“终于醒了？”

程岁宁揉了揉头发，看了看手机上的时间，已经下午2点了。

她惊愕地瞪大眼睛，沈宜看得直笑：“乖孩子，第一次翘课感觉怎么样？”

“你别吓她了，上午没点名。”温瑶的心思还在隔壁，“但你错过了一场大戏，孟雅瑜和周温宴彻底掰了。”

程岁宁又一愣。

温瑶点头：“你也觉得意外是吧！昨晚还秀恩爱呢，今天就分了。”

程岁宁点点头，爬起来去卫生间洗漱，她下午得去老宋那儿把剩下的活儿干了，然后再去做家教。

上午时有一条未读短信，是银行发来的汇款信息。她现在才看见，抿了抿唇，还是给程豫川发了四个字：谢谢爸爸。

沈宜抱着双臂靠在卫生间门口，眼神直勾勾地看着她：“你高中时真不认识周温宴啊？”

程岁宁擦脸的手一顿，摇摇头：“认识。”

说不认识太假了。

沈宜问：“那你们俩看着怎么一点儿都不熟的样子？”

“一个班的也不会都熟。”程岁宁的声音听起来有点儿蔫。

沈宜琢磨出一点儿别的意思，声音低了些，没让外头听见：“你不会也喜欢周温宴吧？”

程岁宁的脸色没变，眼神也很平静。

沈宜笑了笑：“啧，开玩笑的。我还以为周温宴那种叛逆的、骨子里蔫坏的帅哥，谁都爱呢，忘了你是乖乖女了。”

程岁宁“嗯”了一声，无意识地又将水龙头打开，重新洗了一次脸。

“真分了啊？这次连半个月都没撑过吧？”江叙回到宿舍时，周温宴还半梦不醒的。

法学生“卷”，京大法学院的学生更是“卷王”：专业课早上8点开始，6点30分就有人去占座，7点去都只能坐后面的位置；大一就开始准备司法考试；英语四级考过后，六级分数在600分以上的好去考专八。这些都太常见了，更别说还有各种小组作业和项目。

江叙觉得周温宴这人真是神了，不论是恋爱还是学业，都能顾得上。

周温宴身上的短袖有点儿皱，头发也乱，他点了根烟，才提上一点儿精神：“分了。”

“又看上谁了啊？英语系的姜好好？最近是不是还有个工科的在追你？真烦啊。”江叙就嫉妒他这女人缘，用手里的打火机扔他。

“够了啊。”周温宴接打火机的动作太大，被烟呛到，咳嗽了两声，他拉起眼皮斜斜地瞥了江叙一眼，“我是没女人会死啊？”

江叙没好气地说：“我是怕女人没了你会死。”

周温宴听了低声笑起来，颇为赞同地点头，张扬又恣意，嚣张得很。

江叙又把话题绕回那个工科美女：“你跟程岁宁真不熟啊？”

“你看上了？”

江叙反而害羞起来：“是长得挺对我胃口的，又白又小又软，看起来就乖。”

周温宴掸了掸烟灰，态度忽然淡下来：“别想了，她看不上你。”

“这话也不能这么说吧，兄弟我也不至于这么差劲儿，再说这种事事在人为。”江叙察觉到不对劲儿，忽然问，“你怎么知道她看不上我？”

周温宴愣了一瞬，过了几秒他靠到椅子上，仰头悠悠地吐出口烟雾：“我见过她拒绝过比你强多了的人，数量还不少。”

江叙说：“停，我到底有多差啊？”

江叙只伤心了一晚上，第二天就把这打击给忘了。等他在篮球课上看见程岁宁的时候，觉得简直是天赐良缘。

一般来说篮球课没女生选，程岁宁估计是运气不好，现在整个场馆里就她一个妹子。她个子不高，人又瘦，单薄得好像一碰就能倒。

老师看到她也愣了愣。

江叙立刻凑上前去表现自己：“同学，还记得我吗？我球打得还行，以后课上我带你。”

程岁宁收回原本看向周温宴的视线，她看着江叙，摇了摇头：“谢谢，但我投篮很准的。”

江叙笑容更大：“那这样，你带带我。”

周温宴看不过去，从后面拍了拍他的后脑勺儿：“行了，看你不值钱那样。”

整节课程岁宁都很安静，老师显然也很照顾她。结束后江叙热情地邀请她一起吃饭，她抿着唇有些为难，这时站在他旁边的周温宴的电话响了。

“不去。分了，没人。”似乎注意到她的目光，周温宴垂下眸，眼神扫过她，“忙，帮哥们儿追妹子。”

江叙用胳膊拍了他一下：“你说出来干吗？”

江叙说完，满脸通红地看了一眼程岁宁。

程岁宁头低着，旁人看不清她的表情。

周温宴反问江叙：“你没追？”

江叙拿他没办法，只能厚着脸皮地对程岁宁说：“既然我的意图已经暴露了，能赏脸吃个饭吗？”

程岁宁不擅长处理这种事，硬着头皮跟着他们去了食堂。

吃饭的时候，江叙很殷勤地一直在主动找话题，问的大多数是和程岁宁专业相关的内容，程岁宁耐心地一一和他讲解。

周温宴的手机一直在振动，程岁宁眼角的余光看见他收到了好多消息。不过周温宴像是懒得回，无视手机的振动。

江叙问出第四个问题时，周温宴插话："你问这么多，听得懂吗？"

江叙被他闹得头都大了："你就闭嘴吃饭，哪儿来的那么多话?！"

周温宴哼笑，抬眸看向程岁宁："你不觉得烦啊？"

程岁宁本来拿着勺子在小口喝汤，被他一问，突然和他对上视线，愣了一秒才轻轻摇头："还好。"

他淡淡道："那就是烦。"

江叙："……"

一顿饭吃得程岁宁有点儿消化不良，她实在没办法继续进行表情管理，表现出镇定自若的样子。

她的手心都是汗，心一直悬着，后背也绷得很直，她没办法不去关注周温宴，她甚至连周温宴今天点了哪些菜、分别吃了几口，都记得清清楚楚。

他应该不能吃辣，餐盘上的菜都是清淡的；他也不喜欢葱、蒜这类调味品，拿筷子把这些都挑了出来；牛肉吃了三块，应该还算喜欢。

她内心深处忽然有种很卑劣的小快乐，觉得自己好像离他近了点儿。可没一会儿这种细小的欣喜又被难以忽略的难过冲淡，因为他在帮他哥们儿追她。

"周温宴。"一道女声从不远处传来。

程岁宁的睫毛微颤，抬眼就看见那个甜美的女生跑过来，坐到周温宴旁边。女生身体微微前倾，半个身体都要贴到他的胳膊上，她看向周温宴时眼睛特别亮。

周温宴不太耐烦，挪了挪位置："别挨我。"

"喜欢你才挨你。"女生说完，一偏头发现了程岁宁，她盯着程岁宁看了两秒，估计觉得威胁不大，又看着周温宴，"听说你和孟雅瑜分手了啊？”

周温宴放下筷子，语气淡淡的：“和你有什么关系？”

女生问：“你看我怎么样？”

“什么怎么样？”

“做女朋友怎么样啊？”

周温宴说：“不怎么样。”

“你烦死了，你非要钓着我吗？”

江叙怕程岁宁不喜欢这样的场面，冲她使了使眼色，两个人先出了食堂。江叙说：“阿宴就是这样，走到哪儿都有女生主动扑上来。”

程岁宁点点头。这种场景她其实看过很多次，高中的时候周温宴总被女生堵在班级门口，被要联系方式或者被告白。

江叙觉得程岁宁这种很乖的女生，肯定喜欢循规蹈矩的人：“我和阿宴不一样，我很专一的，而且没有那么多桃花。”

程岁宁停下脚步，仰起头认真地看向江叙。

“怎……怎么了？”

“对不起。”

江叙脸色一变，没想到自己追女孩儿刚开始就要被拒绝。

“我们可以再相处看看，不行的话你再……”

“我们昨天才见面的，今天你就对我表示了好感，我觉得实在是有点儿太快了。”

“你是觉得我不够真诚吗？”

程岁宁摇摇头，不想骗他：“我有喜欢的人了。”

江叙下意识地问：“啊？谁啊？”

“是暗恋，不想打扰他。”

第二章

好学生就别玩叛逆

“程岁宁。”

程岁宁恍惚间忽然发现这是周温宴第一次叫她的名字。

她觉得最近好像总在晚上见到周温宴。不知是不是温度一降再降的缘故，校园里落叶满天飞，令北方的夜晚看起来十分萧瑟，连带着他的身影看起来都很孤独。

四目相对间，他问：“昨晚你是不是看到什么了？”

程岁宁没说话。

她确实看见了。昨晚孟雅瑜的生日聚会上，有个女孩儿半途出了KTV，程岁宁也不知道自己出于什么原因，鬼使神差地跟了出去。然后，她看见那个女生站在周温宴面前，和周温宴说了好多次喜欢。周温宴吊儿郎当地微弯着腰，挑着眼睛看对方，模样有点儿坏。

周温宴等了一会儿，程岁宁一直安静地没说话，于是他又问：“和孟雅瑜很熟？”

程岁宁抿紧了唇。

“你是不是觉得我劈腿了，所以甩了孟雅瑜？”

他说完低头嗤笑一声，听得程岁宁心头发紧，下意识地仰头看他。

程岁宁还没来得及说话，身后忽然传来熟悉的声音。

“宁宁，你在和谁说话啊？”

沈宜和温瑶在身后拉着手走过来，她们手里拎着水果，应该是刚从校外回来。程岁宁回头看了她们一眼，再转过头时，周温宴已经走了。

温瑶伸头四处看了看：“哎？我刚刚还看见个人影呢，怎么一眨眼就不见了？”

程岁宁没说话，情绪不是很高。

温瑶捏了捏她的脸："怎么啦？是上篮球课累到了，还是晚上去兼职累到啦？"

"都累。"

温瑶滑开屏幕："那我和你说个更让人心累的。有个通知，从下周一开始，全校要实行早起打卡制度，各专业、各年级都要早起，早起打卡时间是7点到7点20分，地点为明德楼一楼。"

程岁宁看着班级群里的通知，耸了耸肩。

沈宜咬着冰棍，继续传达更坏的消息："下个月要体测了，体测成绩不到80分的不能评优，四年内如果有一次低于80分的没有保研资格。"

沈宜把冰棍咬得"咔咔"响："是不是觉得我们大学特别棒、特别好？不愧是全国名校之一，爱了爱了。"

程岁宁问："为什么打卡地点是明德法学楼？"

"因为校图书馆公布的各专业学生的学习时长里，法学院一骑绝尘，所以号召全校学习他们院的精神。"

沈宜恨恨道："烦死这群学霸了。"

温瑶附和："就是。"

程岁宁："……"

因为学校突如其来的通知，寝室早早就熄了灯。可作息哪是说改就能改的，程岁宁辗转难眠。她不知道为什么周温宴今晚要找自己，她总有种他在找她解释的错觉。

解释？她猛地将被子拉高，让自己整个儿都埋进被窝里。黑漆漆的封闭空间里，她的心忽然被汹涌的酸涩包围，心脏的每一次跳动都像在嘲笑她的自作多情和不自量力。

第二天全寝室都顶着黑眼圈起床，沈宜起得最早，还给自己化了个精致的妆，温瑶和程岁宁就很随意了。

"就是因为你们一点儿都不精致，所以才让别人对工科女有刻板印象。"沈宜恨铁不成钢地看着面前两张素面朝天的脸，一转头看到孟雅瑜宿舍的四个人化着全妆，服装搭配时尚，连头发丝都是打理过的。

她回过头眼神幽幽地看了程岁宁和温瑶一眼。

程岁宁笑了笑，看见孟雅瑜的脸色很差。

从宿舍里出来，一路上都是脸色困倦的同学，大家打完卡又浩浩荡荡地往食堂走去。

“我怀疑这个早起打卡就是为了促进食堂早餐的 KPI[1]。”

排了 10 分钟队才买到一碗小馄饨，沈宜十分不满。

温瑶咬了口包子，显然更对八卦感兴趣。她的下巴扬了扬，斜对面坐着的正是孟雅瑜她们宿舍的人。

孟雅瑜只买了一杯豆浆，放在那儿也没喝，一直低着头在看手机。她的手指时不时在屏幕上摁来摁去，过了会儿，她直接把手机扔到桌子上：“真的烦死了。”

“他还不回你吗？”她们宿舍的人问。

孟雅瑜皱着脸，脸色更难看了。她一直觉得自己没被周温宴拉黑就还有希望，可不管她说什么，怎么哭、怎么闹，他都一点儿反应也没有。

论坛上天天各种爆料，告白墙上每天都有很多对他告白的留言，孟雅瑜已经看见他身边出现过好几张不同的面孔了。

另一个舍友说：“唉，谁让你主动说要分手的。”

孟雅瑜的眼眶立刻红了：“我是想让他哄我，谁知道……”

温瑶和程岁宁她们对了对眼神，三颗脑袋凑近了点儿。温瑶压低声音说：“她们宿舍里的人说她夜里一直哭着给周温宴打电话求复合，但周温宴要么不接，要么就接了后不说话。”

“真绝情。”

“是啊，孟雅瑜这种系花级别的都没办法让周温宴收心，也不知道什么样的能让他浪子回头。”

程岁宁拿着勺子的手一顿，抬眸看向孟雅瑜。孟雅瑜不甘心地又拿起手机开始打电话，可能是电话一直打不通，她的眼眶更红，里面似乎

1 KPI：关键绩效指标。

有泪水在转。

其实这种场景程岁宁不是没有见过，为周温宴哭的女孩儿总有很多。

她的眼睫轻颤了几下，移开了视线。旁边的温瑶啃完一个包子又开始吃酸汤面，嘴巴塞得鼓鼓的。程岁宁觉得她特别像在进食的小仓鼠。

温瑶因为吃得太急了，嘴边还不小心沾上了酱汁，程岁宁拿起纸巾在她嘴边擦了几下，温瑶的眼睛眨了眨，说："宁宁。"

"嗯。"

"我要是男生肯定喜欢你。"

沈宜说："就因为宁宁不嫌弃你给你擦嘴？"

温瑶瞪了她一眼："这叫温柔，温柔，你懂吗？"

程岁宁跟着浅浅地笑起来，只是笑容有点儿涩。她脑海中下意识地过了一遍周温宴那些前女友的类型，好像没有一个是她这种只会读书的、无趣的人。

图书馆自习室里，程岁宁插着耳机在安静地写题，桌面上放了几本很厚的专业书和一个 iPad。过了一会儿，她前桌的一个男生抱着书转过来，指了指书上的内容。

她摘下耳机，拿过书看了看。自习室里不方便说话，她拿出一张纸，在上面写了详细的思路和解题过程。那男生拿过来看了一眼，恍然大悟地点点头，又转了回去。

江叙和周温宴正好来图书馆还书，在走廊上看见了这一幕。江叙又想起那天她拒绝自己的样子，心里一痛，说："你知不知道程岁宁暗恋的人是谁啊？"

周温宴脚步一滞，声音有点儿哑："什么？"

"我那天吃完饭一冲动就跟她告白了，她说她有暗恋的人。"江叙越想越心痛，觉得自己太莽撞了，要追求程岁宁这种乖乖女，肯定得一步一步慢慢来。

"不知道。"

“她高中时候什么样啊？”

“就这样。”

她安静地上课、写作业，无论谁去问问题都十分有耐心地解答。

江叙在高中的时候最迷这种乖乖女、优等生，更何况程岁宁长得还好，坐在那儿做个题都是一幅画。他说：“那追她的人不多得要死？”

周温宴的手机又在振动，他低头看了看，皱起眉随口敷衍说：“还行。”

江叙不满他这无所谓的口气：“你们学校的人都什么眼光啊？”

孟雅瑜还在一遍遍地给自己打电话，周温宴不耐烦，索性将手机扔给江叙，随后才将视线落到程岁宁身上。

她现在的样子和高中没什么区别，只是身上穿着的宽大的校服换成了浅色的毛衣。她的气质更加具有书卷气，整个人瞧着越发柔软。她以前大部分时候都是扎着马尾，如今黑发披肩，偶尔有几根发丝不听话地从耳后滑下。不过她太过专注，没有去管那几根垂落的碎发，手里握着笔，认真地在看晦涩难懂的文献。

周温宴收回视线，垂眸笑着说：“太乖了，没人敢碰。”

在图书馆里，程岁宁是不怎么看手机的，可今天她的注意力总是不集中，所以第一时间就看见了手机上新弹出的消息，是电影赏析的选修课老师发来的。

王老师：这是下节课要赏析的电影，你让大家先抽空观影，提前写好影评，我上课的时候和大家一起讨论。

程岁宁：好的，老师。

她将文字编辑好，发到这门课的群里。群里立刻有同学回复，多数都是回复“收到”，还有几个人在不满地吐槽，说一节选修课都要上成专业课了。

程岁宁看着屏幕，她心里期待的那个头像却并没有出现。盯着手机看了会儿，她干脆打开群成员列表，点了点周温宴的头像。

他向非好友展示的朋友圈是一条横线。

程岁宁无力地锁了屏，将手机放到一边，继续专心学习。

一直到图书馆关门，程岁宁才出来。

“程岁宁。”刚刚问她题目的谭林在身后叫住她。

他是标准的理工科男生，穿着、打扮都很朴素，戴着副黑框眼镜，时时刻刻背着黑色双肩电脑包。程岁宁和他是一个班的，知道他是另一个省的高考状元，成绩非常好。

谭林抓了抓脑袋，有些不好意思地看向程岁宁，过了十几秒，才拿出手机小声问她：“能加个联系方式吗？”他怕程岁宁想错了，立马解释，“你刚刚帮忙解的那道题，思路很好，我都没想到，就是想有个你的联系方式，我们以后可以随时交流学习。”

程岁宁笑了笑，从包里拿出手机，点开微信。好友那一栏上有个很显眼的红色提示，但平时很少有人加她。她打开提示，然后眼睛猛地睁大，不敢置信地看着好友申请里那个人的头像和备注——周温宴。

她又仔细看了一遍，真的是周温宴。

谭林看不见她的手机屏幕，但他能看见程岁宁的表情。

“怎么了？”他问。

程岁宁的心跳太快了，怕自己控制不住发出欣喜的尖叫声，她轻轻地咬着唇。直到谭林催促她，她才回过神来，打开“扫一扫”，申请加谭林为好友。

从图书馆走到宿舍的时长是8分钟，程岁宁走过很多次。一般来说，这8分钟里，她会戴着耳机听英语练听力，或者思考没有想通的知识点。但今天这8分钟里，她什么单词和问题都没想，脑子里都是周温宴。

只有周温宴。

他的头像是一只很可爱的布偶猫，他从高中开始就是这个头像，一直没变。程岁宁推断，这可能是他养的猫。他的微信昵称是“宴”，微信号是“yan0119”。

程岁宁反复地看着他的好友申请。

要同意吗？通过了他的好友申请后，第一句话要说什么呢？是先打招呼，还是先自我介绍；说话的内容是需要可爱点儿，还是活泼点儿……

她想了无数种开头，每一种却都被她否决。

等走到宿舍楼下时，程岁宁还没想好。

“宁宁，站在这儿不上去干什么？”

下楼拿外卖的温瑶从身后亲热地抱住她，她的胳膊被顶了一下，手指点到屏幕，正好按到了“通过”这两个字上。

下一秒，程岁宁的消息栏最上面出现了个最新消息：

2012 年 9 月 28 日晚上 9:39

周温宴

以上是打招呼的内容。

你已添加宴，现在可以开始聊天了。

“怎么了？怎么脸这么红？”温瑶以为她身体不舒服，连忙用手摸了摸她的额头，“好烫，不会真发烧了吧？”

程岁宁握紧手机摇摇头，她无法和温瑶说自己现在的心情。她也无法理清，只觉得心跳一下快过一下。

“宁宁！”

程岁宁艰难地找回自己的声音，和温瑶说：“我没发烧。”

回到宿舍，她趴在桌子上，这样能让她的心脏稍微好受点儿。

沈宜见她异常的样子，过来问了几句话，但她整个人还处于神游的状态。

温瑶冲沈宜摇摇头：“可能感冒了，没精神。”

就这样趴了 5 分钟，程岁宁忽然又握着手机起身，往宿舍外走。

沈宜问：“晚上 10 点查寝，你去哪儿啊？”

程岁宁回过头，脸涨得通红：“我要打个电话。”

沈宜觉得程岁宁肯定生病了，她提醒道：“晚上 10 点前记得回来。”

程岁宁走到这层楼的尽头，给她高中时最好的朋友，也是唯一知道她喜欢周温宴的黎梨打了电话。她把自己和周温宴成为微信好友的事情说了，然后问："你说要怎么办呀？"

黎梨建议道："这样，你先发个可爱的表情包过去，然后等他回复，是他主动加你的，我们先看看情况再讨论后面要怎么办。"

程岁宁"嗯"了一声。走廊边的窗户没关，风大得将她的头发吹得到处乱飞，她走过去将窗户关好。

电话里黎梨忽然又说："宁宁，既然都这样了，你就主动一点儿让他成为你的男朋友。"

程岁宁愣了一下，这是她不敢奢望的，静了几秒才开口："我不敢。"

"这有什么不敢的啊？追上了就在一起，没追上那也不辜负你喜欢他那么久。"

程岁宁抬头看着夜空："我不敢想那么多，只想在大学的这四年能悄悄地看着他。万一……我是怕我贪心不足，连偷偷喜欢他的资格都没有了。"

黎梨没想到她会这么说，在那边也静了很久。

身后传来嘈杂声，是宿管阿姨来查寝了。

程岁宁和黎梨说要挂了，黎梨叮嘱她："你看我微信啊，我给你发几个表情包，你挑一个发给周温宴。"

"好。"

沈宜和温瑶见程岁宁回来，十分关心地给她倒了热水，还拿出感冒药，让她不舒服时记得吃。

程岁宁的手机振动了两下，她以为是黎梨发来了表情包，结果点开却看到了周温宴发来的消息。

宴：影评有字数要求？

手机又振动了几下，不过这次是黎梨。

程岁宁眨了眨眼睛，平静地回复周温宴：没有要求，不过我建议你尽量写多一些，老师上课会评选影评。

不知道他是手机没在身边，还是看到了没在意，并没立刻回。

程岁宁等了两分钟才切走和他的对话页面，打开和黎梨的对话框。

黎梨：发了吗发了吗？怎么样？他回了什么？

程岁宁：我还没发他表情包，他刚才问了我作业要求。

黎梨：……好吧。

黎梨：宁宁你不要难过。

程岁宁：嗯，不难过。

程岁宁洗完澡就上床了，睡得迷迷糊糊间，听到手机的振动声。

封闭的床帘隔绝了外面绝大部分的光，她费力地睁开眼，借着那几缕光线看屏幕上的消息。

宴：OK。

她正看着，手机又响了一下，跳出下一条消息。

宴：晚安。

程岁宁在心里也和他说“晚安”。

国庆假期，宿舍里只有程岁宁一个人不回家，沈宜是天生的操心命，一直叮嘱她晚上睡觉要关好门窗，平时出门也要注意安全。

程岁宁十分耐心地听着，然后认真地点头，乖得不得了。

沈宜占便宜似的捏了捏她的脸：“真舍不得你。”

温瑶看不过去，拽着沈宜走：“赶紧的吧，一会儿别赶不上车了。”

程岁宁整个国庆都在兼职中度过。假期第三天时，黎梨说想来找她玩。程岁宁很开心，问她具体时间。

“10月5日吧，玩两天直接返校。”

程岁宁说“好”，然后调整了兼职的时间。

两个人好久没见，程岁宁差点儿都没敢认黎梨。黎梨身高一米七，身材、长相都没得挑，高中三年都是文娱委员。说变吧也没变，只是……

“你那是什么眼神？我知道我黑了！你知道广州是什么天气吗，就现在我还得穿短袖、拖鞋呢，哪像北城都穿上外套了。”黎梨凑近瞧了瞧程岁宁，“你倒是没变，还更白了，我嫉妒了。”

程岁宁被她逗得直笑，她们将行李放在程岁宁订好的酒店里，然后出去疯玩。

晚上她们躺在被窝里说悄悄话。

黎梨问："你为什么喜欢周温宴啊？高中时候追你的人可多了，你怎么非吊死在他那棵坏树上呢？"

程岁宁刚才喝了点儿啤酒，这会儿抱着枕头傻笑："喜欢他不是特别容易的事吗？"

黎梨敲了一下她的脑袋，恨铁不成钢地说："你是程岁宁呀！"

"程岁宁又怎么了，程岁宁也能喜欢周温宴。"

"京大就没比他更好的男生吗？"

"当然没有。"

黎梨有点儿郁闷，伸手又捏了捏她的脸："有本事你对他本人也这么说，闷葫芦。"

10 月 6 日那天她们俩逛了北城的不少景点，到了晚上，黎梨觉得没劲儿，非说带她见见世面，在软件上找了北城最有人气的一家酒吧，拉着程岁宁一道过去了。

晚上 10 点，正是城市最热闹的时候。

黑夜里，周温宴穿着一身黑，站在街尾的路灯下抽烟。他的黑发被晚风吹起，露出光洁的额头，衣服也被风灌满，在夜色里摇摆。矛盾感在少年身上体现得淋漓尽致，他看起来既颓废又阳光。

江叙在他身旁，"叭叭"地说着话："隔壁科大那小子之前嚣张得不得了，现在不敢扑腾了吧？你看见他女朋友看你的眼神没？要不是他在身旁，估计就要来要微信号了。"

周温宴嗤笑。

有两个打扮精致的女生看见他，上前搭话。他半仰着头悠悠地吐出烟雾，并没什么兴致。其中一个女生很坚持："真的不可以加个微信吗？"

周温宴咬着烟说："不可以。"

"真帅。"黎梨激动地用胳膊抵了抵身旁的程岁宁，看着不远处站着的周温宴，说，“虽然高中看了一年，但是再次见到，我依旧被帅到。”

程岁宁“嗯”了一声：“帅。”

她们俩没再看后续的发展，走进酒吧里。程岁宁被音乐声震得耳朵疼，没多久就逃了出来，黎梨在后面笑她没出息。

程岁宁喝酒上脸，只喝了两杯，不敢再多喝。趁脑子还清醒，她转弯走进旁边的一家便利店。

黎梨蹦迪蹦饿了，在面包货架前挑挑选选。程岁宁拿了一瓶冰水后，站在柜台前等黎梨一起埋单。

便利店的门被打开，自动播放了一句“欢迎光临”。程岁宁低着头，手指在敲脑袋，没留意门口。忽然身后有脚步声响起，程岁宁鼻间隐约闻到淡淡的薄荷烟味。

她心口一滞。

她站的位置确实有点儿碍事，那人就站在她身后，微微俯身，伸手打开了她前面的加热饮料柜。她无意识地吞咽了一下口水，看着身后的人伸手从里面拿出一盒温牛奶。

店员扫了一下，那人说：“再拿一包煊赫门。”

“一共28元。”

周温宴付了钱，直接走了出去。

黎梨终于挑好面包，她猫着身子小声道：“周温宴居然抽煊赫门。”

程岁宁拿着面包和冰水结账：“煊赫门怎么了？”

“你不知道，有一句烟语是‘抽烟只抽煊赫门，一生只爱一个人’。”黎梨见周温宴没了踪影，声音恢复到正常音量，“他换女朋友比换衣服还快，哪里一生只爱一个人了？”

程岁宁吐出几个字：“非主流。”

黎梨撕开包装袋，边往外走边吃面包：“嘁，你就是不懂。浪子就是不一样，不管再怎么渣，都……”

便利店的门开了又关，话题中心的人就半靠在一旁的墙上。

黎梨猛然被噎住，艰难地将嘴里的面包吞下，说出最后两个字：

“……迷人。”

程岁宁脸红得要命，不知道是酒精烧的还是被他的目光烧的。

就在她们俩准备若无其事地和周温宴擦肩而过时，周温宴叫住了她。

“课代表。”

她脚步停下，莫名地执着：“程岁宁。”

他动作一顿。程岁宁抿着唇，仰起头对上他漆黑的眼睛，应该是酒壮㞞人胆，她说：“我叫程岁宁。”

他笑起来，重复她的名字：“程岁宁。”

又过了两三秒，他抬手，将手里刚买的那盒温牛奶递给她，留下一句话：“好学生就别玩叛逆。”

“……”

国庆后第一天就有电影赏析的选修课。

程岁宁不知出于什么心思，中午还回宿舍换了一身衣服，出门时沈宜看到她都瞪大了眼睛：“宁宁，你今天居然化妆了！”

程岁宁有种心事被戳中的感觉，脸立刻涨得通红。

沈宜没想到她会有这么大反应：“这有什么好害羞的？这条裙子很好看，保持住，最近论坛上正好在选校花呢，你可是热门人选。”

程岁宁支支吾吾地应了一声，抱着书闷头走了，边走边怪黎梨。

送黎梨离开北城那天，黎梨在她耳边十分笃定地说：“我觉得你能拿下他。”

程岁宁知道是那瓶温牛奶令她产生了不现实的幻想。

黎梨说：“真的，宁宁，你不要缩在壳子里了。”

程岁宁坐到教室里还在心虚，总觉得自己那浅薄的小心机被所有人都看出来了。老师叫她的名字时，她愣了片刻才反应过来，忙从自己的胡思乱想里分出一半心思来回答。

一节课上得浑浑噩噩。

这天后来突然下起雨来，不少学生被困在了屋檐下。

程岁宁正低头看着前面因为暴雨快速积成的小水洼，身后突然传来谈笑声，她的耳朵自动分辨出是周温宴和他朋友的声音，身体一怔，下意识地站直。

周温宴却懒洋洋地站到她身旁。不知道为什么，程岁宁明明没看他，光听他的声音，却能感觉到他很累。

他朋友问："你昨晚睡了几小时？"

"3 小时吧。"

"你真够疯的，玩到凌晨才回宿舍，回来还抱着笔记本赶报告，早上 7 点还能起来早起打卡。"

周温宴打着哈欠也在笑："别嫉妒。"

"滚。"

雨还不见小，他们都没带伞。那个人觉得无聊，又起了话头："我昨晚走得早，你后来跟谁走了？英语系那个还是驻唱那个？"

"没跟谁。"他敷衍道，隔了一秒，忽然说，"程岁宁在，你说话注意点儿。"

程岁宁没想到他会突然提她，头更低了。她总觉得停顿的那一秒他本来要说课代表，但想到那天被她郑重其事地纠正过才改叫她的名字。

陆恕莫名其妙地看了周温宴一眼，又看向他身旁的女生。今天的气温不到 20 摄氏度，女生穿了条到脚踝的米色长裙，外面套了件粉色的毛衣开衫，及腰的长发被风吹得微乱。在乌云压顶的混沌天光下，她的侧脸显得很白净。

这姑娘乍看有些淡，仔细看其实长得很好，整个人干净乖软，透着一股温婉的书卷气，像是从一幅烟雾蒙蒙的江南风景画中走出来的女子。

陆恕觉得程岁宁这个名字有点儿耳熟，将目光又移了过去。他正看得认真，视线忽然被周温宴挡住。陆恕这才意识到自己盯着程岁宁看了太久，有些不礼貌。

雨一时没停，倒是有几个女生过来送伞，说自己和同伴一起撑，红着脸要把伞给周温宴。陆恕接过伞，抵了抵周温宴。

周温宴语气平淡：“谢了。”

女生明显是想要他的联系方式，但他态度冷淡，场面顿时有些尴尬。

陆恕是明白人，立刻拿出手机：“同学是什么专业的？我记一下，以后好还伞。”

对方没理他，看着周温宴：“周温宴，我能加你好友吗？”

程岁宁的睫毛眨了眨，更加认真地看着水洼。水面不平静，频繁地泛起涟漪。她觉得自己真没用，这种场景明明已经见怪不怪，心里却还是觉得又酸又涩。

可能太专注在自己的情绪里，程岁宁连风向改了雨打过来都没注意，直到雨水落到她的肌肤上，凉得她缩起了脖子。

突然，她的胳膊被人抓住，身体被带着往后退了一步。

她的脑子还是蒙的，只听到头顶传来周温宴拒绝那个女生的声音。

女生“哦”了一声，眼睛却在打量程岁宁。周温宴刚才居然拉程岁宁了，没听说周温宴喜欢乖的啊。

程岁宁注意到女生的视线，但表情没有任何变化。她目光平静地看着雨幕，天好像比刚刚亮了点儿，雨势也小了下来。没过多久，雨就不下了，伞也不需要了。

离开时，陆恕转头又看了看和他们不同方向的程岁宁。他终于想起来了什么：“江叙就是被她拒绝的？”

周温宴“嗯”了一声。

“那是不是说明我有机会了？”

周温宴瞥了他一眼。

陆恕无语：“你那是什么眼神，我不配吗？”

程岁宁到了宿舍，第一时间就把妆卸了，好像卸干净了就能将她今天的冲动都抹掉。

温瑶和沈宜都还没回宿舍，倪明苒倒是在，不知道为什么，她国庆后忽然开始住宿舍了。她耳朵里永远塞着耳机，不是在玩游戏就是在打电话。不过她很少和宿舍里的人说话，温瑶不止一次吐槽不知道倪明苒在高傲什么。

现在就她们俩在宿舍里，但一点儿交流都没有。

温瑶和沈宜回来时看到这情景惊呆了，在她们三个人的群里开问。

温瑶：你俩演默剧呢?

程岁宁：也不用非找话题聊吧。

温瑶看了一眼在床上的倪明苒：她到底为什么回来住啊?

程岁宁：不知道。

这个疑惑第二天就被揭开了。上午刚下课，她们仨一起往食堂走。温瑶正刷学校论坛，首页上飘红的帖子指名道姓地写着“倪明苒”。

温瑶看完，惊讶道：“啊？倪明苒住回来是为了追周温宴的。”

程岁宁一愣，指甲不小心戳到了掌心。

沈宜凑过来瞧了瞧帖子的内容，上面有几张照片：“怪不得连专业课都翘，是去陪周温宴上课了。”

温瑶翻了个白眼：“她那不叫陪，是去蹭。周温宴身边空下来以后，这都第几个了，也不知道最后谁能拿下来。”

沈宜倒是想到另一件事：“孟雅瑜就住我们隔壁，这不得打起来啊。”

温瑶骂了一句：“这下不得安生了。”

孟雅瑜真的快气死了。她本来就想和周温宴复合，见周温宴这阵子都没确定新女友，她就觉得自己还有戏，但倪明苒的操作让她怒火中烧。

这晚，宿舍里注定不能平静。

“倪明苒，你要不要脸啊，抢别人男朋友！”

倪明苒嗤笑一声：“是前男友。你真有意思——之前以女友身份天天去警告别人别对周温宴痴心妄想，现在都是前女友了还来警告。”

孟雅瑜的脸色沉得可怕，上前就要打倪明苒。倪明苒更不是好惹的，直接推了她一把。刚刚还在看热闹的舍友们，立马上前拉住两人。

闹大了把宿管招来，不得全部陪着写检讨啊?!

倪明苒放话：“孟雅瑜，周温宴我追定了！”

孟雅瑜狠狠地瞪了她一眼，转身跟拉着她的室友回自己宿舍了。

那晚倪明苒一反常态地和宿舍里的人聊天：“你们是不是也看我不顺眼？”

温瑶耸了耸肩：“还行吧。周温宴现在也没女朋友，你喜欢就追咯，很正常。”

倪明苒嘴角勾起的弧度十分嘲讽：“我最看不起那种扭扭捏捏的，我喜欢我就要追，我又不是小三。”

程岁宁感觉自己好像中了一剑，默默放下水杯去卫生间洗澡。

她以为自己会和往常一样只做一个旁观者，没想到第二天傍晚，她从实验楼出来时，倪明苒突然叫住了她：“程岁宁。”

倪明苒像是专门在这儿等她。

晚上气温又降了些，风特别大。程岁宁不适应北方的天气，这两天一直有点儿低烧。她揉了揉额角，正想问倪明苒找她有什么事，倪明苒就开门见山地说：“你有周温宴微信吧。”

她用的是陈述句。程岁宁一怔，一时不知道该怎么回复。

倪明苒又说：“我知道你跟他上一样的选修课，你们肯定有群。”

原来是这样猜到的啊。程岁宁“嗯”了一声，又忍不住想，那是不是对周温宴有想法的女生都知道这一点？

倪明苒说出自己的要求：“把他的微信推给我。”

程岁宁看着她，觉得她的语气太理所当然了。程岁宁心里矛盾又别扭，真的不想给，但她不给，就太容易出卖她的心了。

但给了好像就把他让出去了。

让出去？就她？程岁宁觉得自己这个想法真好笑。

最终，她还是把周温宴的微信号给了倪明苒。

倪明苒立马就笑起来：“谢了，有空请你吃饭。”

程岁宁的心情跌到了谷底，好在室友都知道她最近身体不太舒服，没发现别的。晚上临睡前，程岁宁的手机忽然振了一下，她正好在刷朋友圈，消息就这样出现在她的视野里。

宴：你给的？

这句话像是黑夜里平地而起的一阵冷风，吹得她全身冰冷。

她握着手机立刻坐了起来，头不小心撞到了床架子，但喉咙发涩，连疼都喊不出来。几秒后，他发来的下一条消息让她本就烦闷的心情雪上加霜。

宴：少管点儿事。

程岁宁这一夜都很不舒服，半夜沈宜发现她不对劲儿把她叫了起来，她迷迷糊糊地吃了一次退烧药，夜里出了一身汗。到了早上，温度稍微退了一点儿，但还是 38 摄氏度。她跟老宋请了假后，一个人躺在宿舍床上继续昏昏沉沉地睡。

她睡得不安生，心里的委屈从现实蔓延到梦里。她梦到了高中时的事情。那时学校对高三生的校服要求并不严格，有不少学生都不爱穿千篇一律的校服。周温宴也是其中一个，他总穿帽衫，颜色总是黑、白、灰三种，款式极简。他很高，身形清瘦，让人觉得少年如风。

她太喜欢这样的周温宴了。

当时周温宴坐第四组的倒数第二排，她在第二组的第三排。他们中间隔了一组，距离很远，程岁宁甚至都很难有理由从他旁边路过。

她能正大光明看他的机会只有早操时间，可他身边总围着一群人，留给她的只有一道背影。

程岁宁不喜欢下雨天，一旦下雨，早操就会取消，而那是一天中最靠近周温宴的时刻。她也不喜欢放假，哪怕高三的假期已经少之又少，可放假时程岁宁还是会难受。因为放一天假，就代表她会有一天看不见周温宴。

程岁宁觉得那个时候的自己太沉溺于这段暗恋里，总是去纠结一些细枝末节的东西，比如怎么才能和他的作业本放在一起，怎么才能自然地多和他接触，怎么才能让他记住自己……

她醒来时外面在下雨，淅淅沥沥的，宿舍里拉着窗帘，不见日光。程岁宁脑子蒙蒙的，还沉浸在过去。

微信上周温宴发的那条消息她还没想好怎么回，手指在屏幕上悬了好久，才敲过去一句话。

程岁宁：对不起，是我没考虑到你的意愿。

刚发完，倪明苒推门走进来，看了她一眼，气压很低地将手机“砰”的一下扔在桌子上。程岁宁一愣，将自己下床的动作放得更轻了。

两人各自忙活着，一时谁都没说话，程岁宁拿了专业书在看，倪明苒在打游戏，音效没关，“噼里啪啦”的。

这时，程岁宁放在旁边的手机屏幕亮了起来，进了一条消息。

“宁宁。”倪明苒突然叫她。

程岁宁抬眸看过去，有些不适应她突然的亲近。

倪明苒加了周温宴一晚上都没被通过，心情很烦。但她刚刚知道了周温宴的室友江叙在追程岁宁，或许她可以从他的室友为切入点，打入他的身边。

“今晚你能跟我一起吃饭吗？”倪明苒看着她，“我也想在学校里交朋友，你不会拒绝吧？”

程岁宁眨了眨眼睛说：“好。”

倪明苒明显松了口气，立刻笑起来，语气更亲热：“那我晚上找你。”

程岁宁“嗯”了一声，拿起手机看刚才收到的消息。

妈妈：我接到你爸的电话了，你没钱怎么都不和妈妈说？

程岁宁也不知道怎么回妈妈的消息，看了一眼就把手机放下了。

晚上 6 点，倪明苒发过来一个地址，是学校外的一家火锅店。

程岁宁将要吃的药放进包里就出门了。到了火锅店门口，她意外地看见了周温宴，他站在阴影里抽烟，抽了一口后一直在咳嗽。他低头将烟掐了，扔进垃圾桶。

难道周温宴也生病了？程岁宁正想着，就听见倪明苒叫她的声音：“宁宁，快来，就等你了。”

她抬头，目光正好和周温宴漆黑的眸子对上。

程岁宁想起，他还没回自己的消息。

倪明苒订了个包间，里面来了一大帮人。

程岁宁坐在倪明苒身边，她右边坐的是江叙，周温宴坐在江叙右边。

她这才明白过来倪明苒的计划。

倪明苒目光大胆，此刻正直勾勾地盯着周温宴，生怕周温宴不知道她的心思。

程岁宁很羡慕她的坦荡直接，她不愿再看，低下头，认真地吃火锅。

突然，旁边的倪明苒拍了拍她的肩膀，笑盈盈地问她：“宁宁，都开学这么久了，你怎么还没有男朋友啊？”

程岁宁愣了愣，答：“没遇到合适的。”

“你就是太专注学习了，上了大学哪能还和在高中一样。这包间里的男孩子，你有看着合眼缘的吗？”

程岁宁皱了皱眉。

倪明苒追周温宴正是上头的时候，不愿意放过这个机会，她心里打着自己的小算盘，于是提议：“江叙就不错，你俩要不加下微信呗。”

包间里突然安静下来，所有人都在盯着程岁宁。

江叙有些无语，不知道倪明苒突然发什么疯。他其实想开了，人家程岁宁不喜欢自己，他不能强求。

“倪明苒，你可别瞎乱点鸳鸯谱。”江叙说。

程岁宁表情仍是不太好。

倪明苒笑起来：“宁宁，你眼光有点儿高哦，连江叙都看不上。要不你加一下人家微信，就当认识一个朋友，这总可以吧？”

江叙拿出手机，准备主动加一下程岁宁缓和气氛。

身边的周温宴忽然不耐地开口：“还吃不吃饭了？”

倪明苒笑了笑，连忙道：“吃啊，当然吃，还要加什么菜吗？”

包间里的气氛终于恢复正常。

吃到半途，程岁宁走出包间，去卫生间用冷水冲了冲脸。她呼出一口气，群里沈宜和温瑶问她今晚和倪明苒吃饭吃得怎么样。

程岁宁苦笑一声，发了个哭泣的表情包。

温瑶：是不是想通过你往周温宴身边凑？

温瑶：赶紧回来吧，傻不傻啊你。

沈宜：记得吃药，烧是不是还没有彻底退？

程岁宁摸了摸自己的额头，感觉自己刚降下去的温度又高了点儿。她出了卫生间，从包里拿出药，又去柜台旁边拿了一瓶矿泉水。

“生病了？”头顶忽然传来周温宴的声音。

火锅店里很吵，他说话时靠得很近。程岁宁微愣，转身时不小心蹭到他的肩膀。他今天穿了灰色的毛衣，上面有淡淡的烟草和火锅的味道。

程岁宁下意识地往后退了一步，没注意身后有人，周温宴伸手拉了她一下，垂眸盯着她的脸，问：“发烧？”

“已经退了。”

周温宴“嗯”了一声，问服务员要了一杯温水，然后递给她。

程岁宁吃完药，脑子里忽然浮现出他刚才在火锅店外咳嗽的画面。过了两秒，她抠出止咳的药片，递给他。在周温宴打量的目光下，她的声音更低：“你是不是也生病了？”

“嗯。”他嘴角微勾，拿过药，扔到嘴里咽下，“别气。”

虽然周温宴没说前因后果，只说了两个字，但程岁宁听懂了。他是在为昨晚发给自己的那两条微信消息道歉，又解释说他昨天身体不舒服，所以态度不太好，希望她不要生自己的气。

程岁宁感觉自己像被温水泡着一样，心头发软，手中铝制包装的药刮得她手心有些发痒。她说：“没有气。”

可能是吃了感冒药的缘故，程岁宁感觉自己全身有些轻飘飘的。飘到她异想天开地觉得，她和周温宴之间好像有了一点儿暧昧。

回到包间，江叙见程岁宁的脸色不太好，说：“抱歉啊，我不知道倪明苒会这么说。”

程岁宁摇头：“我也不知道她会这么做，刚刚你也……”

“我没事。”

江叙问过周温宴几次关于程岁宁的事情，对方的兴致都很淡。他觉得还挺奇怪的，两个人明明是高中同班同学，关系居然这么浅。

江叙突然问：“你暗恋的那个人是你的高中同学吗？”

忽然包间的门被推开，服务员走到程岁宁旁边，递给了她一杯热的玉米汁。程岁宁还没反应过来，倪明苒倒先说话了：“我们没点这个吧？”

服务员道：“没错呢，是你们这桌点的。”

江叙转头看向周温宴，5 分钟前，他看见周温宴和服务员说了什么，不过当时是另外一个服务员。

周温宴没抬头，有一搭没一搭地拿着手机玩游戏。江叙突然反应过来什么，他不敢置信地看了程岁宁一眼，又看向周温宴。

倪明苒喝多了几杯，一直在那儿和服务员扯皮。

江叙见周温宴丝毫没有要明说的打算，头疼地开口：“我点的。”

倪明苒暧昧地“哦”了一声，抵了抵程岁宁的胳膊：“你看江叙多好。”

程岁宁默不作声地喝了一口玉米汁。

周温宴手机游戏里的人“死”了，他轻笑了一声。

江叙：“……”

晚饭结束后，周温宴随手抓了一把前台的薄荷糖分给大家。程岁宁看见别人的都是原味的，只有她的是水蜜桃味的。

虽然她知道是周温宴随手分的，可她还是觉得很甜。

一行人一起走回学校，程岁宁扶着倪明苒走在最后。

快到宿舍的时候，倪明苒推开程岁宁，往周温宴身边跑过去。

程岁宁不知道要不要等倪明苒，可时间不早了，倪明苒还喝醉了。她低头看着脚尖，刚刚没舍得吃的水蜜桃味的薄荷糖还在口袋里。

程岁宁知道倪明苒要去干什么，她想借着酒醉去和周温宴告白。

周温宴会同意吗？程岁宁的手指无意识地抠着薄荷糖的包装纸。

第三章

不是怕，难道是讨厌

倪明苒是哭着回来的，她当作没看见程岁宁一样直接路过了程岁宁。

程岁宁回头看了一眼周温宴所在的方向，心里叹了口气。

当晚宿舍里的气压极低，谁都没说话。但倪明苒只是当晚哭了一场，第二天就像什么都没有发生过一样，挎着程岁宁的胳膊去上课。

几天下来，宿舍里的关系居然和谐了下来。

程岁宁最近特别忙，上课、兼职，还得头疼马上要到来的体测。

沈宜每天晚上都在操场陪着程岁宁练 800 米，练着练着沈宜还看上了一个每晚来操场跑步的男生。

“就是篮球队每天都穿 7 号球衣的那个，我感觉他好像总偷看我。”等炸串的时候，沈宜忍不住和程岁宁分享，说到一半又忍不住笑，“其实是我偷看他。”

程岁宁也跟着笑：“我也感觉他有偷看你。”

“是吧。”

沈宜接过炸串，又拉着程岁宁去买奶茶。

两个人慢悠悠地逛着。夜晚的学生广场上，都是一对对的情侣。

沈宜看着，大力吸了口奶茶，大声感叹：“好想谈恋爱啊。”

程岁宁也用力地点了点头。

沈宜的效率极高，第二天就已经把那个穿 7 号球衣的男生的所有信息摸透，行动去了。

程岁宁就没这么快乐了，她被老宋抓住，在办公室里整理材料。

办公室里很安静，坐在她对面的、隔壁系的辅导员谭嘉仪的手机忽然响了。

谭嘉仪见办公室里只有程岁宁，也没在意，直接接了电话。

“你还知道找我啊？你妈都给我打了好几次电话了，说你就在北城也不肯去看她，你这浑小子离家出走还要玩多久啊？

“行了行了，我不说了，你现在在哪里？来我办公室一趟，你妈有东西让我转交给你。”

程岁宁一直低着头在专心地校对文件，谭嘉仪见她安静认真的模样，越看越顺眼，挂了电话后，将自己抽屉里的零食拿出来分了她一些。

“你们宋老师就是偷懒，他的活儿都被你干了。”

程岁宁咬了口杧果干，笑了笑。

谭嘉仪看着程岁宁就想起自己那叛逆不着家的外甥：“还是女孩子好啊，我就喜欢乖巧安静的小姑娘，你不知道我外甥……”

“小姨。”

谭嘉仪转头看向门口：“来了啊，进来呀，我正要和人家小姑娘说你呢。”

周温宴笑笑，目光望向程岁宁：“说我什么？”

“说你不省心。”

周温宴在程岁宁身边的椅子上坐了下来。

程岁宁握着笔的手收紧，她知道周温宴会坐下来是因为离谭嘉仪最近的椅子就是她身边那把，但还是感到紧张。

谭嘉仪很久没看到周温宴了，埋怨了他几句：“你都来京大多久了，也不知道主动来看看你小姨。”

“忙啊。”周温宴懒散地拖着尾音，伸手拿起程岁宁桌上的文件看了看。

程岁宁下意识地看向他。他也看向她，微挑着眼角，好像在说：我不能看吗？

程岁宁低下了头。

谭嘉仪看见这一幕，顺便介绍了一下程岁宁：“这是和你一级……”

周温宴打断：“程岁宁。我们上同一节选修，她还是课代表。”

谭嘉仪有些意外，看向程岁宁：“真的啊？”

程岁宁点点头。

周温宴扫了两眼程岁宁整理的文件就没了兴趣，又伸手将其放回原位。

程岁宁强迫自己专心，可就是管不住视线，一直盯着他修长干净的手指。

头顶忽然传来他的声音：“你现在是班长吗？在这儿帮老师整理资料。”

“不是班长。”她小声解释，“只是……勤工俭学。”

周温宴“哦”了一声。

谭嘉仪看了看时间，她没什么事了，便说：“阿宴，你吃晚饭没啊？难得抓到你，小姨请你吃晚饭。”

周温宴眼角的余光瞥到那个认真的身影：“好啊。”

谭嘉仪有些意外。她这个外甥和他爸妈吃饭都很少，居然答应了她的邀请。

她收拾完东西，抬眸看见程岁宁伏案的身影，她问：“岁宁，你也跟我们一起吃吧？都这么晚了，活儿没做完明天再弄。”

程岁宁刚准备婉拒，就见周温宴正看着她。她攥了攥指尖，鬼迷心窍地点头答应了。

谭嘉仪就在学校附近找了一家口碑很好的私房菜馆。

坐下来后，谭嘉仪将菜单递给程岁宁：“想吃什么随便点。”

程岁宁乖巧地点点头，可拿了菜单却暗暗犯难。她也不是不饿，只是和周温宴一起吃饭，她没办法不紧张。

谭嘉仪在和周温宴聊天，眼角的余光瞥见她认真的表情，调侃道：“怎么点个菜都跟做试卷一样，一脸严肃。”

程岁宁的脸立马红了：“倒也没有。”

周温宴指了指菜单上的一张图片：“这个粥。”

程岁宁立刻用笔勾了一下。

谭嘉仪问："就喝粥啊？"

周温宴说："有点儿感冒。"

程岁宁后知后觉地发现他的鼻音有些重，脸色好像也比之前见到时要苍白一些。

是上次的病还没好吗？

一顿饭吃得还算融洽。分开时，谭嘉仪递了个纸袋给周温宴："你也给你妈打个电话，她真的挺关心你的。"

周温宴没看袋子里是什么，只说："知道了。"

谭嘉仪开车走了，周温宴和程岁宁往学校走。

程岁宁不会主动找话题，而且她脑子现在有点儿乱。刚刚那一顿饭，谭嘉仪和周温宴的谈话都没避着她，她被动地听了不少和周温宴家里有关的事。

周温宴和家里的关系不好吗？是发生了什么矛盾吗？为什么周温宴会离家出走？

他当年转回苏州读高三，是为什么呢？

不过，她现在最关心的是，周温宴的感冒到底有多严重啊？

这个点回校，路上都是人，而周温宴出现在哪里，哪里就是焦点。

程岁宁感觉沿途有很多目光落在自己身上，她有点儿想逃，又舍不得。

程岁宁低着头看着地上，他们俩的影子靠得很近，比实际近了许多。

她想，要是可以拍下来就好了，她想用这个做手机壁纸。

"你上次给我的药叫什么？"周温宴突然出声。

程岁宁回过神来："你说的是止咳药吗？"

他"嗯"了一声，若有所思地说："挺管用的。"

那个药有好几个不同的版本，她便说："具体的我也忘了，回宿舍我拍给你。"

"好。"

气氛又安静下来，过了几秒，程岁宁主动开口："除了咳嗽，你还有别的症状吗？"

"喉咙疼，头疼。"周温宴顿了一下，"都挺疼。"

"这么严重吗？"

周温宴垂眸。

寒夜里，眼前的人被冷风吹得鼻尖都红了，看着他的眼睛里满是关心。

他想起这几天江叙有意无意的试探，问他高中的时候是不是和程岁宁有什么不为人知的故事。

他问江叙为什么会这么认为。

江叙说："你们俩之间的氛围挺奇怪的。虽然表面看起来不熟，但……说不上来，总之就觉得有故事。"

眼下，周温宴看着程岁宁看自己的眼神，突然能体会到江叙说的他们俩之间"有故事"是什么意思了。

程岁宁又问他："你这几天都没吃药吗？"

"吃了没什么效果。"

"要不直接去医院看看吧？"

"没那么夸张。"

程岁宁不好再说什么。回到宿舍后，她将之前吃的药都拍了照片发给他。

程岁宁：你看看，这是我之前吃的几种药。如果严重的话，还是去医院看看比较好。

程岁宁：这么晚了，你让舍友帮你去买药还是叫外卖？

程岁宁想了想，点开外卖软件上面的药店，发现好几家店铺药品都不全。

程岁宁犹豫着，想着她这里还有药，要不自己给他送过去？

手机忽然振动了一下。

宴：舍友。

沈宜刚回来，就见她一直盯着手机，把头凑过来："和谁发消息呢，这么专心？"

程岁宁下意识地将手机藏到怀里。

沈宜挑眉："男生？"

"不是。"

沈宜不信："肯定是。谁啊，给我看看，我给你参谋参谋。"

"真的不是。"

"好吧。"沈宜拿着衣服去卫生间洗澡了。

程岁宁重新打开手机，重看了一遍她和周温宴的聊天记录，很短，没多少内容。

她觉得自己今天给他发的消息有点儿多，怕他发现什么，然后会像拒绝倪明苒那样拒绝自己。

手机忽然又振动了一下，还是他。

宴：江叙买错了，你那儿还有吗？

程岁宁：有。

她刚准备发"我送过去"，他的消息就跳了出来：明天上课给我吧。

明天有篮球课。

程岁宁：嗯嗯，好。

又有舍友从她身后走过，她紧张地护住屏幕。

程岁宁想，要不要给他换个备注呢？她给别的好友的备注都是名字，如果是不熟悉的人，还会加上专业作为前缀。

给周温宴换成什么呢？如果换了特别的，被别人不小心看到的话不是就……

程岁宁心中百转千回，最后还是选择维持原样。

第二天的篮球课，周温宴没来。

今天要考定点投篮，老师先给了 10 分钟的时间热身。

江叙已经将程岁宁当作朋友，一直和她聊天："别担心，女生的话，十个投中三个就能及格。”

程岁宁点点头，没在意考试的事情，她犹豫再三还是问出了口：“周温宴的感冒是不是很严重？”

江叙拍着篮球的动作忽然停下，别有意味地看向程岁宁：“有一点儿。”

程岁宁还没想好要不要现在就把药给他，老师已经在叫人集合了。

篮球课的氛围很好，老师和同学们都很照顾课上唯一一个女生，纷纷和她分享投篮的要领。

程岁宁认真地听着，等轮到她的时候，小姑娘静着一张脸，投十个球进了九个，把男生们和老师都惊呆了。

“程岁宁可以啊。”

“是有天赋还是专门练过？”

“改天也教教我们呗？”

老师笑哈哈地和男生们说：“你们不行啊，这次第一名就是我们程岁宁同学了。”

程岁宁一战成名，下课后还被篮球社的人给堵了，问她要不要加入。

虽然程岁宁温温柔柔的看起来好说话，可拒绝起人来一点儿也不心软：“真的没有这方面的考虑，不好意思。”

几个男生捂着心口故作伤心，就是不肯离开，围着程岁宁起哄：“学妹你就答应呗，不用参加日常训练，给我们当个吉祥物就行。”

江叙跑过来帮她解围：“行了行了，都别装了啊，人家学霸忙着呢。”

程岁宁看见江叙又惦记起药。等人都走了，她低头从包里翻出药，刚要递给他，江叙的手机就响了。他看见屏幕上显示来电的人，接通后微微挑眉：“醒了？”

察觉到电话那边的人是谁，程岁宁的指尖微顿，下意识地扣住药。

“什么？”江叙听完周温宴在电话那头说的话，问程岁宁，“我一会儿还有课，你能把药送去我们宿舍吗？就送到楼下就行，阿宴会下来拿。”

程岁宁紧抿着唇，有些为难。

江叙想起来，那天在火锅店，他猜程岁宁暗恋的人可能就是周温宴，而且在他看来，周温宴对程岁宁也有那么一点儿特别。

但看程岁宁现在的表情，难道他猜错了？

江叙说："不行的话，也没……"

程岁宁仰起头，决定让自己大胆一点儿："我没课，可以送。"

江叙将话咽了回去："好，那我上课去了。"

程岁宁点了点头。她走了几步，突然想到江叙没告诉自己他们宿舍楼是几号。这时她的手机振动了一下，语音通话的窗口跳了出来。

程岁宁手忙脚乱地接起。

"3号楼。"她还没出声，周温宴的声音就钻进了她耳朵里。听起来像是刚醒，又低又哑。

周温宴那边有些细碎的声响，像是在套衣服。

"你刚醒吗？"程岁宁问。

他"嗯"了一下："上午上专业课去了，中午回来又睡了。"

这是程岁宁第一次和他打电话，他的声音在电话里听起来更温柔，也可能是生病的原因。

程岁宁闻言脱口而出："好学生。"

说完她就后悔了。

那头静了一秒，周温宴低笑起来："这么记仇？"

可能是他语调有几分亲昵，程岁宁莫名其妙地脸红起来。

她抿唇道："没。"

周温宴那边传来水流的声音，程岁宁听见他说："我洗个脸，先挂了，待会儿见。"

"嗯。"

男生宿舍离教学楼并不远，程岁宁找到3号楼时，周温宴已经等在楼下了。

他的头发有些乱，身上套了件卫衣，在懒散地低头看着手机。旁边有人走过，跟他打招呼。他顺势抬头望过来，程岁宁就这样出现在他的视野里。

程岁宁应该是第一次来男生宿舍，路过的男生不少回头注视她的，不过她都视而不见。

周温宴的心情忽然好了起来，眼角的笑都遮不住。他收起手机，开口叫她："程岁宁。"

程岁宁脚步一顿，抬头看过来，一瞬间黄昏的光影正好笼罩住了她，周温宴看不清她的脸，只看见她亮得过分的眼眸。

他走到她身边，自然地接过她手里的药："吃饭了吗？"

太家常的问候了，程岁宁一时还没反应过来他的亲近，迟钝了好几秒。

周温宴直接往前走，见她没跟上来，又回头催她："走啊。"

程岁宁根本无法拒绝，跟在他身后。

"想吃什么？"他问。

程岁宁低头看着脚尖走路，忽然包带被人拉了一下，她不明所以地停下来。

他松开，低声说："要撞人了，你好像走路总不爱看路。"

程岁宁攥了攥指尖，小声反驳："……没有。"

"嗯。"他尾音带着笑，"想好吃什么了吗？"

他们已经走出校门，程岁宁在后街扫了一圈，有一家粥店格外醒目。

"粥可以吗？"他还重感冒着，还是吃清淡的好。

周温宴点点头："都行。"

这个点不是饭点，粥店里的人很少。老板递上来菜单后说："粥还在熬，可能等的时间有点儿长。"

程岁宁想到周温宴估计今天一天都没吃什么，抬头问他："要等吗？"

他却反问："你饿吗？"

程岁宁实话实说："不太饿，你呢？"

他笑起来，用笔勾了个虾仁粥：“那就等。”

老板拿着菜单就回后厨继续熬粥了，整个小店里就剩下他们俩。

程岁宁不太会聊天，低头默默地看桌上贴着的广告。周温宴坐在她对面看手机，他的手机“嗡嗡嗡”地一直在振动。

怎么每天有这么多人给他发消息？程岁宁这么想着，又抬头朝他看了过去。

“看什么？”周温宴突然问。

程岁宁连忙收回目光：“没。”

他话锋一转：“有一件事我很早就想问你了。”

“什么？”

“你是不是……”他停顿了一下，“怕我？”

程岁宁心口一跳，连忙否认：“没有。”

周温宴却还不打算放过她：“你总是不敢看我，不是怕，难道是讨厌？”

这才过去不到 5 分钟，程岁宁感觉自己已经无法和周温宴独处了。

她紧张地抠了抠掌心，抬眸看向周温宴的眼睛：“不讨厌。”

怎么会讨厌呢？她在心里想。

周温宴得到答复，歪头笑了笑，没再继续问。

小店里又恢复了安静，只有后厨传来轻微的煮粥的声音。

程岁宁的视线没移开，还望着周温宴。在这个不到 20 平方米、烟火气十足的小店里，他周身的气质看起来没以往那么冷了，整个人显得接地气不少。

程岁宁问他：“周温宴，你要不要先把饭前的药吃了？”

周温宴抬起头，挑了挑眉。

程岁宁指了指袋子里的药：“有两种药需要饭前吃，你感冒还不见好，不能再偷懒拖着了，不然真得去医院了。”

“好。”周温宴说，“吃。”

粥店外，倪明苒身边的同学抵了抵她：“那是周温宴吗？他对面的女生是谁啊？”

倪明苒转头看了过来，她一眼就认出了程岁宁。

程岁宁陪周温宴吃完饭，又连忙赶去老宋那儿帮忙，一直忙到晚上9点才回宿舍。

倪明苒早早地就在宿舍里等着程岁宁，一见程岁宁进来就开始发难：“程岁宁，你今晚是不是和周温宴一起吃饭了？”

程岁宁被她一嗓子吼得愣了愣，过了会儿才点头：“嗯。”

温瑶和沈宜见倪明苒的语气不好，停下手里做的事，看了过来。

倪明苒在等程岁宁的时候想了很多。她之前加周温宴微信，一直没通过，后来得知，程岁宁却加到了周温宴的微信，和周温宴联系还不少。她还为此纳闷儿过，现在想来，倒是她小瞧了程岁宁。她甚至想到，那天在火锅店，周温宴和程岁宁之间的氛围有点儿微妙，没准儿那份玉米汁就是周温宴给程岁宁点的。

想通了这一切后，倪明苒觉得自己简直是被程岁宁耍得团团转。

倪明苒冷哼一声：“你每天装得那么乖，其实心机最深吧？程岁宁，我真是小看你了！”

沈宜连忙去关宿舍的门，温瑶则上前，挡在程岁宁面前，问倪明苒：“怎么了怎么了？”

倪明苒看着程岁宁的脸，想到那一阵自己倒追周温宴的行为，再想到程岁宁就这么默默地看自己的笑话，简直快气死了。

“还怎么，呵，我们这位大学霸，攀上人家周温宴了呢，今天还和周温宴一起吃饭了！”

“不就吃顿饭吗？这有什么！”温瑶觉得她不可理喻，“你不是说你都放弃周温宴了吗？现在又在这里生什么气？宁宁本来就和周温宴是高中同学，吃顿饭你都这么大反应，大家一个宿舍的，有必要吗？”

倪明苒翻了个白眼：“怎么没必要了！她表面上装乖，实则背着大家和周温宴暗度陈仓！太不要脸了！”

"谁不要脸？"程岁宁被她说得涨红了脸，反驳道，"我不知道你为什么要向我发难，我和周温宴只是吃了顿饭而已，我们之间什么也没有，我也没和他暗度陈仓，请你不要对我妄加揣测！"

程岁宁特别不喜欢吵架，她爸妈没离婚前就天天吵架。她觉得吵架是这世界上既聒噪又无用的事情。

她们俩在这儿为了周温宴吵架的意义是什么？难道谁吵赢了，周温宴就归谁吗？

程岁宁和倪明苒闹了不愉快后，倪明苒又开始不回宿舍住了。

那晚沈宜虽然及时关上了宿舍门，但可能是因为倪明苒当时声音太大，这事还是传了出去。程岁宁偶尔在宿舍楼里遇到孟雅瑜，都觉得她看自己的眼神不太友好。

沈宜最近和那个穿"7 号球衣"的帅哥黄辰蔚进展顺利，差不多要确定关系了。

"我感觉他这两天就会跟我告白。"课上，沈宜趁着教授不注意，偷偷跟程岁宁咬耳朵。

程岁宁的眼睛亮了亮："真的吗？"

沈宜点点头，忽然想到什么："对了，黄辰蔚说他最近在校队没少听到你的名字，还说他们最近有比赛，想邀请你去看呢。"

程岁宁最近有点儿忙，摇了摇头："再说吧。"

讲台上公共课的教授正在公布分小组作业的名单："程岁宁、谭林、倪明苒、关安安一组，程岁宁是组长。"

被点到名的程岁宁一愣，和倪明苒对视了一眼。

"不是吧，要不要去换一下？"沈宜有点儿担心，"这次作业还挺重要的，而且关安安也不是我们班的，和我们不熟。"

下课铃响了，程岁宁将书收到包里："没事，还有谭林呢。"

"行，那我过去了。"沈宜他们小组的人已经在等她了。

程岁宁点了点头，谭林走过来和她讨论作业课题。

倪明苒挽着关安安的胳膊在打电话，路过他们时停下来，有些傲慢道：“你们定好了告诉我，我还有事，先走了。”

谭林是个在学业上特别认真的人，听了这话很不高兴：“我们先一起讨论下吧，然后把每个人的工作内容分配好，时间还挺赶的，你现在走不太好吧。”

倪明苒说：“拜托，有两周的时间呢，现在急什么啊，又不是要做实验，不过就是一篇 PRE，查查资料、看看文献，不就编出来了。大家都是能考上京大的学霸，不至于连这点儿作业都应付不了吧。”

程岁宁提议道：“我们四个拉个群吧，你有事的话就先走，我和谭林讨论好，把具体分工发在群里。”

倪明苒嗤笑一声，走了。

关安安跟在倪明苒身旁，回头冲着程岁宁抱歉地笑了笑。

谭林的脸色很差，程岁宁看了看时间：“我们先去食堂吃饭，再找个地方研究。”

在去食堂的路上，谭林说了不少他对这个选题的想法。

程岁宁认真地听着，和他有来有往地讨论，思路明晰，讲话有条理。谭林之前对女生学他们这个专业还挺意外的，航天航空工程这门专业，涉及的学科又难又广，报考的大多数是男生，女生只有极少数。但程岁宁很有想法，考虑问题的角度也很多元。

他们俩在吃上面都不是特别讲究的人，选了个人少的窗口打菜，就近找了张餐桌就坐下了。

谭林看着程岁宁的脸，心中微动，忽然意识到程岁宁好像真的挺好看的，之前舍友还说她是这届京大理工科的骄傲。

程岁宁注意到他的视线，抬眸看他：“怎么了？”

谭林发现程岁宁的虹膜颜色比起一般人的要浅一点儿，这让她整个人看起来更加温柔。

他们的课程很忙，在谭林的印象里，程岁宁几乎都是素颜，头发就随便绑一下，穿衣风格也都是以舒适为主。

“你长得挺好看的。”

谭林突然冒出来这么一句，他一说完这句话，又感觉到自己这话说得有点儿突兀。

好在程岁宁没什么反应，只是很平常地说：“好看又不能当饭吃。”

也是，长得再好看，实验还得做，报告还得写。

他们的话题又回到了课题上。

当天晚上，程岁宁就把详细的分工发在了群里，并@了所有人，但只有谭林回了她。倪明苒和关安安都不太积极，程岁宁看着手机有些纳闷儿，这个作业挺重要的，老师说作业的结果会影响期中考试的成绩。

过了半小时，她又在群里@了倪明苒和关安安一遍，并再次告知了一遍截止时间。

关安安回了个“OK”的表情包，倪明苒还没回。

宿舍里，沈宜说今晚水温不是很热，催她赶紧去洗澡。

程岁宁将手机放到一边，拿着睡衣去卫生间，洗完澡回来，倪明苒还没回复。

程岁宁的手指在桌上敲了敲。

在敷面膜的温瑶忽然叫她：“宁宁，倪明苒发朋友圈吐槽的那个人是你吗？”

程岁宁怔了怔，连忙点开倪明苒的朋友圈。

倪明苒：绿茶好学生真是会装，不就一个小组作业的组长，真把自己当个官了，第一天就催命一样。

下面已经有很多同学评论点赞。

温瑶知道她俩今天被分到一个组，没想到矛盾激化得这么快：“发生什么事了吗？”

程岁宁将群里的聊天记录给他们看。

沈宜一副十分有经验的样子：“你别急，到时候你就把分工表放在PPT里。反正这个是老师和学生一起匿名打分，你怎么做的，大家都看得到。”

程岁宁“嗯”了一声。

接下来几天，程岁宁和谭林一直泡在自习室里，啃文献、查资料。

等截止时间还剩不到一周的时候，倪明苒主动找上了她。

“我觉得你的分工不太合理。那么多资料我怎么可能在这么短的时间内找到，而且还要我做数据分析，你知道拉表多花时间吗？”倪明苒说完用胳膊抵了抵一起来的关安安，“安安也觉得你给自己安排的工作太轻松了，你是组长，不应该做得更多一点儿吗？怎么能把大部分的工作都扔给组员，划水也不是你这么划的吧？”

程岁宁抿着唇：“哪里不合理？我和谭林负责了拉框架、整理数据，还有模拟实验。如果你觉得我们轻松，当时你怎么不提出和我们换？你不是还说这么点儿作业，你应付起来轻轻松松吗？现在又不行了？另外，我提醒你一下，今晚 12 点就是前期数据整理的最后期限了，你必须给我你负责的那部分，不然我们就来不及了。”

倪明苒笑起来，刚想驳斥回去，旁边的关安安拉了她一下，缓和气氛道：“知道啦，我们会按时交的。”

关安安拉着倪明苒走到没什么人的地方，她问：“你是不是不喜欢程岁宁啊？”

倪明苒挑眉，丝毫不掩饰：“对啊，你不也不喜欢她吗？要不然你干吗配合我？”

关安安说：“她每天都装出一副乖巧清纯的样子，我确实看不惯。但小组作业很重要，关系到期中成绩，我们也不能拿自己的学业开玩笑。”

倪明苒早就想好了：“我们是一个组的，就算我们俩再怎么不配合，她作为组长也得做好，不然我们成绩不好，也会影响她的成绩。”她勾起唇，“她要拿奖学金，很在乎绩点的，你放心，哪怕我们什么都不做，小组作业都能拿高分。”

关安安明白了，脑筋一动，提议：“那你想不想再给她找点儿麻烦？”

关安安知道倪明苒家里挺有钱的，她一直都想混进倪明苒所在的圈子，于是凑到倪明苒耳边说："就这样……给她添点儿麻烦而已。"

倪明苒闻言，笑着拍了拍她的肩膀："可以啊你。"

晚上 10 点，那个一直安静的小组群突然热闹起来。

关安安：我觉得我们组的这个选题不太好，同质化非常严重，和别的小组比一点儿新意都没有。

程岁宁看到简直无语。

沈宜当时就在她身边，正在和她讨论一个自己小组遇到的问题，看到这行字立刻就气笑了："这都定好选题、分好工这么多天了，她才觉得不太好啊？"

程岁宁还没回，谭林的消息先跳了出来。

谭林：之前定选题的时候为什么不说？

程岁宁想了想，打字：前期工作已经做了很多了，现在改选题来不及了。

关安安：可是选题就是你们俩定的啊，我和明苒都没参加。

关安安：哎呀，我就是想我们小组的选题可以让人眼前一亮嘛，要不我们再想想，有没有别的更好的方向？

沈宜气笑了，拉着温瑶也来围观这一奇葩发言。

程岁宁的电脑屏幕上还在跑着作业需要的程序，这个什么都没做的人居然轻飘飘地说要换个方向。

谭林：不可能。

程岁宁：先做，一边做一边优化。

关安安：这样多麻烦啊，还多做了这么多无用功。

程岁宁：你的前期数据什么时候交？

关安安：这不还没到晚上 12 点嘛。

发完这句话，她就消失了。

晚上 12 点的时候，关安安在群里发了个文档。

倪明苒还没出现，程岁宁 @ 了她好几次，她终于回了——

倪明苒：没时间，所以没做。

程岁宁懒得理她，直接打开关安安的文档，里面的内容一看就是在网上直接复制粘贴的，一个字都不能用。

她气得头疼，关了文档，直接不在群里说话了，专注自己的模拟实验。

第二天下午有篮球赛，沈宜出门时问程岁宁要不要去。

程岁宁在赶那两个人没完成的进度，一夜没睡，抱着电脑，脸色难看得吓人。

沈宜放了一杯奶茶在她的桌上："注意身体。"

黄辰蔚早早就给沈宜安排好了座位，他穿着球衣红着脸问："要是今天我赢了，你就答应我的告白好不好？"

沈宜眨了眨眼睛，笑着对他做了个"加油"的手势。

这场球赛是京大对科大，按照实力来说京大比科大要强很多。沈宜事先就知道，但她还是很紧张。

最后的哨声响起时，黄辰蔚在球场上冲她笑着招手。

沈宜才松了口气。

"阿黄，这就是你女朋友啊，够漂亮的。"队友调侃着从他们身边路过。

黄辰蔚推了推他们，让他们赶紧走，然后低头问沈宜："一会儿有庆功宴，你和我一起去吗？"

沈宜说："好啊。"

黄辰蔚立马开心地笑了："那我先去换衣服，你等我啊。"

沈宜点点头，等黄辰蔚的时候，她刷了一下朋友圈。

倪明苒又发了一条动态：好学生真的是高攀不起。

沈宜翻了个白眼："真是有病。"

篮球队的庆功宴就安排在学校附近的一家烤肉店里，沈宜的性格很大方，不一会儿就和他们打成一片了。

中途周温宴突然出现了，沈宜还在惊讶，黄辰蔚站起来，十分亲近地上前叫了一声“表哥”。

周温宴应了一声，在黄辰蔚的身边坐了下来。

这还是沈宜第一次这么近距离地看到周温宴，她的眼神直勾勾的，盯得黄辰蔚都吃醋了。

“你到底是我女朋友还是我表哥女朋友啊？”

沈宜捏了捏他的脸：“放心，你表哥那种神人我拿捏不了，我就喜欢你这种没心机的‘小奶狗’。”

庆功宴快结束时，沈宜出来给程岁宁打电话：“要我帮你带晚饭吗？”

程岁宁正在教室里和谭林翻资料，接到沈宜的电话感动得快哭了：“好宜姐，随便带点儿什么就好。”

“那我帮你带碗粥回去，容易消化。”沈宜忽然想到什么，“你看到倪明苒的朋友圈了吗？她又开始了！你真准备忍这口气，帮她们把事情都做了吗？这也太憋屈了。”

“我知道，放心，我不会白干的。”

沈宜打完电话，正好校篮球队的人出来。他们一起往学校走，路过粥店的时候，沈宜说：“等我一下，我去帮舍友买个粥。”

黄辰蔚让他们先走，自己陪女朋友。

等粥的时候，沈宜将最近发生的事情和黄辰蔚说了，最后总结道：“就这样。你表哥真是个祸害，害得我们宁宁白白被针对。”

黄辰蔚送完沈宜回宿舍，想了想，给周温宴打了个电话。

周温宴正在和江叙打游戏，手机就扔在一边。电话响起时，他伸手滑过屏幕接通，继续打游戏。黄辰蔚说的话，他一心二用地听着。听到程岁宁名字的时候，他忽然停了下来，将手机拿到耳边。

江叙正沉浸在游戏里，看着周温宴不动了，说：“喂，干吗啊你，我要‘死’了。”

周温宴没理他，直接拿着手机走了出去。

“你看看你，害人不浅啊。”

听完黄辰蔚说的话，周温宴回想了一下最近程岁宁的样子，他有两次在课上遇到她，她好像和平时也没什么区别，只是黑眼圈重了点儿。

“你打算怎么办啊？”黄辰蔚问他，“换作你，你也不想你小组里有两个‘划水’的人吧。”

周温宴回了一句：“知道了。”

“你知道什么啊？”

周温宴没多说：“挂了。”

他点开微信里程岁宁的头像，盯着看了一会儿，然后发了条消息过去。

周温宴：被欺负了？

过了两秒，周温宴又将刚发出去的消息撤回了。

晚上很冷，他点了根烟，姿态懒散地抽起来。等烟燃尽，全身被风吹得冷透，周温宴才想起来自己感冒刚好，不适合在外面久待，便起身回了宿舍。

他没说话，脸色看起来比刚刚冷淡许多，江叙从手机前抬起头，看他情绪不高，便问：“怎么了？打一个电话就不高兴了？”

周温宴没搭话，躺到床上，一只手枕着胳膊，另一只手握着手机。他神情疲惫地看着手机上程岁宁的头像。程岁宁的头像是张风景照，他觉得有点儿眼熟，一时又想不起在哪儿见过。

过了会儿，他放下手机，看着天花板，若有所思。

周温宴挺少有这样的时刻，他往常在宿舍里不是睡觉就是打游戏，要不然就在赶作业，哪像现在，一看就是在想女人。

一局游戏结束，江叙拉着椅子坐到周温宴旁边八卦：“谁啊？让你这么上心？”

周温宴没动，眼睛还看着天花板：“没谁。”

周温宴的手机忽然振动了一下，他抓起来扫了一眼，见消息不是那人发来的，又扔回原位。

江叙眼尖，看到他微信列表上的一个名字，说：“你刚接电话的时候，我好像听到了程岁宁的名字？”

“怎么？还不死心？”

江叙立马说：“别，我现在可对程岁宁一点儿那个心思都没有。我只把她当朋友和妹妹。”

周温宴满脑子都在想程岁宁看到自己撤回的消息没，不知道她看到了会是什么反应。

江叙等了会儿，发现周温宴根本不搭理他，于是推了周温宴一下：“跟你说话呢。”

“你家是不是养猫了？”周温宴突然问。

江叙摸不着头脑：“对啊，怎么了？”

“从小开始养的吗？”

“对啊，两个月大就开始养。”

周温宴侧了侧头，来了点儿兴致：“养怕生胆小的奶猫有什么技巧？”

“就是不能吓到它吧，哪怕你很喜欢它，也要慢慢地释放爱意让它慢慢接受。猫咪这种生物，如果一下子太亲近它，它会感到害怕。尤其是遇到特别胆小的，它还会缩到隐蔽的角落里让你找不到。”江叙说完，好奇地问，“你要养猫？”

周温宴想了想：“差不多吧。”

程岁宁没看到周温宴那条消息，她回到宿舍后囫囵吃了几口粥，又开始赶进度。

沈宜坐在她身边，看了她一会儿，摇头说了句“造孽啊”，就去洗澡了。

键盘的声音太吵，屏幕也有亮光。程岁宁见温瑶和沈宜都睡了，就关了电脑上床休息。

她捏了捏酸痛的肩膀，拿出一晚上都没有看的手机。刚打开微信界面，就看到周温宴的头像在最近联系人的第一个。

她点开微信，只有一条“宴撤回了一条消息”的提示。

时间是在晚上 9 点 26 分。

程岁宁眨了眨眼睛，盯着看了好一会儿，有点儿埋怨自己那时候为什么没发现手机振动。

程岁宁发了条消息过去：你撤回了什么？

宴：没看到？

程岁宁：嗯，一直在赶作业。

宴：发错了。

程岁宁抿了抿唇，叹了口气，原来是这样。

她看着聊天记录，舍不得话题就在这儿停下，可她可以发什么呢？她的手指在表情包里滑来滑去，选了半天，也没有合心意的。

忽然，她发现聊天框上周温宴的名字消失了，变成了“对方正在输入中”，她的心又“怦怦”地跳了起来，指尖的动作停下，等他的消息。

可等了好一会儿，他都没发过来消息。

黑夜里静悄悄的，只有程岁宁的心跳声。

程岁宁于是主动问道：本来是要发给谁？

宴：就是你。

程岁宁：不是发错了吗？

宴：内容发错了。

程岁宁又想问他本来想发什么，但他已经换话题了。

宴：什么作业这么赶？

程岁宁：一个小组作业，本来也没那么赶，就是出了点儿小意外吧。

这是他们第一次聊起这么琐碎的事情，就好像他们是很熟悉的好朋友一样。

程岁宁的手指在屏幕上滑动着，看了看聊天记录，然后悄悄地将他发的每句话都复制到一个专属文档里。

在那个文档里，有他跟自己说过的有意义的话，有他发过的有意思的动态。程岁宁有时候觉得自己都有些病态了，如果有一天周温宴发现了她的这种喜欢，会不会觉得她很奇怪？

可他们的接触少之又少。她这么费尽心机地去收集内容，文档里的内容依旧寥寥无几。

宴：嗯。

宴：我也讨厌小组作业。

程岁宁忽然笑起来，玩笑回复：希望小组作业远离大学生。

这晚她和周温宴聊了挺久的天，程岁宁低落了许久的心情也变得好起来。她怀着这样的好心情睡了近期最好的一觉，第二天满血复活地去上课，连体测都超常发挥，达到了优秀线。

沈宜为她高兴："这么多天的操场没白跑。"

她刚说完，黄辰蔚就出现在操场边，拎着几杯奶茶走了过来："我也不知道你们喜欢喝什么，就买了最热门的几款。"

温瑶笑嘻嘻地接过奶茶，冲着沈宜挑眉。

沈宜凑到程岁宁耳边小声说："他是周温宴的表弟。"

程岁宁愣了一下，抬头看向黄辰蔚。

他们俩除了身高相近，其他方面看不出来任何相似点。黄辰蔚长期打篮球，体型有些壮，身上展现出来的全是蓬勃的生命力，看着很阳光。但周温宴总是有些懒散，冷冷清清的不爱搭理人。两个人不论是外形还是性格上，都天差地别。

黄辰蔚被程岁宁看得有点儿蒙，他抓了抓后脑勺儿问："怎么了？"

沈宜看着自己的男朋友："觉得你真可爱。"

"……"

沈宜说完就和两个舍友摆摆手，和亲爱的男朋友欢欢喜喜地约会去了。

温瑶勾着同样孤家寡人的程岁宁往食堂走，还在食堂看见了倪明苒和关安安。

温瑶咬着鸡腿看向倪明苒，意有所指："我听说她下学期打算转去法学院了。"

法学院是京大的王牌专业，要求很高，要转专业的话必须考到现在专业的前三才行。

程岁宁觉得倪明苒有点儿奇怪："为什么一开始不选法学，法学不是文理都可以报选吗？"

温瑶说："估计那时候没见到周温宴吧。"

程岁宁没说话，她觉得倪明苒并没有喜欢周温宴到那个地步。

温瑶问："倪明苒能考到前三吗？"

他们进校前有高考成绩排名，倪明苒并不靠前。

程岁宁没说话，温瑶也懒得管了："算了，不管她了，你作业赶得怎么样了？"

程岁宁说："还有两天应该可以搞完。"

回宿舍的路上，有许多同学都对着天空拍照。

程岁宁一抬头就看见晚霞漫天，整个校园都是粉色的。

温瑶拿出手机，换用不同滤镜在拍照，程岁宁被这种气氛感染，也拿出手机拍了几张。

温瑶拍完天空还不满意，拉着程岁宁又是自拍又是单人拍照。拍完后，她对着美图软件一阵摆弄，最后发在了朋友圈里。

程岁宁给她点了个赞，然后打开自己的相册，挑了一张自我感觉拍得最好的，也发到了朋友圈。

发完以后，她就去图书馆了。

等从图书馆出来，程岁宁才打开手机刷朋友圈。她列表里好友不多，收到了十几个赞，她挨个拉下来，看见了周温宴的头像。

她下意识地点开他的头像，点进他的朋友圈里。

下一秒，程岁宁的脚步猛地停下。

周温宴的朋友圈背景图不知什么时候换了照片，换上的好像就是她刚刚拍的晚霞。

程岁宁心跳得“怦怦”响。她觉得是自己想多了，今天的粉色晚霞在学校论坛、告白墙、朋友圈都刷屏了。大家都拍得大同小异，或许，周温宴拿来做背景的这张照片并不是她拍的。

程岁宁盯着那张背景图，又翻出自己拍的，对比了无数次以后，她十分确定，那就是她拍的。

周温宴为什么要这么做？是因为她拍得好，还是是因为那张照片是她拍的？

不管是哪种原因，程岁宁都觉得有种巨大的喜悦感在心口炸开。

程岁宁在冷风中愣了很久才恢复正常的心跳，她盯着周温宴的头像，有一种想立刻找他问问清楚的冲动，可点开对话框，程岁宁又不敢了。

想了好一会儿，她将周温宴的朋友圈截图发给黎梨，又将自己拍的那张照片也发给黎梨。

黎梨秒回：怎么了？

程岁宁：你觉得这两张是一张照片吗？

黎梨：是啊，一模一样，怎么了？

程岁宁刚要回，黎梨又发了新的消息过来。

黎梨：这是周温宴的朋友圈背景图？

程岁宁：嗯。

黎梨：他用了你拍的照片？

程岁宁：嗯。

程岁宁：你说他是什么意思呀，是因为我拍得好看吗？

黎梨仔细研究了一下。

黎梨：我感觉不是。

黎梨：你拍照的技术和审美，和直男有什么区别？

这是大实话，比起论坛、朋友圈里那些构图更精美的照片，她这张简直差远了。

程岁宁觉得自己的心跳得更快了，很多种复杂的思绪杂糅在一起，她真想问问周温宴为什么。

程岁宁：那他怎么想的啊？

黎梨：我也不知道，周温宴那种人的想法，我真的猜不到。你说会不会他对你有点儿想法，所以故意这样做想引起你的注意啊？

程岁宁看着黎梨发来的消息。不可否认，这个想法也有一瞬间出现在她的脑海里。

但这个可能性大吗？会不会只是她多想了？

手机振动了一下，黎梨又发了一条消息过来。

黎梨：但也说不准，万一他真的只是随手呢。

这个可能性最大，按照周温宴的性格，真有可能是随手换的。

程岁宁的眼睛眨了眨，她的脸颊已经被冷风吹得冰凉，刚刚悸动无比的心，已经逐渐平静下来。

因为周温宴的一个小举动，她胡思乱想了一整晚，或许人家根本没有什么多余的意思呢。

这么一想，程岁宁莫名地有些沮丧。

接下来几天，程岁宁当作什么都没发生一样，如往常一样上课，只是偶尔停下来，会下意识地打开周温宴的朋友圈，去看一眼他的朋友圈背景图。

她知道自己在别扭和在意什么——怕周温宴换掉，又怕他继续用。

第四章

他的声音比月色还要温柔

小组作业汇报那天，小组内的四个人轮番上去讲解。由于倪明苒和关安安连 PPT 都没看，在讲台上讲得一塌糊涂。

谭林气得满脸通红，程岁宁倒是脸色如常。

她早就知道会这样，昨晚她把文件发到群里，她们俩甚至都没有回她。

小组的评分不算低，他们的选题很新颖，再加上程岁宁和谭林都是很认真的人，作业的完成度很高，教授很满意，扣分主要是在倪明苒和关安安的表现上。

等全部讲完后，进入下一个环节，教授说："请每个组的组员给组长匿名打分，我会选取平均分，然后和之前的小组打分一起，取个平均值，作为组长的分数。"

教授刚说完，倪明苒就轻笑了一声，立刻在纸上写了个分数，折了起来。

程岁宁盯着那张字条，抿了抿唇，心里莫名地有点儿慌。

下课铃打响，教室里一下子嘈杂起来，学生们鱼贯而出。程岁宁一手抱着书，一手挎着沈宜，一边走一边聊天。

沈宜刷着手机："晚饭去吃后街那家麻辣烫？那家超级好吃，汤底一绝。"

程岁宁说："好啊。"

还在讲台上没走的教授忽然叫住程岁宁，他的脸色有些凝重："程岁宁，你留一下。"

程岁宁脚步一顿，大概猜到是什么事，沈宜有些担心地看了她一眼："那我在楼下等你。"

程岁宁点点头。

这门课算是半个专业课，教授姓林，是专业领域内的大拿人物，他之前一直对程岁宁印象不错，一方面是因为小姑娘成绩好，一方面是因为她还很努力。

但从刚刚收上来的匿名打分上来看，程岁宁似乎在处理人际关系上有些欠缺，他的话说得有点儿重："你们组一共四个人，除了你还有三个组员，一个给你打了 95 分，一个 59 分，一个 0 分。你知道这样算下来你的平均分会有多低吗？"

林教授话音刚落，程岁宁脸上的血色都没了。她知道倪明苒和关安安给她的打分会比较低，但 59 分和 0 分也太过分了，这样算下来，她的平均分甚至不及格。

"平时学业上用功努力，人际关系上也要多加注意，全班只有你一个组长被组员打了 0 分，你知道这个问题的严重性吗？这说明你这节课的成绩不会高。我知道你有保研的想法，也知道京大保研的条件，以后还有很多小组作业，如果你每次都被组员这样打分，你觉得你还能有机会被保研？你的绩点还能看吗？"

林教授觉得，学生哪怕再聪明，情商也得够用。他这么说也是出于惜才——教书这么多年，他什么样的学生没见过？刚刚课上的演讲他一眼就能看出小组里谁用功、谁"划水"了，但大学就是一个浓缩版的社会，有些事情得这群孩子自己去面对并学会处理。

程岁宁当然知道这意味着什么，她抿着唇道："老师，如果是被恶意打低分呢？"

林教授瞧了程岁宁一眼，一般好学生多少会有些恃才傲物的毛病。他皱了皱眉，问："一共三个组员，两个人都对你抱有恶意？"

"对。"

林教授的眉头皱得更深："你应该先从自身找找问题，不要出了问题第一反应是怪罪他人。"

程岁宁垂在身侧的手握紧："我不知道老师您说的要从自身找问题是什么意思，今天是我的小组作业被人恶意打低分，明天我要是无缘无故被人打了，我也要从自身找问题吗？"

林教授没想到程岁宁的态度会这么不好，脸色一沉："你就这么和老师说话的吗？别以为自己就是完美的，人外有人天外有天，我希望你明白。"

扔下这句话，林教授就黑着脸走了。

沈宜在教学楼楼下等着，看到林教授下来，却没看见程岁宁的身影。

她又等了 5 分钟才看见程岁宁，程岁宁的脸色特别难看，沈宜问："怎么了？发生什么事了？"

程岁宁将刚刚的事说了一遍。

沈宜的火气直接冲了上来："倪明苒和关安安也太贱了吧，她们想干什么？拉低你绩点吗？林教授说话也太难听了吧，受害人有罪论吗？"

程岁宁摇摇头，她现在也不知道该怎么办。京大的奖学金和保研等各项申请的要求都很严格，而成绩无疑是其中最重要的意向指标之一。

她现在心情很差，很怕自己到时候评奖学金受影响。但她知道自己现在急也没用，于是拉着沈宜的胳膊说："走吧，吃麻辣烫去。"

沈宜气得都快吐血了："你现在还吃得下？"

程岁宁木着脸和她对视："不差这一顿，吃饱了才有力气想办法。"

沈宜叹了口气："行，今晚我请客，我叫温瑶也来。"

温瑶来得十分迅速，麻辣烫还没叫到她们的号，她就已经出现了。

她听沈宜转述完刚刚发生的事，说："倪明苒她是不是故意的？她转系的话不是要求必须是专业排名前三吗？把宁宁拉下来她就能往上一点儿。"

沈宜翻了个白眼："她真够离谱的，拉下宁宁还有谭林和其他大佬呢，她天天缺勤怎么可能前三。"

温瑶耸了耸肩："那她可能真的就是纯属想搞宁宁。"

前台在叫号了，她们的餐做好了。

程岁宁起身去取餐。

这家店又小又乱，但因为味道好，广受京大学生欢迎，店里挤满了人。

程岁宁取完餐往回走，小心地穿过人群，坐到她们对面，将每人的碗端到她们面前，还细心地将筷子、勺子放好。

普通的白炽灯光下，程岁宁微微低着头，这几天因为太忙吃饭不及时，她比之前瘦了一些，下巴更尖了，看起来特别羸弱单薄。

沈宜是北方人，之前对南方女生没什么认知。认识程岁宁以后，算是从程岁宁身上感知到了那种江南女生的温柔美好。她觉得这事就是因为周温宴惹出来的，她在微信上找到黄辰蔚，跟他抱怨了几句。

黄辰蔚转头就将这事告诉了周温宴。

周温宴收到黄辰蔚的语音消息时，正在外面和江叙他们一群人吃饭。

他拿着手机走到店外，一抬头就看见对面麻辣烫店里的程岁宁。

他静静地看着她。

麻辣烫的碗比她的脸还大，她握着筷子，小口小口地吃着，咀嚼了很多次才咽下，像猫一样。

从高中时他就知道她吃饭很慢，别人吃完了，她的餐盘还几乎没怎么动过。而且她吃饭的习惯很不好，如果她的同伴吃好了，她也就跟着不吃了。

周温宴忽然觉得心情有些烦躁，点了支烟抽着。

某个瞬间，他的视线和街对面那个小店里的人相交了。他忘记吐出烟圈，呛得猛咳起来，眼尾泛红。等他再仓促地抬眸，她已经低下头，错开了他的目光。

夜风很冷，却吹得他全身都热了起来。

程岁宁永远都不知道，那个瞬间，少年的心跳有多快。

“看什么呢？”江叙走出来抽烟，看见周温宴正站在那儿发呆。

黑漆漆的天空下，他藏在阴影里，背没绷直，神色若有所思。等指间的烟快要烧到手时，他才怔了一下，转身将烟头摁灭，扔进身后的垃圾桶里。

江叙瞧他不对劲儿，又问了句："干吗呢？神不守舍的。"

周温宴似乎才听见江叙的话："没什么。"

江叙觉得有点儿奇怪，下意识地往他身后看去。他还没看清什么，身旁的周温宴已经往回走了。他又追了上去，搭上周温宴的肩膀："你干吗啊，一晚上都冷着张脸。"

周温宴懒懒地哼笑了一声："就没劲儿。"

"嘁，装什么呢！"

他们今天班级聚餐，周温宴一整个晚上都没兴致，冷冷淡淡的，话也没几句。桌上有几个女生一直盯着他，但一顿饭下来连跟他搭话的机会都没有。

有几个男同学还调侃他："阿宴，最近身边怎么不见人，这么素不像你啊。"

"连隔壁科大的美女都来打听你了，本校的女生你要是腻了，去祸害祸害别校的也行啊。"

周温宴白眼都懒得掀一个。

另一边的程岁宁并没看清马路对面的人是谁，她满脑子都是如何解决匿名打分这件事。谭林不知道从哪里知道的消息，给她发来了微信。

谭林：明天我和你一起去找林教授，把这段时间发生的事情说清楚，应该还是有办法补救的。

谭林会主动发来这样的消息，让程岁宁有些意外。她本来也是想去找谭林的，现在他主动帮忙最好了。

程岁宁放下筷子回：好，那明天下课后一起去。

她想了想又回了一条过去：谢谢。

对面的沈宜见她在聊天，挑了挑眉："谁啊？聊得那么火热。"

"谭林，说明天和我一起去找林教授。"

温瑶一听就凑了过来，眨巴眨巴眼睛："是谭大学霸啊，没看出来他这么热心，是不是对你有意思啊？”

程岁宁摇摇头：“你想多了。”

温瑶瞧着她：“宁宁，都开学这么久了，我看告白墙上说喜欢你的也不少，你就真没一个喜欢的？”

程岁宁放下手机：“我现在分不出心思想这些。”

沈宜忽然想到之前宿舍夜聊时程岁宁说的话，忽然问：“宁宁，你是不是心里有什么人？”

程岁宁捏着筷子的手微顿，然后点了点头：“嗯。”

暗恋这事温瑶有经验：“哇，怪不得你之前安慰我能说到我心坎里去，原来咱们俩同病相怜啊。”

沈宜不知在想什么：“那个人是有多好啊，让你这么惦记着？”

程岁宁挠了挠脸：“哪儿都好，就感觉他全身都散发着光。”说完，对上了沈宜和温瑶的目光，问，“怎么了？”

沈宜笑起来：“第一次看见你这样。”

温瑶点头：“宁宁，你说起他的时候也在发光。”

吃完饭，从店里出来，江叙一眼就看到了从对面麻辣烫店里出来的程岁宁，他终于知道了周温宴为什么反常。

程岁宁一开始没看见周温宴，她低着头看手机，在翻之前小组群里的聊天记录。

她心里盘算着明天要怎么和林教授说，忽然头顶有声音响起来——

“看路啊。”

程岁宁羽绒服的帽子被轻轻拎了一下，她一怔，仰头看过去，愣了两秒才发觉自己跟周温宴靠得很近。

他是什么时候出现的啊？

周温宴低垂着眼睑，懒散地看着她，嘴角微微勾着：“你走路好像老不专心。”

程岁宁在他面前总有些不自然：“没……没有。”

一行人浩浩荡荡，她本来是和温瑶、沈宜一起走的，但江叙不知道说了什么，把她们俩都吸引了过去。

现在，只有周温宴和她并肩走在最后。

他的存在感太强，哪怕只是走在她身侧，也让她感到心口紧绷。

忽然，他问了句："吃的麻辣烫？"

程岁宁"嗯"了一声，回问了句："你呢？"

"烧烤。"说完他又补充，"感冒好了。"

"哦。"

程岁宁看着脚尖，感觉他后面说的那句话像是在给她报备。她莫名地觉得心情比刚刚好了些，在没人看见的地方，嘴角翘了翘。

走到了男女宿舍的分岔路口，沈宜和温瑶在前面等她。

程岁宁看了周温宴一眼，突然跟他说了句"晚安"。

他本来在仰头看今天的月亮，听见她的声音又低头望向她："晚安。"

他的声音比月色还要温柔。

程岁宁的脸有点儿红，借着夜色的遮掩一路逃走。

沈宜瞧见她的反应，像是发现了什么秘密一样。

程岁宁刷牙时，沈宜凑到她耳边小声说："是周温宴吧。"

她咽了咽口水。

沈宜更加确认了："天哪，真是他，程岁宁，你藏得够深啊。"

程岁宁慌得满脸通红。

沈宜捏了捏她的脸："好啦，我会保密的，我还会帮你的。"

被发现秘密的程岁宁心里乱糟糟的，好在沈宜真的如她所言没有告诉任何人。

程岁宁上完课就和谭林去办公室找林教授，林教授看见她后，态度和昨天有了天壤之别。

听完程岁宁和谭林的话，他笑得很是和蔼可亲："原来是这样，这些情况你们应该早些和老师说，那就不会发生昨天那样的事情了。"

林教授的目光看向程岁宁，拍了拍她的肩膀："放心，你的成绩不会受影响的，之前是老师不知道情况，现在知道了就不会让你受委屈。”

程岁宁不知道他为什么在这么短的时间内会有这样的变化，但也没来得及多想，只道：“谢谢老师。”

谭林也觉得林教授的态度转变得有些奇怪，出了办公室，他问程岁宁：“你是不是认识什么校领导？”

程岁宁眼角的余光忽然看见从教学楼里走出来的周温宴。

今天降温，风极大，天气预报说可能会降雪。他穿了件黑色羽绒服走在风里，整个人显得有些冷峻。

程岁宁突然抬起头，有些着急地和谭林说：“今天谢谢你，我还有点儿事，先走了。”

说完她就飞快地跑下台阶，冷风灌进脖子里也不管。等追到周温宴叫了他的名字，才发觉自己声音哑得很。

“周温宴。”

周温宴停下脚步，转过头看向她。

程岁宁的头发被风刮得很乱，她随意地拨了拨耳边的碎发，看着他问：“是不是你帮我的？”

周温宴笑了一下。

不知怎的，程岁宁忽然想起那晚被周温宴撤回的、自己没看到的那条消息。

她脑子里有个猜测：“你是不是早就知道这件事了？”

“嗯。”

“你为什么要帮我？因为我们是高中同学吗？”

“不是。”

“那是什么？”

周温宴漫不经心地说：“自己猜。”

风更大了，她以为自己听错了。

程岁宁盯着他，心脏“怦怦”跳着。她能不能猜，周温宴有一点儿喜欢她？

这天深夜下起了雪。

程岁宁第二天醒来时，发现整个学校变了样，整个校园仿佛都压上了厚厚的白色的雪。

程岁宁没见过北方的雪，早起打卡的时候觉得这样的雪景太美了。

温瑶打完卡就萎靡不振地回宿舍睡回笼觉，程岁宁跟沈宜则去食堂吃早饭。沈宜看她盯着雪兴奋的样子，说："看归看，你可别去舔雪哦，有失你美女的身份。"

程岁宁笑着捏她的腰："我之前没见过这么大的雪，苏州的雪一落地就化了。"

沈宜见怪不怪："以后你去我家那边玩，比这好看多了。"

"好啊。"

最近二食堂的糖粥特别火，她们俩多走了几步路，特意去了二食堂。走到二楼时，可以看到学校的操场和几栋矮的教学楼，风景特别好。

程岁宁停下脚步，握着手机兴致勃勃地拍了好几张照。

刚回头，就见沈宜拿着手机正对着她。沈宜指挥着她："别动，就刚刚那姿势，特别有感觉。"

程岁宁听话地转过去，停顿了几秒，刚想问沈宜拍好没，突然听到身后有人喊了周温宴的名字。

她的动作突然僵住，周温宴从她身边擦肩而过。

程岁宁看了他一眼。他没什么精神，脸上残留着困意，察觉到她的目光后，视线似有若无地从她身上一掠而过。

他身后的江叙本来在和他说话，看见她，连忙热情地摆了摆手："程岁宁，你今天也吃二食堂啊。"

程岁宁仍旧看着周温宴，点了点头。

"人都进食堂了，别看了。"沈宜将手机举到她眼前，"看看照片，怎么样？我抓拍的技术好不好？是不是看着就很配？"

程岁宁看向手机屏幕。

沈宜抓拍得很精准，从照片上看过去，好像是她和周温宴一起拍的。

他们俩都站在楼梯上，身后是被白雪覆盖的学校。更巧的是，他们俩的衣服像是情侣装，她穿着毛茸茸的白色棉袄，他穿着黑色棉服，虽然款式不是完全一样，但看上去就是很搭。

沈宜见她看得入神，用胳膊抵了抵她，小声调侃："这就脸红了？"

程岁宁抿唇，小幅度地点了点头："除了高中毕业照，这是我和他的第一张合照。"

而且高中的毕业照里，他们俩距离特别远。周温宴因为长得高，站在最后一排，而她在第一排，不仅如此，而且他们站的方位一左一右，两人可谓呈对角线站着。

沈宜将拍好的照片都发给了程岁宁，她第一次听程岁宁主动谈起自己的感情，心里酸酸的，安慰她说："以后会有更多的。"

程岁宁没出声，她将照片一张张都存了下来，仔细挑选了一张看不清周温宴正脸且不那么明显的合照做了主屏幕壁纸，在设置成屏保时她犹豫了一下，又取消了。

最后，她的视线又落在那张拍得最好的照片上。

她打开微信，点开和周温宴的聊天界面，将这张照片设置成了和他的专属聊天背景。

沈宜就在她身边，看见了她全部的行为，摇头感叹："少女的心啊，真是千回百转。"

程岁宁脸一烫，将手机按了锁屏。

"啧，照片谁给你拍的，还不给看。"

期中考试过去后，整个校园里的学生都像是松了口气。

本来学校附近的咖啡厅、甜品店里全是在图书馆、自习教室抢不到座的同学，现在店里也都恢复到平常的样子，笔记本电脑、iPad、书本和卷子都不见了。

上周因为考试，程岁宁和做家教的那家家长请假了，家长十分好说话，说这周把请的那几天假补回来就可以，所以她周六一早就出门坐公交车赶着去家教了。

她教的是个初二的小姑娘，叫楚灵，人很聪明，就是没什么耐性，注意力集中不了一会儿就被别的东西吸引走了。

到了家教地点以后，楚灵的妈妈和她说下周楚灵的学校也要开始期中考，希望她这周给楚灵集中突击下楚灵几门薄弱的学科。

程岁宁刚把几道数学题画出来，楚灵就趴在桌子上不肯动了，噘着嘴十分不高兴。

“要先把这些题做完哦，这周任务比较紧，不可以拖沓哦。”

楚灵扔下笔：“不想做。反正再怎么补，我的成绩也不会提高多少，考不了全班第一。”

程岁宁看着小姑娘气鼓鼓的脸，从她的话里察觉出一点儿特别的意味来。她问道：“为什么要考全班第一？和自己比进步了就好。”

“可是他是第一，如果我的成绩没有他好，他怎么会看到我？”楚灵塌下肩膀，“上次月考，有个女生的英语成绩超过他，他主动和那个女生说话了。”

程岁宁用笔抵着下巴，想了想：“这样呢，你努力将自己擅长的科目考到最好，拿到第一名，其他的科目慢慢来，不着急，这样他说不定也会主动来找你搭话呢？”

楚灵的眼睛亮了亮，态度比刚刚积极了许多，可没过几秒又沮丧起来：“可我没有能考第一的科目。”

程岁宁拿过她最近周测的试卷，又将之前的月考卷子都看了看：“还是有机会的，你语文和历史都是前几，这段时间突击一下，然后考试的时候细心一点儿，我觉得拿第一名也不是没有可能哦。”

“我这次肯定会细心的，不该丢的分都不会丢的。”

程岁宁摸了摸她的脑袋：“好，但数学和物理我们也得用心，如果他看到你连不擅长的科目都进步很多，或许也会对你刮目相看。”

楚灵歪了歪脑袋：“真的吗？”

“真的。”

可能是程岁宁的表情太具有可信度，楚灵这一天的学习效率提高了很多。

晚上6点，程岁宁婉拒了楚灵妈妈留她吃晚饭的邀请，离开了小区。

楚灵家离京大有一些距离，坐公交车需要半小时。程岁宁出了小区走到公交车站，拿出耳机，解锁屏幕时看到壁纸，视线多停顿了两秒，才打开音乐播放软件。

她随机播放了自己创建的“Y”歌单上的一首歌，又切到微信刷朋友圈。刚刷新完，就看见周温宴刚刚分享了一首容祖儿的《怯》。

她的手指动得比脑子快，已经点了播放。

一曲播放完，她切回音乐播放软件，搜索出他刚分享的《怯》，并点了“喜欢”，将这首歌添加到名为“Y”的歌单里，然后将听歌模式改成单曲循环。

正好她等的36路公交车到站了。程岁宁上了车，坐到倒数第二排。她撑着下巴，看着这个城市的晚高峰，耳机里有个女声安静地在唱：

明知单恋惊险，但我还未脱险，

如果初恋肤浅，怎么我会兴奋狂热，

什么都想，什么都怯……

一曲结束，又自动跳转到开头。

程岁宁不太听得懂粤语，打开歌词，一边听一边看。

周温宴会怯吗？他那样的人会有这样渺小又卑微的情绪吗？会有谁让他这样闪耀的人都胆怯呢？

她和周温宴的共同好友不多，她只能看见江叙的点赞和评论。

江叙说：怂什么啊，追啊。

周温宴回了个“滚”。

程岁宁盯着那个“滚”字，心忽然空落落的，鼻尖又开始不自觉地泛酸。

她给周温宴点了个赞，赞完又点了取消。

程岁宁不喜欢这样的自己，又闷又无聊，连喜欢一个人都喜欢得不洒脱。

她将屏幕扣过去，专注地看着窗外的热闹街景。没过几秒，手机猛地振动起来，她翻过手机，接起语音电话："沈宜，怎么了？"

沈宜正在宿舍里化妆，听见程岁宁的声音便说："怎么声音听起来这么失落，看见是我的电话不满意啊？"

"没有。"

"你什么时候到学校啊，今晚我们家黄辰蔚可说要请客的，你别忘了。"

程岁宁说："还有三站。"

沈宜看着镜子里的自己，觉得这个口红色号不合心意，抽出张纸巾擦掉了，换了另一支涂上。

"那我和温瑶在宿舍等你一起去。"

"好。"

这次的口红颜色十分满意，沈宜冲着镜子亲了亲自己，忽然想到什么："对了，倪明苒转专业的事黄了。"

程岁宁问："出什么事了？"

"不知道谁将她的出勤率和期中考试的成绩贴到了论坛上，还事无巨细地说了这次她和你们小组作业的经过，最后总结说这样的人绝无可能达到转专业的标准。这件事闹得特别凶，你不知道法学院那群人的反对声音有多大，怎么都不肯接受她。他们院是京大王牌专业，虽然'卷'，但集体荣誉感特别强，现在可谓群情激愤，想都不用想，倪明苒转专业的事情肯定是黄了。"沈宜说着说着，声音突然小了点儿，"这事真不是你做的？"

"不是。"程岁宁的心底浮现出一个名字，但她有点儿不敢确认，"我没办法让法学院为我说话。"

"也是。"沈宜想了想，"不会是周温宴吧？"

说完沈宜先乐了，担心程岁宁以为自己故意打趣她，连忙道歉："我就随便说说，你别介意。"

程岁宁说："嗯，我不介意。"

她挂了电话，点进微信，发现朋友圈的消息里多了个红色显眼的"1"。

程岁宁微怔，犹豫要不要点进去。过了好几秒，程岁宁还是点开了，发现是温瑶的统一回复。

程岁宁呼出一口气，将手机放进羽绒服的口袋里。

黄辰蔚请客的地点在学校附近超火的音乐餐吧。

他叫了很多人，平时关系好的朋友全都来了，沈宜她们到了后吓了一跳。全桌除了她们宿舍的三个女生，还有几个不认识的女孩子，看起来像是他兄弟的女友。

沈宜不太高兴，想到他叫这么多人也没有事先跟她说一声，脸色有些沉。

程岁宁拉着她坐下来："他估计没想那么多，就是想双方的好朋友都认识一下。"

温瑶也说："嗯嗯，你别在这么多人面前给他脸色看。"

沈宜背着人翻了个白眼，才勉强控制住脾气。

音乐餐吧内灯光很暗，周温宴背着光坐在餐椅上，耷拉着眼皮懒洋洋地在听身边的人聊天。话题应该没什么意思，他一直百无聊赖地把玩着打火机。

他的外套放在了一旁，现在只穿了件看起来很柔软的黑色毛衣，在昏暗的空间里，那毛衣的颜色显得他的肌肤更加冷白。

程岁宁没忍住多看了他一眼，沈宜凑到她耳边说："惊喜吗？"

程岁宁被她戳穿心思，不自然地收回视线，胳膊肘儿还不小心将桌子上的筷子碰掉了。

沈宜小声笑她："你的反应也太大了，你这么老实，怎么拿下他啊？”

程岁宁弯着腰捡筷子，好在同桌的其他人都在聊天，根本没人关注到她，连温瑶都没发现她和沈宜在说悄悄话，但她还是感觉脸很热：“别说了。”

沈宜放过她：“好啦好啦。”

筷子掉的位置比较靠里，程岁宁花了些时间才捡起来。刚起身，她眼前突然出现一双干净的、还没拆开的筷子。

她一怔，看向给自己递筷子的人。周温宴的姿势没怎么变，还跟刚刚一样，漫不经心地靠在椅子上，只是拿着筷子的手伸向了她这边。直到发现她一直没拿筷子，他才将视线移过来了点儿。

桌上的人察觉到周温宴的举动，聊天的声音小了下来。

程岁宁抿了抿唇，接过：“谢谢。”

坐在周温宴身边的人是第一次见到程岁宁，见此情形，挑了挑眉，问周温宴：“口味变了？”

周温宴没搭理他，叫住路过的服务员：“你好，再拿双干净的筷子。”

“你岔开什么话题啊？你最近反常得很，没事还酸唧唧地分享暗恋歌曲，你不会真暗恋什么人吧？”

周温宴吊儿郎当地笑起来，挑眉看他：“我用得着暗恋？”

他这话一出口，全桌都安静下来，然后一群人开始哄笑。

“你要是都得暗恋，那我这辈子脱单无望。”

周温宴笑着没说话，有一搭没一搭地转着手里的打火机。

几个男生见他这副散漫的样子，口吻颇酸地打趣他。

“你赶紧脱单吧，你要是还单着，我们会被烦死，这阵子天天有女生加我，通过好友申请后的第一句话，就是让我推送你的名片。”

“我也是，我还以为自己最近魅力爆表呢，没想到全是为了这祸害。”

他们越说越夸张，周温宴淡淡地出声阻止：“够了啊。”

又惹来一阵哄笑。

程岁宁心口涩涩的，低着头专心吃菜。

吃完饭，下一站是去KTV唱歌。沈宜和黄辰蔚商量着去哪家KTV，程岁宁跟温瑶站在一旁聊天，温瑶叽叽喳喳地和她分析着这几个男生里谁最帅。

一行男生站在另一边抽烟。周温宴没骨头一样半靠着墙站着，指间也夹了一根烟，倒是没抽。

程岁宁听得不太专心，只听到温瑶分析了一圈，最后说还是觉得周温宴最帅。

沈宜和黄辰蔚商量完了，走过来和她们说："还是去学校附近那一家，一会儿打车走，你们跟我和黄辰蔚一辆车。"

温瑶和程岁宁点点头。

但是这片不让停车，司机大叔到了以后，在车里急急忙忙地催他们上车，生怕被拍照开罚单。匆忙之间，程岁宁和温瑶最终居然和周温宴还有一个不太认识的女生一辆车。

周温宴也有些意外，他站在原地，似乎在思考怎么坐。

温瑶开口："你坐在前面吧，我和宁宁……还有这个姐妹一起坐在后面。"

周温宴看了程岁宁一眼。温瑶知道程岁宁和周温宴是高中同学，她捏了捏程岁宁的胳膊，用气音和她说："说话。"

程岁宁小声道："嗯，可以吗？"

周温宴点点头，但那个不认识的妹子似乎不太高兴，不过也不好说什么，四个人就这样上了车。

从音乐餐吧回学校有一段距离，路上又遇到交警查酒驾。温瑶看着红色尾灯连成一排的路，说："还好周末不查寝，不然歌都唱不成了。"

没人搭理她，只有程岁宁"嗯"了一声，温瑶后知后觉地感觉到车里尴尬的气氛。

她低头打开手机打字，打完后，用胳膊抵了一下程岁宁。

温瑶：你要不要说点儿什么，真的好尴尬啊。

程岁宁看了看她，在她手机上打字：我说什么啊？

温瑶：随便说点儿什么都好，你和周温宴不是高中同学吗？不然你俩聊点儿过去的事情，总比这样干熬着好。

程岁宁抬头看向前面的周温宴，发现他正在低头打游戏。

温瑶又捏了一下她的手，冲着她使了使眼色。

程岁宁搜肠刮肚地刚要开口，却被身边的女生抢先了。女生倾身靠近副驾驶位，声音亲昵：“周温宴，你还记得我叫什么吗？”

车内的寂静被打破，闻到八卦味道的温瑶立刻握紧程岁宁的手，程岁宁的心也猛地一跳。

周温宴过了两秒才出声：“不记得。”

女生也不尴尬：“我叫薛雨，和你一起上过电影赏析的选修课。”

他没什么兴致搭理她，注意力还放在游戏上：“哦？课代表你记得吗？”

课代表程岁宁在后视镜里和周温宴对视了一眼。

薛雨显然忘记了程岁宁是课代表，还问了句：“课代表，是谁啊？”

他说：“程岁宁。”

温瑶快笑死了。

程岁宁有些尴尬地看了一眼薛雨：“嗯……我是，我就是那节选修课的课代表程岁宁。”

薛雨的脸上有点儿挂不住：“哦，不好意思啊，我不太记得你。”

程岁宁说：“没事。”

短暂的尴尬交流后，车内又恢复之前的安静。

薛雨显然不甘心：“周温宴，你都单身有一阵了，有没有考虑什么时候再找个女朋友啊？”

“没有。”周温宴玩游戏没什么胜负欲，“死”了就无聊地看别人继续。

薛雨觉得机会实在难得，平时哪能和周温宴这样近距离地接触？她问：“你觉得我怎么样？”

周温宴忽然身体往后靠，再次抬眸看向后视镜。

薛雨以为他在看自己，还没来得及细细分辨，他的视线就收回了。

“不怎么样。”他说。

“那怎么样才行？你喜欢什么样的，我都能为你改变。”

“你没戏。”

这时程岁宁的手机振动了一下。车里太静了，振动的声音格外明显，然而温瑶沉迷吃瓜并没有在意。

程岁宁点开手机，快速低头看了一眼。

宴：你就干看着？

程岁宁被口水呛到咳了几声，慌忙将手机锁了屏。抬眸的瞬间，又对上周温宴那双似笑非笑的眼睛，心跳得越发快了。

周温宴低下头，手指又在屏幕上按了几下。

下一秒，程岁宁手心里的手机又振动了一下，但她不敢看。

薛雨没发现两人的互动，她知道自己被拒绝的可能性很大，但还是不甘心：“怎么就没戏，你说说看嘛。”

周温宴不说话了。

程岁宁不知道周温宴的话代表着什么，她猜测，他的意思应该和温瑶差不多，是问她就这么看着场面尴尬下去吗？但她能怎么办啊。

一直在旁边吃瓜的司机大叔都觉得尴尬，开始放广播。

程岁宁全身都绷得很紧，她想了好一会儿，问温瑶：“喝奶茶吗？”

温瑶说：“喝，那一会儿到了，我们先去买奶茶。”

程岁宁又转头小声问薛雨：“你喝吗？”

薛雨说：“喝。”

程岁宁打开备忘录：“要喝什么，我一会儿和温瑶买了带去包间。”

“芋泥波波，三分甜，少冰。”

“好。”

温瑶扯了扯她的袖口，用眼神示意她问周温宴。

程岁宁又咳嗽了一声：“周……周温宴，你要喝吗？”

他这次倒是说话了：“和你一样。”

程岁宁并没有说自己要喝什么，所以他这话怪敷衍的。

薛雨立刻说："程岁宁还没说喝什么呢。"

程岁宁说："我也没想好。"

周温宴慢吞吞又无所谓地"哦"了一声。

所以到底是"哦"什么啊？

好在目的地很快就到了，他们不用再待在这个气氛尴尬、空间狭小的车内。车一停下，程岁宁拉着温瑶立刻下了车。

刚转身，程岁宁就听到周温宴的声音。

"程岁宁，"付完车费的周温宴出声叫住她，"我跟你一起。"

温瑶明白过来："估计他不想和薛雨一起，但让薛雨一个人走也不好，你跟他去买奶茶吧，我跟薛雨一起进去……"

程岁宁："……"

温瑶自来熟地拉着薛雨往 KTV 里走了。

程岁宁觉得自己的脑子被冷风吹得无法正常运行，周温宴走到她身边，为她挡住大半的风。

"走吧。"

"哦……好。"

奶茶店在这条街的街尾，走过去只有几十米，一路上他们俩都没说话。

周末的奶茶店门口人满为患，周温宴刚一出现，排队的女生们目光就都聚了过来。

周温宴向来懒得在意别人的视线，他站在人群的最后，仰头随意扫了一眼菜单，又垂眸看向正在打电话的程岁宁。

她低着头，长发被风吹乱，露出被冻得发红的耳朵。

他的舌尖抵了抵左腮，然后伸手拉了拉她的帽子，将她拉到自己身前。她被吓到，怯怯地抬眸看向他。

周温宴的目光顿了顿，顶腮的力度更重了些。

"好，还在排队，不是很急，你把大家要喝的都发给我。"程岁宁说话的声音不大，咬字很温柔，还带着了些江南水乡独有的甜润。

周温宴盯着她，见她被自己看得有些不自在，才慢悠悠地移开目光。

程岁宁挂了电话，仰起头问他："你有想喝的吗？"

周温宴没什么兴趣："都行。"

程岁宁知道他不喜欢喝太甜的："我准备喝乌龙奶芙，选择三分甜的话就不会很甜，你可以吗？"

他勾了勾唇："可以。"

程岁宁点点头，两个人又没话了。

前面的人越来越少，程岁宁发现排队的人里有不少情侣。

她莫名地感觉脸热，眼角的余光瞥向身边陪她一起排队的周温宴。

快排到他们时，沈宜正好将所有人要喝的奶茶发了过来。很长的一段文字，甚至把几分甜、加什么配料都写了进去。

程岁宁看着手机屏幕，和点单的小姐姐一杯杯地说明。因为太多杯了，她们确认了半天。

付款的时候，一直在旁边没出声的周温宴忽然将手机递了过来。

收银的人和程岁宁同时愣了一下，程岁宁刚要张口，周温宴淡淡地说："黄辰蔚是我表弟。"

所以……

"应该我付。"

程岁宁反应过来，今天是黄辰蔚请客，周温宴作为男方的亲友，奶茶钱由他来付也说得过去。

程岁宁看着小票从机器里打出来，心想，难道他过来就是为了埋单？

付完钱，他们俩走到另一边等待。

店里的人有些多，不少女生都在偷偷看周温宴。程岁宁心里不是很舒服，干脆多走了几步，走到旁边没什么人的小巷子里等着。

这里不是主路，连路灯都没有，只有在车子路过时，才会有车灯扫进来。

四周太静了，周温宴的存在感更强。

黑暗里，他的手机屏幕亮着光，两个人之间的氛围有点儿微妙。

程岁宁不擅长主动找话题，捏着手中的小票，安静地站着。

周温宴低头开始了新一局的游戏，程岁宁不自觉地看了过去。她平时不怎么玩游戏，只能看懂最简单的。没一会儿，他玩的人物就“死”了。

程岁宁见过的大部分的男生打游戏时胜负欲都极强，输了总会脾气暴躁地骂几句脏话，但周温宴的情绪看起来并没有什么起伏，只是百无聊赖地在等下一局。

没一会儿，他玩的人物又“死”了。

程岁宁瞪大眼睛。

“怎么？”他问。

程岁宁没想到他突然出声，愣愣地问：“游戏好玩吗？”

他将屏幕给她看了一眼，态度很坦荡：“不好玩，一直输。”

“你看起来并不想赢。”

他笑起来：“你怎么知道我是不想赢？”

程岁宁说：“你技能都没全部放出来。”

周温宴看着她头顶那处小小的发旋，笑意更深：“是没心思打。”

“没心思？”她问出口就有些后悔了。

周温宴懒懒地“嗯”了一声，又重复了一遍：“没心思。”

程岁宁心想，那你的心思在哪儿啊？

等待的时间比想象中要长，周温宴的游戏又输了几把，程岁宁没再盯着他的影子发呆。又过了几分钟，沈宜见他们迟迟不回来，给她发信息：你们俩不会私奔了吧？

程岁宁身体侧了侧，确定周温宴看不见自己的手机屏幕，才开始打字。

程岁宁：没有，人好多，估计还得一会儿。

沈宜：还回来吗？

周温宴的手机突然也响了，他看了一眼然后接起来，漫不经心地说：“回啊。”

程岁宁打字的手一抖，看向他。

他也看了过来，和她说：“黄辰蔚。”

程岁宁点点头。

黄辰蔚不知又说了什么，周温宴嗤笑：“你真当我是跑腿的啊？”

他又说了句“不行”后，挂了电话，左手在程岁宁面前摊开：“小票给我。”

程岁宁把小票递给他，周温宴拿着小票走到奶茶店里，询问店员制作进度。

店员说：“还有两杯就全部做好了。”

周温宴点了点头：“行。”

又等了几分钟，所有的奶茶终于全部做好了。

过了点单高峰期，这个时候奶茶店又不太忙了。负责打包的店员看了一眼周温宴，又看了看程岁宁，大概是觉得他们挺养眼的，说了句：“今天见过的情侣里，你们这对好亮眼。”

周温宴说：“不是情侣。”

“那是兄妹？”

回到包间后，程岁宁捧着奶茶安静地坐在一旁。

黄辰蔚唱完一曲深情告白的歌后，几个男生起哄要周温宴唱，周温宴都不搭腔。

沈宜中途去卫生间拉着程岁宁一起：“怎么了？”

程岁宁抬头，目光在镜子里和沈宜相交：“没什么啊。”

“去买奶茶的时候发生什么了？看你这脸色，不知道的还以为你跟他告白失败了呢。”

程岁宁勉强笑了笑，把奶茶店店员说的那句“那是兄妹”的话跟沈宜说了。

沈宜喝得有点儿多，用冷水冲了好几次脸，她接过程岁宁递来的纸巾擦了擦，说："关她屁事，就是闲的，宁宁，你别想了。"

程岁宁"嗯"了一声。

为什么别人说的一句无关紧要的话，她要这么在意?

说来也巧，从卫生间出来，她俩遇见了倪明苒和关安安。

倪明苒看见程岁宁后毫不掩饰地翻了个白眼："真晦气。"

程岁宁没理她，拉了拉要上前的沈宜，不想和她发生冲突。

"你还真有本事啊，匿名打分成绩都能说改就改，每天装得跟朵纯白的茉莉花似的，看着清高，实际心思可脏了。"倪明苒挑着眼睛轻蔑地望着程岁宁，嗤笑道，"你现在很得意吧？"

程岁宁莫名地被针对，也很不爽："你恶意给我打分，我给自己申诉有什么不对？另外，如果下次你还无故针对我，我不会这么轻易放过你。"

"好啊，我们慢慢来，反正我转系也转不了了，以后多的是时间。"

"行，我等你。"

程岁宁说完就拉着沈宜往包间走，沈宜对程岁宁刮目相看："可以啊，刚刚那架势我还以为你要打她呢。"

"我是想打的，后来忍住了。"

沈宜大笑起来，捏了捏程岁宁的脸："你太可爱了。"

这桩小插曲就这么过去了。聚会快结束时，又发生了一件很无语的事，包间里突然闯进来一个满身酒气的男人，指名道姓地找周温宴。

"谁是周温宴？出来！"

周温宴抬眼："你是谁？"

男人吼道："你为什么不好好对倪明苒？你知道她有多喜欢你吗，甚至为了你要转到你们系去！现在她被别人故意陷害，搞得转系名额也没有了！你为什么就不能答应她？"

周温宴不以为意地问："倪明苒又是谁？"

温瑶、沈宜和程岁宁她们三个互相看了看，沈宜刚准备说什么，倪明苒进来了。

她脸色很不好地拉着那个男人往外走。

男人替她委屈得不行，又冲着程岁宁吼："程岁宁，不就是一次小组作业分数低了点儿吗，你有必要将倪明苒逼成这样吗？你们还是舍友。"

程岁宁的脸"唰"的一下白了。

沈宜插话："倪明苒，你到底闹够了没，你委屈个屁啊！"

倪明苒瞪着程岁宁，索性破罐子破摔："我怎么不能委屈了？"

一个很冷淡的男声突然插进来："行了，要我叫保安吗？"

倪明苒看向周温宴："我……"

周温宴的气压极低："带着你的狗，滚出去。"

KTV 经理赶了过来，几个服务员也在里面劝，这才将醉汉和倪明苒都请了出去。

包间里短暂地安静了几秒，大家对刚刚发生的一幕感到不可思议。

"绝了，舔狗能做到这地步？"

"周温宴，你够狠啊。"

"那男的刚提到的，是指论坛上大家讨论的那件事吗？倪明苒是被陷害的？"

"陷害啥啊，她的出勤率差和考试分数低是事实啊，她压根儿就没办法转系好吗？还用得着人陷害？"

"好像也是哦。"

乱七八糟的声音，听得让人心烦。周温宴的眉头皱了皱，起身走出包间。

沈宜推了推程岁宁："去啊。"

程岁宁抿了抿唇，跟了上去。

周温宴走出 KTV，站在风口处，烦躁地低头点了根烟。刚抽上就听见身后的脚步声，他回头看了一眼，又将烟掐了，伸手挥了挥。

程岁宁还没来得及开口，就听见他说："你先别过来，等烟味散散。"

她站在原地等了一会儿，周温宴才从风口处走过来。他出来得急没穿外套，现在被冷风吹得眼尾和鼻尖都有些泛红。

程岁宁攥了攥手指，目光落在他刚刚夹烟的手上："之前的事还没和你说谢谢。"

今晚闹了这么一出，搅得气氛乱糟糟的。

倪明苒针对她，就是因为周温宴，而周温宴还替她出头。不知道为什么，想到这点，程岁宁莫名地有些心虚。

周温宴不知道她复杂的心理活动，他淡淡地扫了程岁宁一眼，声音不高不低地说："小事。"

"对我来说不是小事。"程岁宁紧锁着眉头，又强调一次，"今天的事也是。"

周温宴静了会儿，轻轻"嗯"了一声："那你欠我个人情。"

"好，我记着了。"

两个人在店外安静地站了一会儿，周温宴忽然问："不冷吗？"

程岁宁把脖子缩在衣领里："冷。"说完反问他，"你冷吗？"

"冷。"

"那怎么不进去？"

周温宴的动作顿了一下，他低垂眼睑，瞳孔黑漆漆的，里面除了映有她小小的影子，还多了一些隐晦的笑意。

"你怎么不进去？"

程岁宁被他反问得心慌，好在沈宜他们结完账闹哄哄地走出来，打破了暧昧的氛围。

程岁宁站在路边的台阶上隔着人群瞧他，觉得他的心情好像好了点儿。

周温宴这晚没回宿舍，拦了辆车，直接走了。

等他离开，有人小声讨论——

"周温宴他爸真是那谁啊，那他也太低调了吧。"

"你问黄辰蔚啊。"

有人叫黄辰蔚的名字，念出周温宴父亲名字的首字母缩写，然后问：“真的吗？”

黄辰蔚点了点头，然后做了个“嘘”的手势。

众人惊呼了几声。

“我还以为那种家庭出来的都是二世祖呢，没想到玩归玩，学也是真学。”

“是啊，他们这种人为了摘下祖辈的光环就得付出很多。”

“真羡慕，不过我也想一出生就在罗马。”

程岁宁听不懂他们打的哑谜，沈宜知道黄辰蔚家的事情，小声地跟她和温瑶说了个名字。

温瑶惊愕地瞪大眼睛，沈宜的声音更低了：“就是周温宴他爸。”

“那黄辰蔚也是这种吗？”温瑶问。

“不是，他就是普通的富二代。”

之前程岁宁和谭嘉仪他们一起吃饭时，大概猜到一点儿，现在听到反而没那么吃惊。

“怪不得那么多女孩儿贴上去。”温瑶感叹。

沈宜这就不同意了：“周温宴就算是穷光蛋，也会有万千女孩儿喜欢他，他这样的人生来就是渡情劫的。”说着还用胳膊抵了抵程岁宁，“是不是啊？”

程岁宁讪笑了一下。

第五章

收到的最好的生日礼物

之后，程岁宁有很长一段时间没看见周温宴。

不知道他在忙什么，连选修课都缺席了好几周。而程岁宁的生活又恢复到了之前那样，实验室、图书馆、宿舍三点一线，剩下的时间都在勤工俭学。

空下来的时候，她总在想欠周温宴的那个人情要怎么还。

一眨眼到了平安夜，北城的温度一降再降，冷得让人牙齿发颤，天阴沉沉、灰蒙蒙的。

温瑶忙着联谊，沈宜忙着约会，她们每次都问程岁宁要不要一起，但程岁宁都婉拒了。

平安夜这天，下课后，程岁宁一个人出了校门，坐上了一班地铁。地铁上人很多，她挤在人群中，插着耳机，耳机里循环着周温宴喜欢的歌。

一路上手机响了两次，都是她的妈妈邱凝容打来的。

程岁宁本来不想接，最后还是心软了。

“宁宁，最近怎么都不跟妈妈联系？”

程岁宁说：“学习忙。”

“大学了能有多忙啊。”邱凝容停顿了一下，“今天有吃点儿好的吗？妈妈给你转了一笔钱，记得给自己买点儿东西。”

程岁宁“嗯”了一声：“知道了。”

邱凝容问：“你爸爸有跟你说生日快乐吗？”

程岁宁的眼睛眨了眨，忽然叫她：“妈妈。”

“嗯？”

"其实我宁愿今天不是我生日。"

邱凝容安静了几秒，再开口时声音变得有点儿涩："过去的事情就让它过去吧，宁宁，以前是爸爸、妈妈对不起你。"

对不起吗？对不起什么？

去年生日时，邱凝容带着人回来被程豫川抓奸在床，一晚上闹得不可开交；前年生日时，邱凝容在外买醉，程豫川和小三在外开房玩得忘乎所以，根本忘了还有个女儿；大前年……

程岁宁的眼睛太酸，她怕自己在众目睽睽下哭出来，就在最近一站下了车。

地铁站直通一个商场，她随着人流走了进去。商场里到处悬挂着有关圣诞节的装饰物，大厅里还摆放着一棵好几层高的圣诞树。身边的人或者挽着手，或者推着婴儿车，或者抱着孩子，脸上都是喜悦。

程岁宁看着这一个个幸福的家庭，说："我知道，妈妈。"

邱凝容还想说什么，但程岁宁听见她那边有人叫她，邱凝容应了一声，和程岁宁说："好了，妈妈不跟你说了。你今天生日，生日要快快乐乐的，要记得吃蛋糕哦。"

她挂得有些果断。

程岁宁看了黑掉的屏幕好一会儿，才将手机收起。

今天起床时，程岁宁就在想，爸爸会想起今天是她的生日吗？事实上爸爸确实不记得了，好在妈妈还没将她的生日彻底忘记。妈妈能打电话过来祝她生日快乐，她已经挺满足的了。

之后，程岁宁在商场里没有目的地闲逛。没一会儿，她在一家蛋糕店里被一名热情的促销员抓住，非要她试吃。

程岁宁不忍心拒绝，接过吃了一口。吃完后，又被对方拉着在柜台前看起了蛋糕。

她稀里糊涂地买了个蛋糕，拎着包装精美的蛋糕盒走出店门时，她才反应过来手上的重量，发现自己买的这个蛋糕居然是 12 寸的。

她坐上末班地铁回到学校，一路上都有点儿浑浑噩噩的，等她反应过来时，自己已经站在了男生宿舍楼下。

身边都是你侬我侬的情侣，她仰头望着男生宿舍楼，想周温宴现在在干什么。

现在距离她的生日结束还剩 1.5 小时。

程岁宁吸了吸鼻子，闭上眼睛。她许愿，希望今晚可以见到周温宴。

如果可以的话，想让他再和自己说一句“生日快乐”。

等待三秒后睁开眼，眼前都是陌生人。

她咬了咬唇，或许本来就没抱多大的希望，所以连失望的感觉都没有。

她拎着蛋糕往回走，刚走了几步就遇到了江叙，她喊道：“江叙。”

江叙听见程岁宁叫他有点儿意外：“岁宁，你怎么在这儿啊？”

程岁宁将手里的蛋糕递给江叙：“要吃蛋糕吗？”

江叙吓了一跳：“哪儿来这么大一个蛋糕？”

程岁宁抿了抿唇：“别人送的，盛情难却，现在送给你了。”

江叙觉得有些奇怪，但看程岁宁很坚持，他还是收下了。他拎着蛋糕回到宿舍，陆恕正在打游戏，眼角的余光瞥见他手里拎的东西，问：“你哪来这么大一个蛋糕啊？”

江叙将蛋糕放在桌子上：“就刚刚回来，在楼下遇到程岁宁了，她送我的。”

周温宴洗完澡，从卫生间出来就听见这句话，目光落在那个蛋糕上。

陆恕放下耳机，满脸不相信：“她送你蛋糕干吗啊？人家又不喜欢你。”

江叙挠了挠脸：“我也不知道，她说是别人送的，不过我感觉她好像不是很开心。”过了会儿，江叙拍了一下大腿，“不对啊，我是在我们宿舍楼下碰到她的，她没事来我们这儿干吗啊？”

陆恕耸了耸肩膀：“不知道。”

江叙将蛋糕打开，看见生日蛋糕上插了个“生日快乐”的牌子，更纳闷儿了：“真是奇怪，算了，不想了，这么大个蛋糕，我去叫别的宿舍的人也来吃。”

周温宴快速用浴巾擦了两下头发，套上衣服就往外走。

“喂，你去哪儿啊，不吃蛋糕了吗？”江叙在身后叫他。

他没理，脚步更快。

“程岁宁。”程岁宁快到女生宿舍楼下时被周温宴叫住了。

她一时有些恍惚，愣愣地看着他。

周温宴是跑过来的，呼吸有些急。

程岁宁问：“怎么了？”

他没说话，直接伸手拉住她。

“去哪里呀？”

“去吃蛋糕。”

程岁宁被他一路拉到校外，但时间太晚了，店关了大半，最后他们在一家 24 小时营业的便利店里找到了一个小蛋糕。

他付钱的时候还问收银员：“有蜡烛吗？”

收银员说：“只有那种可以照明的。”

程岁宁拉了一下周温宴的衣角。

周温宴点头：“那就这个。”

他付完钱，带着她走到店内货架后面的座位上。

程岁宁看着他拆开蛋糕，将叉子递给她：“吃啊。”

程岁宁还没动。

周温宴忽然想到什么，笑了一下：“应该先许愿。”

他伸手，将她的眼睛捂住。脸颊触碰到他的手掌，程岁宁似乎能闻到他指间淡淡的烟草味。

眼前一片黑暗，他的声音显得更加亲昵。

他说：“今晚是平安夜，你诚心一点儿的话，圣诞老人一定会心软帮你实现愿望的。”

这个冬夜，在节日的气氛蔓延不到的角落里，有温暖在悄然发生。

刺眼的白炽光下，少女愣了片刻，动作僵硬地将双手交叉。

程岁宁无法形容此刻的悸动，这一天的难过全都在此刻消失殆尽。

而她对面的周温宴，认真地看着她，唇角勾起的笑更清晰了，手还抬着，遮挡在她眼前。

过了几秒，他收了收外放的情绪，淡淡道：“许好了吗？”

程岁宁小幅度点点头，她今晚其实已经许过生日愿望了，而且……已经实现了。

他放下手，将一直拿着的塑料叉子递给她。

程岁宁捏着叉子，慢腾腾地挖了一大勺蛋糕塞进嘴巴里。

他低笑了几声，单手打开刚刚顺手拿的冰啤酒，递给她。

程岁宁眨了眨眼睛，拿过来喝了一口就被呛到了，咳了好几声才缓过来，整张脸都红了。

她觉得有些丢脸，小声道：“谢谢。”

周温宴拿了盒温牛奶放在她手边。

程岁宁抓住那罐啤酒：“我可以喝。”

周温宴将她手里的啤酒拿过来：“护食啊。”

“没。”

护什么食啊，她就是觉得他把自己看得太弱了，他把自己看作和他不是同一个世界的人，可她想跟他靠得更近一点儿。

周温宴也喝了口啤酒，忽然问：“那蛋糕真是别人送的？”

程岁宁的脑子里嗡嗡的，小声道：“买的。”

“怎么送给江叙？”他问得随意。

她沉默了一会儿：“我不想吃。”

他觉得她根本就是言不由衷，他刚刚买的蛋糕，明明已经被她吃了一大半。

程岁宁哪里知道周温宴在想什么，她不可能告诉他，她只是想通过江叙把自己的生日蛋糕分享给他，这样的话，也算是和他一起庆生了。现在回过神来，程岁宁觉得自己的举动确实很奇怪。

好在周温宴没戳穿。

周温宴的指腹摩挲着易拉罐，上面有因为温差沁出的水珠，蹭了他一手。

程岁宁看见了，递给他一张纸巾，他接过擦了擦，然后一直攥在手心。

过了一会儿，程岁宁问："你怎么知道今天是我的生日？"

"不难。"

程岁宁"哦"了一声。也是，一点儿都不难猜。

周温宴看着她，试探地问："不喜欢过生日？"

程岁宁含糊地说："以前不喜欢。"

后半句是"但今天喜欢了"，她没说出口。

他"嗯"了一声，又灌了口啤酒。放在一旁的手机振动了几下，他低头看了看。

周温宴没回消息，反倒是点开了微信运动，看见程岁宁今天的步数时，抬眸看了她一眼。

程岁宁慢吞吞地吃着蛋糕。

周温宴今晚特别有耐心，一直在等着她，偶尔喝口啤酒。

程岁宁始终觉得他很温柔，他只是看起来冷淡，其实比谁都心软。

吃完蛋糕后，周温宴送程岁宁回宿舍。

程岁宁和他说了句"再见"就往宿舍里走，本来已经转身走了几步的周温宴忽然回头叫住她："程岁宁。"

程岁宁亦转头看他。

周温宴的舌尖抵了抵左腮，喉结又滚了几下，才开口："我没买生日礼物。"

"啊？"

程岁宁却不这么觉得，对她而言，他今晚能出现，已经是她今天收到的最好的生日礼物了。

"不用送……"她刚开口，下一刻尾音却忽然消失。因为周温宴大步走了过来，将他右手上的尾戒摘下来放在左手的掌心，然后递给她。

程岁宁紧张地吞咽了一下口水，不知道他这是什么意思。

她好像连自己的心跳都听不见了，耳边呼啸的风也听不见了。

周温宴说：“就这个吧，当生日礼物。”

程岁宁又“啊”了一声，她知道自己的脸肯定红了。她张了张嘴，不知道该如何反应，更不知道他这个举动到底意味着什么。

周温宴的表情也有些不自然，把尾戒塞到她手里说了句“生日快乐”就走了。

程岁宁愣在原地，直到看不到他的背影了才上楼。

她攥紧掌心，直到手被尾戒硌得发疼才松开。

今晚注定是个不眠夜。

程岁宁躲在被子里看着这枚戒指，她觉得款式有点儿像是女戒。她在自己的手指上一一试了试，发现戴在中指上最合适。

盯着看了一会儿，程岁宁又连忙把戒指拿了下来，然后给黎梨发消息。

程岁宁把前因后果和黎梨说明后，问她：你说他这是什么意思？

黎梨：什么样的戒指，给我看看。

程岁宁拍了张照发了过去。

过了会儿，黎梨发了个某品牌的官网的截图过来。

黎梨：真的是女戒，你看是C牌的，叫初恋。

黎梨：哇，这个戒指也太贵了吧。

程岁宁看着数字后面一连串的0，心情越发复杂起来。

黎梨：贵有贵的道理，真的挺好看的，有一种简单又特别的感觉。周温宴这人品位不一般哦，哪有男生用女戒做尾戒的。

程岁宁：是啊。

黎梨：你说会不会是他买来送某个前女友的，但还没送出去就分手了？你之前不是说他出手很阔绰吗？

程岁宁：嗯，有可能。

她对着戒指叹了口气，觉得这个可能性最大。

周温宴回到宿舍，发现江叙还给他留了一块蛋糕。

周温宴脱了外套，坐在椅子上，手放在笔记本电脑上，人却在发呆。

江叙和陆恕对视一眼，江叙上前推了周温宴一下，问："干吗呢？跑出去见了什么人啊？怎么这个表情，想女人啊？"

周温宴没搭话，拿过旁边那块蛋糕吃了几口，蛋糕太甜了，甜得他嗓子发腻。他用舌尖舔了舔后牙，又吃了一口。

他想知道，程岁宁为什么拎着蛋糕出现在男生宿舍楼下，还把蛋糕给江叙了；他还想知道，今天一天程岁宁跑到哪里去了，居然走了两万多步；他更想知道，程岁宁今天到底经历了什么，整个人可怜兮兮的，像只没人要的小猫。

周温宴忽然想起，高三时，程岁宁有几次也是这样，早自习结束后，她才失魂落魄地出现在班里，被老师说了几句就哭了出来。老师被吓到了，又立刻软声安慰这个成绩优异的好学生。

那时他就想知道她是怎么了。

陆恕眼尖，一下就看见他手上一直戴着的尾戒没了："你戒指呢？"

"送人了。"

陆恕惊讶地看着他："你之前不是说这戒指将来要用来求婚的吗？我当时还觉得你真浪漫。"

江叙撇了撇嘴："浪漫什么？我看是抠门儿。"

周温宴踢了他一脚，江叙没避开，抱着脚喊疼："你是不是人啊？"

"对你可以不是。"

陆恕将话题拉了回来："送给哪个女生了啊？"

周温宴看着面前甜得发腻的蛋糕，心里有些纠结。可一想到这是程岁宁的生日蛋糕，还是决定都吃完。

好不容易吃完，他将一次性盘子扔到垃圾桶里，回头看到两个舍友一脸八卦的样子，他轻笑了一声："初恋呗。"

江叙以为他是出去找程岁宁了，没想到得到这么个答案，大失所望："你这么浑，初恋别是小学就没了。"

陆恕也损他："你还有初恋啊，我还以为你只走肾不走心呢。"

周温宴笑骂道："滚。"

陆恕不跟他生气，扔给他一包薄荷糖，周温宴慢吞吞地拆了包装纸，把糖咬进嘴里。

"说说呗，什么样的初恋啊，这么多年还念念不忘，大晚上出去送戒指。"

周温宴漫不经心道："你不配的样子呗。"

江叙骂了一句："你能不能好好说话？不带这么损人的！"

周温宴笑得被糖呛到，咳了两声："实话实说。"

"那你突然把戒指送给初恋干吗？"

他愣了愣，才说："本来就是给她的。"

这个答案让陆恕和江叙都惊讶了。

江叙说："你真够可以的。"

陆恕说："真的，我要是女生我也迷你，渣归渣，但钓人一绝。"

周温宴耸耸肩，不说话了。

但江叙和陆恕还在他耳边叽叽喳喳说个不停，说着说着，江叙又说到了程岁宁，他叹了口气："我总感觉程岁宁今天送蛋糕过来不对劲儿，今天不会是她的生日吧？"

陆恕想了想："不知道，但感觉像是。"

"那我是不是应该送她个生日礼物？不然白吃人家的蛋糕了。"

陆恕抿了抿唇："照你这么说，我也要送，这一层男生都得送。"

江叙："……"

已经躺在床上的周温宴突然开口："都送，你监督一下。"

江叙："……"

对于要如何安放周温宴送的那枚戒指，程岁宁想了好几天，最后她将戒指放进了一件不常穿的外套的内侧口袋里。

这几天有几门课开始结课，程岁宁整天起早贪黑地学习，沈宜和温瑶在宿舍里都见不到她，沈宜调侃道高三生都没她这么忙。

程岁宁倒觉得还好，她自认性格不太讨喜，更没有什么擅长的东西。从小到大能做好的，好像只有考试考高分。但这个唯一的优势到了京大后也不突出了，图书馆里从早到晚都是满座，比她优秀和努力的人多的是。

“怎么了？”谭林看着她盯着电脑好一会儿没动，“是数据又对不上了吗？”

程岁宁回过神，摇了摇头：“没有。”

“是不是太累了？”谭林看着程岁宁的脸色，发现她好像比之前瘦了一些，脸上本来还有些婴儿肥，现在都没了，下巴尖得很。

谭林突然问她：“你当初为什么会选这个专业啊？以你的成绩想挑个轻松一点儿的专业不是问题。”

程岁宁看着电脑屏幕上正在模拟的画面：“应该说还好我的分数够我上这个专业。”

谭林愣了一下，笑起来：“也是，你为什么会喜欢航天啊？”

“不知道啊，就是喜欢。”她指了指卫星模拟发射的实验，“我第一次在课本上看到阿波罗 11 号登上月球时，觉得人类真的既伟大又渺小。伟大在于我们可以探索那么深奥的宇宙，渺小在于我们知道得越多，就越发现自己好像只是一粒微不足道的沙。后来看到神舟五号发射成功，我就在想，我长大后可以做这件事吗，我可以参与其中吗？小时候我们不都写过以‘我的梦想’为题的作文吗？我那时候就写，我希望长大后可以征服宇宙。”

程岁宁说完，看了谭林一眼：“是不是还挺好笑的？我当时被同学们笑了好久。”

谭林摇了摇头，他觉得程岁宁说这些的时候特别有魅力，神采奕奕的，眼睛都在发光。

“那你以后有出国的打算吗？”

谭林之所以这么努力地拼绩点、刷竞赛，就是为了申请国外的名校。

不过程岁宁暂时还没想那么远，她说：“我还不知道呢，京大其实就很好，虽然和国外名校比肯定有差距，但怎么说呢，目前的话，我可能更想留在国内。”

程岁宁说完，起身去茶水间接了杯热水。

回来的时候，她路过一排和法律相关的书架，下意识地就想到了周温宴。他为什么会选法学呢？高中那会儿，她还以为他会选个偏理科的专业，毕竟他们读的就是理科，而他的名次一直很靠前。

她记得数学老师和物理老师都特别喜欢他，她曾在办公室听见他们夸周温宴，说他做题思路特别活，不像那种为了应试死读书的学生。

因为太过好奇，程岁宁还偷偷拿他的卷子研究过。

程岁宁记得那是个萦绕着桂花香的黄昏。那天晚自习还没开始，她在办公室帮忙改卷子，桌上的第一张卷子就是周温宴的。

她一眼就看出了他的字迹。她低头看着，仔细地研究周温宴的解题步骤。

晚自习快开始时，去篮球场打球的男生们回来了，走廊上传来他们拍打篮球的声音。

程岁宁因为看得太专注，忽略了外界的嘈杂。

“多少分？”一道男声突然出现在她头顶。

程岁宁浑身一僵，像做错事被捉到现行一样，愣了好几秒才说：“满……满分。”

他的目光从她的脸上移到卷子上，笑着“哦”了一声，尾音拖得很长：“所以看那么久。”

“……”

少年笑着，怀里抱着球，衣领微微敞开，脖子和锁骨上还有点儿潮湿的汗意。

那是程岁宁第一次感受到周温宴身上那种鲜活的少年气。

程岁宁连忙将他的卷子拿开，换成下一个人的。

后面的物理老师看见周温宴，出声道："周温宴别浑啊，让你来办公室招小姑娘的吗？"

周温宴低头拉了拉衣领，懒懒散散地走过去，轻笑了一声："哪能啊，我从不招好孩子。"

程岁宁机械地批着试卷，实则注意力全在周温宴那边。她听到周温宴说的话后，红笔在试卷上画下很长的一道横线。

"怎么去了那么久？"谭林从书堆里抬起头。

程岁宁放下杯子，坐下来说："排了会儿队。"

他点点头："你的手机刚刚一直亮着。"

程岁宁看了一眼，是楚灵的妈妈打来的。楚灵的妈妈先是给她发了几条微信，见她没回，又打了几个电话。

她看了消息以后脸色一变，立刻出去给楚灵妈妈回了个电话："楚灵找到了吗？"

楚灵妈妈的语气很焦急："没有，程老师，她没联系你吗？"

程岁宁说："没有，是发生什么事了吗？"

"我也不知道啊，今晚放学她就没回来，也不知道怎么回事。我联系了好多人都说不知道她去哪儿了，现在我和她爸爸都在学校附近找她。"

程岁宁看了看已经彻底黑了的天："我也出去一起找，多个人还能多找点儿地方。"

楚灵妈妈连忙说了一声"谢谢"，又说："那麻烦程老师了。"

程岁宁转身回了图书馆，将包和外套都拿上，对谭林说："我有点儿事，先走了。"

谭林刚想问她发生什么事了，还没来得及开口，她已经跑远了。

程岁宁一路奔向校门，打车去了楚灵的学校。楚灵的学校和楚灵的家距离很近，她的活动范围应该就在那儿附近。

楚灵为什么会失联呢？

程岁宁忽然想到楚灵之前说起的那个总考第一的男生。她又给楚灵妈妈打了个电话，问到了那个男生的名字。

此时是晚上 8 点，距离楚灵他们学校放学已经过去 2 小时了。排除掉楚灵妈妈他们已经找过的地方，程岁宁又找了几条没找过的小巷子，将一路上的店都搜了个遍，但始终不见楚灵的人影。

晚上 9 点多，楚灵的妈妈打电话说人找着了。

"她现在把自己关在房间里不肯出来，程老师你看你要不过来……我看她和你关系挺好的，也许她愿意跟你聊聊。"

程岁宁立刻同意了，又打车往楚灵家赶。

一进门，程岁宁就在客厅里看见了一个意料之外的人。她还没来得及说什么，就被楚灵的妈妈拉住手。

楚灵妈妈心惊胆战了一晚上，刚恢复过来："死小孩儿也不知道怎么想的，一句话不肯说，回了房间就一直在那儿哭。"

程岁宁眼角的余光往后瞥了一眼："在哪里找到的?

"她同学家楼下，就是你问的那个男生家楼下。门口那儿站着的是他哥哥，那家人还挺客气的，先给我们打了电话，又专门把她送了回来。"

程岁宁又瞥向周温宴的方向，觉得真的太巧了。

她敲了敲房间门，楚灵在里面哭喊着："别来烦我。"

"是我，程岁宁，楚灵，你能见见我吗？"

屋子里安静了一会儿，随后门打开了一条小缝。

楚灵红着眼睛看程岁宁："只有你能进。"

程岁宁点头。

门缝开得更大了点儿，程岁宁钻了进去。

房间里纸巾扔了一地，小姑娘的眼睛都哭肿了。

她憋了一肚子的话，但这些话都不能和家长说。楚灵看见程岁宁便迫不及待地讲了出来："他还是不理我。我考得这么好，还主动和他搭话，他都不理我。"

楚灵长得很可爱，性格虽然有点儿骄纵，但并不讨人厌。程岁宁很喜欢她，现在见她哭得撕心裂肺的，心里也很难受。

程岁宁心疼地用指腹揉了揉楚灵的眼尾："再哭明天眼睛就成小核桃了。"

楚灵委屈死了："小核桃就小核桃。"她拽着程岁宁的衣角，不甘心地问，"程老师，他为什么要对我这么冷漠啊？"

程岁宁刚喜欢上周温宴的时候也问过自己：为什么他不多看我一眼？为什么他能和别的女生说话？为什么他注意不到我？

在敏感的青春期，心上人的一举一动都能牵动自己的情绪。

程岁宁也曾为此黯然神伤，她摸了摸楚灵的脑袋说："因为喜欢一个人是自己的事情，你没办法要求对方和你有一样的心情。"

楚灵眨了眨眼睛："那没有办法让他也喜欢我吗？"

程岁宁想了想："应该有。"

"什么叫应该？"

"你需要付出很多，了解他的喜好，一点点变成他喜欢的样子，但是在这个过程中，你不能失去自我，你要努力让自己成为更好的人。当然了，即便这样，你还得做好失败的准备，以及承担失败后你们的关系可能更差的后果。"

楚灵不说话了，静了几秒后对程岁宁眨了一下眼睛："我觉得程老师好胆小哦。"

"嗯？"

"最差不就是他不搭理我嘛，反正他现在也不搭理我。"楚灵握紧程岁宁的手，"我决定了，我要让他喜欢我，再难都要做到。"

从楚灵家出来，程岁宁看见周温宴站在单元楼下等他。

见她下来，周温宴问："安慰好了？"

"嗯。"

"你在这儿做家教？"

程岁宁又点了点头：“嗯。”

“够远的。”

“还行，公交车有直达的。”

程岁宁很快就走到他身边。

周温宴解锁了停在不远处的一辆黑色轿车，不是很扎眼的牌子，但一看就是他会开的类型。

周温宴走到车边，见她不动，转身问：“不走吗？”

刚才在楚灵家，她安慰人家小姑娘一套一套的，现在对上他的目光，眼神却下意识地躲闪。周温宴盯着她看了一会儿，忽然低笑了一声，促狭道：“不想让我送啊？”

“啊？”

“别想了，我不会让你拒绝的。”

程岁宁钻进车里，有些拘谨地坐着。

她很难放松，整个车厢内都是周温宴身上特有的味道，很淡的烟草味里夹杂着他身上惯有的、很像青草香气的香水味。

车里放着广播，女主播正在播报前方路况。

周温宴开车的模样很认真，单手扶着方向盘看着前方。他的手机被扔在中间的储物槽里，屏幕一直在亮，不停地有提示消息弹出来。

红灯亮起时，程岁宁听见他的手机响了，他没接，伸手按掉，反而侧头看她：“江叙说你有个暗恋的人。”

“啊？”程岁宁眼皮一跳。

他又问：“是之前的高中同学？”

程岁宁紧抿着唇，手指攥在一起。她的眼睛盯着前面，还有20秒的红灯。

她只能硬着头皮点了点头。

他突然关掉车内广播，看着她问：“是我们班的吗？”

“……”

5、4、3、2、1，红灯跳成了绿灯。

程岁宁提醒周温宴："绿灯了。"

车子继续向前。

下个红灯时，周温宴的手指在方向盘上敲了几下，又将车载广播打开，不知为何，广播竟然自动连接了程岁宁的手机蓝牙。

程岁宁愣了一下，还没反应过来，周温宴就点了点中控屏幕，点开了她的音乐软件。

程岁宁整个人都绷紧了，脑子里嗡嗡的，她看着他点开"我的喜欢"那个歌单，随意播放了最上面的一首。

前奏出现时，他顿了顿，视线移到中控屏幕上，上面显示着程岁宁的歌曲列表。他淡淡地说："我也挺喜欢这几首歌的。"

程岁宁魂不守舍地"嗯"了一声，盯着屏幕最下面那个命名为"Y"的歌单。

她太紧张了，她不知道周温宴看见了没。

应该看见了吧？那他发现了上面的名字没有啊？

北城的夜生活很丰富，这个点正是热闹的时候，路上有点儿堵车，车子走走停停的。

周温宴眼角的余光瞥见程岁宁好像有些不安。

刚刚在楚灵家，程岁宁进了楚灵的房间后，楚灵的妈妈还是不太放心，就贴在房间门上，偷听里面的动静。他站在外面，模模糊糊也听到了几个关键词：喜欢、暗恋、追人。正是因为听到了这些，所以他刚刚才没忍住问了嘴程岁宁她暗恋的人是谁。

至于今天遇见她这件事，着实是巧。

下午周温宴耐不住谭嘉仪不停地打电话来催，妥协之下他去谭嘉仪家里吃了顿饭，没想到晚饭结束后，发现楼下站了个穿着校服的初中小姑娘，哭得梨花带雨的。

他过去询问了一番情况，发现是自己表弟招惹的桃花。劝了一会儿，小姑娘才答应先回家。他正好开了车，便把人送了回去，没想到会因此遇到程岁宁。

“程岁宁。”车开进京大时，周温宴突然叫了她一声。

程岁宁现在一听到他的声音就有点儿慌，下意识地道：“在这儿停就行，前面就到了。”

“我知道你宿舍在哪里。”

“啊？哦。”

又开了一段路，周温宴将车停了下来。车内的音乐还在播放，他靠在座位上一动不动，不知道在想什么。

寂静的黑夜里，好多东西都藏不住。程岁宁更慌了，眼角的余光乱飞。

他停的位置有点儿偏，周围看不见人影，只有几棵枯黄的树在掉叶子。

一首歌结束，下一首歌又开始播放，又是他曾经分享的。

知不知对你牵上万缕爱意，
每晚也痛心空费尽心思，
这小子欲断难断这故事，
全为我爱上你偏偏你不知。
知不知每晚想你十次百次，
每晚也去等因我极心痴，
可不可合力延续这故事，
延续这片爱意一生两相依，
知不知对你牵上万缕爱意……

周温宴情不自禁地笑起来：“程岁宁。”

程岁宁简直想找个洞钻进去。

周温宴一瞬不瞬地看着她：“你是不是……”

“那个……”程岁宁的手指摸到车门按钮，车门开了，她抓着包落荒而逃，“要……要查寝了，我先走了。”

周温宴打开车窗，看着程岁宁离开的背影，目光很沉。

他身体往后仰，慢腾腾地摸出一根烟点上。他抽了两口就觉得没意思，拿起手机翻出个号码拨了过去。那边很快就接了，对方是个嗓子有点儿粗哑的男生，接到他的电话还挺高兴的。

“宴哥，是闷了吗？出来玩啊，我今晚在 Mland，就是新天地那家，您来吗？”

周温宴弹了弹烟灰，吐出两个字，声音不高不低的：“不去。”

“别啊，您不来，美女也不来啊。”

周温宴问：“还记得程岁宁吗？”

“记得啊，校花大学霸啊，还是咱七中男生的梦中情人，那时候宿舍里不是天天都在谈她吗？”

周温宴“嗯”了一声：“你问下黎梨她暗恋的人是谁？”

“啊？她还暗恋？还是我们七中的？”

“嗯。”

“是哪个人这么好运？”

周温宴说：“不确定。”

那人问：“为什么是我问？”

半晌，周温宴说：“她是你同桌。”

对方沉默了好一会儿：“这都多少年前的事情了，行吧，我试试。”

江叙看见周温宴回来，惊了一下：“你不是说去亲戚家吗？怎么又回来了？”

周温宴看了看手机，路逸伦还没消息。他心烦地将手机扔在桌上，将外套脱了，坐在椅子上，脑子里慢慢回放今晚程岁宁的模样。

陆恕今晚不在，宿舍里就江叙和周温宴两人。江叙打完最后一局游戏去洗澡，洗完澡出来发现周温宴还坐在那儿一动不动，他忍不住问道：“我说你到底怎么回事？”

周温宴没理他，看着手机屏幕发呆。他脑海里都是程岁宁的脸，他忽然想到，她下车前眼睛是不是红了？

江叙问："是因为程岁宁吧？"

周温宴没什么表情地扫了他一眼。

江叙一副"我就知道"的表情，他一手用浴巾擦头发，一手拉了张椅子坐到周温宴旁边："说说呗，我给你分析分析。"

他嗤笑了一声："就你？"

"你懂不懂什么叫当局者迷？"江叙抵了抵他的肩膀，"就你这在乎劲儿，高中时候怎么没出手？"

周温宴说："人家是好学生，要好好学习。"

江叙笑起来："你这种浑蛋，居然还有这顾虑？"

周温宴哼笑了一声。

"我那一阵说要追程岁宁，你什么心情？是不是后槽牙都要咬碎了？"

"你这么闲？"

江叙咧着嘴："对啊，本来打算打完游戏赶作业的，结果你回来了，我就可以抱大腿了。"

桌上，周温宴的手机忽然振动了一下，江叙见他拿起手机看了一眼，然后又扔了回去。

"等程岁宁的短信？"

周温宴否认："不是。"

"那你魂不守舍地想什么呢？"

路逸伦的信息其实对他来说意义不大，程岁宁无论喜欢谁他都能让她死心，但她哭了这件事让他心里怪不好受的。周温宴抓了抓头发，又拿起手机看了看微信上那个被自己置顶的人。

江叙在他旁边叨叨个不停，周温宴烦得很："你少说点儿话。"

另一边，程岁宁刚进门就被温瑶叫过去问题。

她扫了一眼题目，拿着笔在纸上画了图，温瑶没懂，程岁宁又换了几种解答方法，耐心地和温瑶讲完后，她问："现在明白了吗？"

温瑶眼睛一亮，用力地点了点头。她双手抱住程岁宁："宁宁，你真是我的人生之光。"

程岁宁笑了笑："就因为一套题？"

"对啊。"温瑶回得干脆。

程岁宁在宿舍看了一圈："沈宜呢？"

"约会呗。"温瑶从书本前抬起头，"黄辰蔚真是个'男狐狸精'，迷得咱们宜姐天天不回家。"

程岁宁被温瑶的语气逗得又笑起来。

她今晚思绪不宁，洗完澡出来发现时间还早，索性跟着温瑶一起复习，暂时把那些扰心的事放一边去。

2 小时后，温瑶复习完了，她伸了个懒腰，拿过两盒牛奶，递给程岁宁一盒，感叹道："我感觉上了大学后好像丧失学习能力了，想着反正只要能够及格就万事大吉，一点儿都不像高中的我，我高中的时候可是学霸，年级前三从来没掉下来过。"

程岁宁咬着吸管点点头："其实好多人都这样。"

"但你不是，我们专业好多人都不是，我好像一下子从学霸变成了学渣，还好我适应能力强，不然这么大的落差感，心理说不定要出问题的。"

两人就这么随意地聊着天。

只是过程中，程岁宁时不时走神，温瑶问她是不是有什么心事。程岁宁于是问道："如果一个人的音乐列表里收藏了所有你分享过的歌，你会怎么想？"

温瑶认真想了想："男的女的？"

"异性。"

温瑶惊叹："那他得多爱我啊。"

程岁宁一愣："爱？"

"对啊。"温瑶又问，"是很久以前分享的歌都被他收藏在列表里吗？"

"嗯。"

温瑶十分肯定："那就没跑了，绝对爱我爱得不能自已。"

程岁宁抿了抿唇，问："那如果他的播放列表里有个自己创建的歌单，名字是你的名字里的某个字母呢？就比如说，温瑶的瑶，首字母是Y，你看到 Y 会觉得是你吗？"

温瑶眨了眨眼睛。

程岁宁有些紧张地看着她，等她回答。

温瑶却反问："你想让他知道吗？"

程岁宁的睫毛颤了颤。

温瑶笑得眼睛弯弯的，程岁宁不自在地抓了抓脖子，说："我不知道。"

她说完，又有些懊恼："是不是太明显了？"

温瑶摇头："也不一定，直男也许心大，说不定根本注意不到这种小心思。"

程岁宁觉得周温宴的反应不像是没注意到，只是不清楚他知道了多少。她叹了口气："你觉得他发现了吗？"

温瑶笑起来："这我怎么知道？不过，宁宁，你有没有听过一句话，喜欢一个人是藏不住的。"

程岁宁赞同地点点头，那确实很难藏。

"所以啊，别想了，就顺其自然，先睡个好觉吧。"温瑶站起来爬上床，伸手去够宿舍灯的开关，"我关灯了哦。"

"好。"

凌晨 2 点的时候，周温宴的手机猛地振动起来。

睡在他隔壁的江叙先被吵醒，扔了个枕头过去打他："周温宴，接电话啊你。"

周温宴脸色很差地睁开眼，他难得在梦里梦到程岁宁，有点儿不舍得就这样结束。

被吵醒的江叙脾气暴躁："这谁啊，半夜来找你，你又欠了哪个女人的桃花债？”

周温宴很不情愿，他慢吞吞地摸了摸手机，半眯着眼睛看了一下打来电话的人。

是路逸伦。

周温宴滑动手机接通，声音还带着哑意：“说。”

路逸伦似乎还在外面，声音高亢得像喝了一打能量饮料：“黎梨回我了。”

周温宴一时没想起来，喉结滚动了两下：“谁？”

“我同桌啊，程岁宁的那个闺密。”

周温宴这才醒了，他直起腰，往边上坐了坐：“说什么了？”

“她说关我屁事。”

“……”

路逸伦说完似乎隔着手机都能感受到周温宴的冷漠，连忙补充：“但是经过我穷追不舍的打探，程岁宁好像真的有个暗恋的人，应该就是我们班的。”

周温宴冷淡地“嗯”了一声。

路逸伦好奇道：“宴哥你说到底是谁啊？我们班二十多个男的呢，会不会有可能是我啊？”

半晌后周温宴说：“天还没亮。”

路逸伦说：“啊？”

“做什么白日梦。”

路逸伦笑起来：“那是，哪儿敢跟宴哥抢人啊。”

“挂了。”

后半夜周温宴彻底失眠，之前梦里的画面还在脑子里，现在只要一闭眼，脑子里就全是程岁宁。他干脆坐起来玩游戏，玩了一会儿，又开始看程岁宁的朋友圈。

程岁宁的朋友圈没有开启三天或者半年可见，他能翻到她很早之前发的东西。

程岁宁发的东西也很平常，简简单单地记录着一些生活琐事。周温宴其实早就翻了个遍，只是忍不住又看了起来。她发的动态不多，一会儿就能翻到底。

他盯着那张高中毕业照若有所思了一会儿，将名字里含字母 Y 的男生都看了一遍。

他才后知后觉到自己的举动有些可笑，自嘲地笑了一声。

“想女人就去追，你不是一向无往不利的吗？”江叙看到他这一系列举动，实在忍不住道，“不就一个程岁宁吗？你到底在㞞什么？”

周温宴的目光从毕业照上移开，冷冷看向他，骂了句：“滚。”

一直到天亮，周温宴都没睡着。

早上6点，他冲了个澡，随手抓了件羽绒服就跟着江叙一起去上课。

这节课正好是本院最严厉的黄教授的课，大教室里座无虚席，每个人都十分认真。黄教授正面无表情地讲着 PPT 上的案例，突然他的话音停了，锐利的目光在教室里扫视着。

黄教授喜欢提问，如果回答不出来的话不仅会被他记住，平时的成绩还会因此受到影响。所有人开始眼神回避，生怕被他叫到。

“周温宴。”

静了几秒，没人出声。

江叙眼皮一跳，在桌下踢了周温宴一脚。

周温宴皱起眉，冷冷地瞥向江叙，江叙给他使了使眼色。他愣了一下，这才抬头看向黄教授。教室里静得可怕，同学们纷纷紧绷着神经，他却镇定自若地说：“没听清问题。”

黄教授被他气笑了，还真的重复了一遍。

周温宴凝神想了两秒，说出了答案，简洁明了又面面俱到。江叙对着他偷偷竖了个大拇指，别的同学也露出敬佩的神色。

讲台上的黄教授却厉声道：“就算都会，上课也得专心，不然你来这儿是为了什么？”

周温宴和这黄教授有些熟，他漫不经心地答：“出勤分。”

教室里立刻哄笑成一片，黄教授拿粉笔头砸了周温宴一道，周温宴偏头躲开了。

恰好下课铃响了，黄教授懒得和他们这群小鬼计较，挥了挥手，学生们一哄而散。

周温宴打了个哈欠，困得眼睛都睁不开，慢吞吞地走在最后。

江叙在他旁边说："真行啊，想一下就知道那种变态题咋做。"

周温宴嗓音不高不低地哼了一声，抬手捏了捏酸痛的脖子，歪头时目光正好和抱着书离开的黄教授对上。

黄教授瞪他一眼："小子，你就狂吧。"

周温宴笑得蔫坏："行啊，老师的话一定听。"

黄教授怔了一秒，随后吹胡子瞪眼地走了。

江叙乐得肚子疼："听说黄教授血压高，你别把他气病了。"

周温宴又打了个哈欠，没精神地摸了摸口袋，掏出烟盒拿了根烟咬在嘴里，点上火抽了一口才含混不清地回："放心，他身体好得很。"

他们下课的时间不早不晚的，有些尴尬，江叙看了看他，问："是去吃饭还是回宿舍补觉？"

他咬着烟："都不去。"

江叙盯了他会儿，明了地笑了："找程岁宁去啊？"

周温宴来了点儿精神，又抽了两口烟，然后把烟掐了扔进垃圾桶里："明知故问些什么。"

江叙笑意不减："你这样还真难得，以前有哪个女的你会这么上赶着吗？"

周温宴没搭理他，垂眸看了看手机里程岁宁的课表。他昨天的表现有点儿过了，不知道她今天看见他会不会躲他。

啧，躲也躲不了。

周温宴一个人往航空航天学院的科技楼走，边走边琢磨。程岁宁这人看起来好相处，其实慢热得要死。有个男生和她做了三年的高中同学，到最后都是点头之交，甚至连联系方式都没有。

那个时候男生宿舍里最爱讨论她，说她难追得很，说隔壁附中的级草对她一见钟情，辗转加上了联系方式，刚说了两句过线亲密的话就被程岁宁拉黑了。级草一脸蒙，再后来想约人怎么都约不出来。隔壁班有个男生，偷拍程岁宁的照片，并把照片悄悄地设成了手机壁纸，后来不知被谁看见泄露了出去，被传得风风火火。程岁宁知道后，看见那人都躲着走。

周温宴思考了很久，觉得追程岁宁就得温水煮青蛙般钓着。但也不能一直这样，还得时不时刺激一下。

程岁宁比他多一节课，他走到航空航天学院，没骨头似的靠着墙等着，转眼就见她和一个男生走了出来。

距离下课还有一段时间，她还会翘课?

周温宴挑眉，半眯起眼看着两人靠得很近的身影，舌尖抵了抵左腮。

他们边走边聊着天，今天风大，吹得她的围巾都散了，那男人还帮她抓了围巾，她不好意思地回了个浅笑。

周温宴轻嗤一声，烦躁得想点烟。他握着手机，低头看着那串号码，若有所思的样子。手指要点到拨打时，手机突然振动了起来。

周温宴脸色一变，冷漠地挂断了。

对方很执着地又打了过来，周温宴烦不胜烦，最终接了。

“今晚回来一趟。”对方习惯性地发号施令，“高三都让你胡闹一年了还不够，你以为周家人是这么好做的吗？”

周温宴直接把电话掐了。

自那天后就是元旦假期，江叙后知后觉地发现周温宴消失了好几天，好心发信息关心关心他，结果大少爷压根儿就没回复。

江叙索性懒得管他，可等假期结束了，周温宴都没出现。

第六章

胆小鬼，手给你牵

程岁宁和谭林做的竞赛项目进了决赛，他们俩整个元旦假期都在实验室里进行优化。

1月5日那天，两人飞去了上海。

这几天上海冬雨绵绵，下得天都要漏了，因为天气不好，他们飞机晚点了3小时。

到上海时已经是深夜11点多了，两人的精神都不太好，拎着行李箱就打车往酒店赶。

可能因为明天就是决赛了，在出租车上，谭林有些紧张，他侧头看了一眼程岁宁。

程岁宁的头发被雨打湿了点儿，她抱着电脑包，歪头看着车窗外的街景。她的皮肤很白，被稍微冻了一下后，鼻尖、耳尖都是粉的，上海的气候和北城的不同，她连眼睑都泛起粉色。

谭林一动不动地盯了她好一会儿，感觉到心跳都不太规律了才收回视线。

他觉得这次竞赛是自己主导的，两个人里，他算是队长，他不能表现出自己的紧张，于是有些掩饰性地说："这次时间太紧了，不少东西做得有些粗糙。不过咱们能进决赛已经很好了，保持平常心就行。"

程岁宁点点头，不过她太困了，根本没听进去几个字。

谭林看了一眼前面司机的导航路线，距离酒店还有10公里，他原本打算再说些什么，程岁宁的手机忽然响了。

她低头看了一眼手机，神色有一瞬间的迷茫。

程岁宁的第一反应是自己看错了，然后才想起那晚的事情。她的困意立刻消失了，盯着屏幕上闪烁的名字，睫毛不自觉地颤了颤。

“你不接吗？”谭林问。

谭林刚问完，手机就恢复了平静。

程岁宁的情绪比刚刚更外显了点儿，谭林看见她的手指攥得很紧，鼻尖和眼尾比刚刚还要红上几分。

谭林问：“是很重要的电话？”

程岁宁没说话。

这时，手机又振动了起来。

谭林看不见她的手机屏幕，但从程岁宁的反应来看，应该还是刚刚的那个人。

程岁宁轻轻咳了两声，又深呼吸了一口，才小心翼翼地接通。

电话那头一开始安静了几秒，然后才传来那人惯有的懒散口气：“没睡？”

程岁宁咬着唇点点头，点完才想起电话那头的人看不见，又连忙小声地“嗯”了一句。

可能因为她答得有点儿急促，周温宴在那边低笑了一声。程岁宁握紧了手机，这不是她逃走以后他们的第一次联系，12 月 31 日跨年夜那晚，刚过零点时，她给所有人群发了一条新年祝福信息。

发完后，手机每振动一次，她的心都会提起来，然后，她会飞快地低头看上一眼。从同学到老师，甚至连面都没见过几次的远房亲戚，都给她回了消息。

但就是没有他的。

现在程岁宁的耳朵紧贴着手机，好像可以听见他的呼吸声。

安静了几秒后，是周温宴先开的口：“这么晚，在忙复习？”

“不是。”

“那在做什么？”

他今晚的态度好像有些不同，不是平日里那种漫不经心，而是……

程岁宁用另一只手抠了抠衣角：“你喝酒了吗？”

他低声说："嗯。"

程岁宁紧张的心又松弛了些："喝得多吗？"

"多。"

程岁宁笑了笑。

周温宴低声道："我喝醉了你这么开心？"

程岁宁的声音又压低了些，她不想让车内的其他人听见："你喝了酒，这样我说了什么，明天说不定就会忘了。"

她身后突然传来很响的车鸣声，前排的司机大叔骂了句脏话，根本不让后面的车。

车速猛地加快，谭林拉了程岁宁一下，并说："小心。"

电话那边本来懒散哼笑的男声戛然而止——

程岁宁没察觉，她连忙坐好，小声地和谭林说："谢谢。"

谭林说："瞎客气。"

程岁宁笑笑。

等这一切结束，程岁宁发现电话那头没了声音，她以为周温宴挂断了。

她看了看屏幕，发现还在通话中，心放了下来。等了几秒，还是没声音，程岁宁轻声问："怎么不说话了？"

那头还是很安静，程岁宁以为他彻底喝醉了没了意识，在想是挂断电话还是继续听着，心里矛盾又担心。他在哪里喝酒？身边有人吗？他的朋友中她只认识江叙，要不要联系一下江叙？

就在她的思绪乱七八糟时，周温宴的声音突然响起，变得薄凉又冰冷。

"程岁宁。"

"嗯。"

"你现在在哪里？身边是谁？"

静了几秒后，程岁宁很乖地说："我在上海，和谭林参加一个竞赛。"

周温宴沉默了一下："什么时候去的？"

“就今天。”

他又不说话了，两人之间的气氛有些奇怪。

停滞的这几秒里，程岁宁的心跳一下重一下轻，那种别扭的、想要逃想要躲的鸵鸟心态又来了。

而且，身边谭林的目光也让她十分不自在，程岁宁舔了舔发干的嘴唇，说：“我……我这边有事要先挂了。”

也不等周温宴有什么反应，下一秒她就直接把电话挂了。

周温宴看着屏幕，目光很沉，江叙看着周温宴这副模样，一直笑：“你这是第一次被姑娘这么不当回事吧？”

周温宴咬着烟懒得理他。

江叙见好就收：“你打算和家里冷战到什么时候？这几天你被搞成这样子，又是你爸的手笔吗？”

周温宴没吭声，手里有一搭没一搭地拨弄着打火机。

江叙知道点儿内情，劝他：“那事你迟早都得走出来，有些事情过去就过……”

他突然冷嗤一声，江叙止住话头：“我不说了行了吧。”

周温宴皱了皱眉，端起面前的酒一口喝尽，然后站起来就往外走。

“去哪儿啊？”

他吊儿郎当地挥了挥手：“宿舍，复习。”

江叙叹了口气，快步跟上他。

程岁宁挂了电话后看了一眼谭林，谭林没说什么。

两人一直沉默着走到酒店，办理了入住。拿着房卡分别要进房间时，谭林忽然叫住她：“刚刚给你打电话的是你男朋友吗？”

程岁宁开门的动作顿了一下，摇摇头：“不是。”

谭林“哦”了一声：“我就问问。你好好休息，明天还有场硬仗要打。”

程岁宁笑了笑：“嗯嗯，加油。”

这晚，她辗转反侧到凌晨 2 点才有了些睡意，好在没影响第二天的比赛。

成绩在他们俩的意料之内，没有很突出，但就结果来说谭林和程岁宁已经很满意了。

比完赛当天晚上他们就连夜飞回了北城，有一门专业课明天就要期末考。

考完是下午 3 点，正是阳光充足的时候，沈宜拉着她的胳膊和她讨论染什么发色好。

程岁宁没染过头发，问她："要浅一点儿的还是深一点儿的？"

沈宜说："要放寒假了不用担心太突出被课上点名，浅一点儿吧，白金色怎么样？"

程岁宁看着沈宜的发顶，脑补了一下："应该会好看的。"

沈宜晃了晃她的胳膊，怂恿她："那要不我们一起？"

程岁宁"啊"了一声，她纠结地想了一会儿，再一抬头就看见了站在楼梯口的周温宴。

他也看见了她们，收起手机走过来，视线先看向沈宜："走吧，黄辰蔚让我来接你们。"

说完才将目光分了一点儿落在程岁宁的身上。

沈宜疑惑地看了一眼周温宴，来接人这件事黄辰蔚根本就没跟她说过，但她下意识地抓紧了程岁宁的胳膊，疯狂暗示程岁宁"这是个好机会"。

然而程岁宁装傻。

沈宜没想到程岁宁这么不主动，只好自己开口："黄辰蔚搞什么呀，他都没和我说，还麻烦你来接我们。"

周温宴收回视线："走吧。"

他走在前面，沈宜和程岁宁跟在他身后。

沈宜恨铁不成钢："你就急死我吧。"

她的声音有些大，惊得程岁宁眼皮一跳，连忙拽了拽她。

走到路边，沈宜看着周温宴的车有些惊讶：“很远吗？”

周温宴不咸不淡地点了点头：“去了就知道了。”

上车前，沈宜用胳膊在后面推了推程岁宁，故意闹她：“你坐副驾驶呗。”

程岁宁警告似的瞪了沈宜一眼。沈宜又笑着拉着程岁宁的胳膊上了车：“你有本事躲，有本事别脸红。”

程岁宁没本事，只能装作没听见。

上了车后，沈宜和黄辰蔚在微信上聊天。程岁宁始终很局促，目光不自在地四处晃，好几次不小心瞥到后视镜里的周温宴，次次都被抓包。

她眨了眨眼睛，觉得自己心跳得太厉害。

沈宜没发现他们俩的互动，她终于打听出要去的地方，说：“黄辰蔚告诉我了，是玩密室逃脱啊。”

周温宴“嗯”了一声，抬眸看了一眼后视镜，视线又和程岁宁的碰到，他勾了勾唇。

好不容易到了地方，程岁宁想挎着沈宜一起走，但沈宜被等候已久的黄辰蔚抢先牵走了。

突然之间，程岁宁脚下绊到什么，就在她重心不稳要摔倒时，腰被人揽了一下。

四周立刻被熟悉的气息包围，程岁宁心口一紧，下意识地要躲开，结果腰上的力气更大了些。慌乱间，他的呼吸逐渐靠近：“你躲什么？”

声音仿佛就贴在耳边，程岁宁下意识地摇了摇头。

“没躲？”他忽然笑起来，“没躲，你为什么不敢看我？”

程岁宁见他离得越来越近，两人之间已经超过正常的社交距离，而且……旁边的黄辰蔚和沈宜也注意到了他们的异常。

程岁宁落败似的说：“躲了，躲了。”

“为什么躲？”

“……”

程岁宁快哭了。

周温宴盯了她一会儿，松开了对她的桎梏。

程岁宁连忙跳开，躲得更明显了。

周温宴的舌尖抵了抵后牙，脸色沉沉的。

程岁宁是第一次玩密室逃脱，进来之前，因为周温宴的靠近，她连主题介绍都没来得及看。等眼前一片漆黑，四周响起恐怖的音效时，她才知道这是恐怖主题。

黑暗中，她发现沈宜、黄辰蔚、周温宴都不见了。

全世界好像只剩下她一个人。

她胆子小，慌乱地走了几步，不知触动了什么，眼前特效闪烁，出现了骇人的画面。

她吓得惊叫出声，现在是真的要哭出来了，整颗心吊得高高的，这时，那个熟悉的味道又出现了。

男人从身后捂住她的眼睛，又揽住她的肩膀，她整个人像是被他抱在怀里。

手心感受到湿意，周温宴的动作顿了顿，将她转了个方向，两人变成面对面的姿势。眼前还是一片黑，程岁宁感觉到他的气息渐渐变得沉重，随后她的眼尾被指腹粗略地擦了一下。

然后周温宴笑了笑，声音低低地落进她的耳朵里。

“哭了？”

她没出声。

他的声音忽然变得温柔起来，带着一种纵容又宠溺的味道，像是在哄她：“胆小鬼，手给你牵。”

还没等程岁宁说话，手已经被他牵住。

他的手心覆盖在她的手背上，握住了她的手掌。

程岁宁的心跳漏了一整拍，刚刚的音效全都停了，四周静得可怕。她的害怕被另一种情绪所掩盖，所有的感知好像都因为周温宴握住自己的手而放大。通过肌肤的亲密接触，周温宴的体温正清晰地传达给她。

程岁宁不知道自己该做什么反应，她只觉得自己的心跳得太快了，她甚至担心自己的心跳声在这种静谧的环境里会被他听见。

周温宴牵着她往前走，走了几分钟忽然问："有跟男生这么牵过手吗？"

程岁宁小声说："没有。"

周温宴捏了一下她的掌心。

程岁宁的手下意识地挣了一下，周温宴没松开，反而握得更用力了，他又问："谁是谭林？那个总和你一起去图书馆自习室的那个？"

"嗯。"

程岁宁走着走着，奇怪他们为什么在密室里这么畅通无阻，周温宴好像知道每个机关的位置。

周温宴对这类游戏兴致缺缺，心思都在旁边的姑娘身上。过了一会儿，他们走出了这个房间，眼前终于有了些光。借着昏暗的光线，程岁宁呆呆地看着两人交握的手。

他好像没有要松开的迹象。

忽然，他靠得更近了些，又问："所以你是因为他才挂我电话的？"

程岁宁抬头。距离太近，周温宴又太高，她先是看见了他修长的脖颈。他的皮肤太白，黑暗里也能看见薄薄的血管，还有突出的喉结。程岁宁盯着他的喉结看了两秒，看着它上下滚动，自己也不禁跟着吞咽。

她的视线缓缓上移，目光扫过他的下颌线、嘴唇、鼻子，最终看向了他的眼睛。

程岁宁没这么近距离地看过他。很多人都说周温宴长得帅，可程岁宁觉得比起他的长相，他身上那种从容淡定的气质更招人。

程岁宁看着他的眼睛，唤他："周温宴。"

他低低地"嗯"了一声。

程岁宁问："你为什么给我打电话？"

周温宴看着她的眼眸，静了两秒，笑起来，痞痞地说："因为我想啊。"

密室逃脱结束后，他们一起去吃饭。

“宁宁！程岁宁！”

沈宜第二遍叫她时，程岁宁才回过神来：“怎么了？”

沈宜将菜单放到她眼前：“要吃什么？”

程岁宁低头扫了一眼菜单：“我都行。”

沈宜说：“行吧，那我随便点一些。”

程岁宁拿起旁边的水壶，将自己和沈宜的碗筷都烫了一下，烫完才觉得不给别人烫又有些奇怪，但桌上并不只他们四个，还有她不认识的人。

视野里忽然出现了一只手，手形很好看，指甲也修剪得十分整齐。程岁宁想到了周温宴送给自己的那个戒指，本来应该戴在……

见她没动，周温宴哼笑：“重友轻色？”

身边的黄辰蔚听见了，看了程岁宁一眼，程岁宁的脸红了。

他本想出声阻止自己表哥的，但忽然想到什么，眼珠转了转，跟表哥一唱一和：“谁是色啊？”

“我啊。”周温宴漫不经心地答。

话音刚落，全桌都哄笑起来，好几个人直呼他会撩。

程岁宁连忙接过他的餐具，也用热水烫了烫。

周温宴看着她，想到她刚刚在密室里的反应，也是这样脸颊红红的。他懒散地靠在椅子上，舌尖抵住后牙，心口又痒又热，只有一个想法：想哄，抱在怀里哄。

他想自己是不是有点儿恶劣，总想惹得她眼眸含水恼怒地瞪他，然后他再将她抱进怀里哄。

“眼神收收。”黄辰蔚的声音钻进他耳朵里。

周温宴微挑眉，哼了一声。

“‘想钓她’三个字就差写在脸上了。”

他轻笑：“这么明显？”

黄辰蔚还没见过自家表哥这么主动：“废话，长眼睛的都看得出来。”

“那她怎么好像无动于衷？”

黄辰蔚一愣，然后狂笑起来，周温宴能吃瘪这件事真是太令人开心了：“那就别钓了，直接上。”说完他忽然意识到一件事，望向周温宴，“这不会是你第一次主动追人吧？我说你怎么这么好心，主动去帮我接沈宜，原来醉翁之意不在酒啊。”

周温宴抿唇。

黄辰蔚笑得更夸张：“啧啧，本以为是个王者，原来是个菜鸟。”

“滚。”周温宴轻骂。

那天晚上没后续的活动，吃完饭他们就回学校了。

温瑶下午去了个联谊，等她们一回来，就疯狂吐槽：“太丑了太丑了，最后 AA 制我还付了 298 元，太亏了太亏了，再这样下去我要对京大的男生绝望了。帅哥都去哪里了？”

沈宜笑得肚子疼：“要不等全部考完后，我让黄辰蔚把他们篮球校队的人再约出来一次，让你挑挑？”

温瑶回忆了一下上次吃饭的情景：“算了吧，帅的都有女朋友了，剩下的，啧啧……哎。”

程岁宁拿着睡衣和浴巾准备去卫生间洗澡，她放在桌子上的手机忽然振动起来。

她拿起来看了一眼，顿时愣住了。

宴邀请你视频通话。

沈宜和温瑶还在聊学校哪里有帅哥，看见程岁宁呆呆地看着手机。

温瑶问：“怎么了？谁啊？干吗不接？”

程岁宁摇摇头，刚要说什么，“叮”的一声，对方已取消了通话请求。

再下一秒，她看着宴的名字变成了“对方正在输入”，紧接着，她的手机又振动了一下。

宴：你的校园卡在我这儿。

发完消息后，周温宴等了会儿，没过几秒手机就振动了几下，他拿起来看了一眼，眉头拧起来。不知道他的微信号又被谁泄露出去了，又多了好几个好友申请。

他没搭理，把玩着手心的打火机，一开一合的。

过了两秒，他又拿起手机，看着微信列表上一串红色的未读消息。这些人里，有的人他从来没回复过，但每天还能坚持和他说“早安”“晚安”，孜孜不倦地给他发日常；有的人他回过了与课业相关的消息，对方的口吻就变了，好像他们已经很亲密。

周温宴将别人的信息都屏蔽了，只留了置顶那个人的消息提示。

他设置完后，手机就安静了下来。

周温宴面前放了本明天要考的科目的复习资料，时间缓缓溜走，他却一个字也没看进去。

江叙和陆恕在宿舍里挑灯夜战，20 分钟前周温宴回来时他们还夸他牛，说明天有那么重要的考试今儿还能出去玩一下午。

周温宴没吭声。

又过了一会儿，他心不在焉地翻了几页书。他平时从没考前突击过，平时课上听了、课后温书了，知识基本就印在脑子里了。

烦躁之下，周温宴踢了踢旁边的江叙。

江叙正背题背得脑仁疼：“你干吗？”

“不回消息是什么意思？”他说。

“谁不回你消息？”

“……”

“程岁宁？”江叙反应过来，笑得贱兮兮的，“在忙吧，这个点谁都在生死时速地复习。”

周温宴没否认，垂眸若有所思。

江叙看了他两眼，嫌他没出息：“你陷进去了。”

周温宴皱起眉又轻踹了他椅子一下。

另一边的程岁宁翻了翻包，发现校园卡真不见了。

她今天背的是个没有拉链的大帆布包，可能是她把包横放时校园卡从里面滑了出来。但是掉在哪里她一点儿记忆都没有了，怎么会在周温宴那儿？

“宁宁？你在和谁打电话？”

程岁宁看着沈宜和温瑶：“没……没谁。”

温瑶奇怪地看着她：“那快去洗澡，今天好像供热又出问题了，热水一会儿有一会儿没的。”

沈宜也催她：“赶紧的，你洗完我洗。”

程岁宁放下手机，拿着睡衣钻进浴室。

等程岁宁洗完澡，脸被热水氤氲得红扑扑的，才回了周温宴消息。

程岁宁：**谢谢你**。

她刚发过去，手机突然振动起来，又是视频通话。

程岁宁心一颤，沈宜在卫生间，温瑶在复习。

可……

她插上耳机，将自己藏在被窝里，接了这个视频。

周温宴看见视频接通了，还怔了一下。

程岁宁刚要说什么，忽然对面镜头一黑，应该是被他的手掌捂住了。

耳机里只能听见那边有细碎的声音，估计是他也找出耳机戴上了。然后程岁宁听见了轻微的脚步声，应该是他走出宿舍了。

程岁宁安静地等着，被子里太闷，她的头发也没有都吹干，在想自己要不要也出宿舍，脑袋刚钻出来一点儿，屏幕上就恢复光亮了。

他应该是走到了楼道里，光线比宿舍里要暗很多。

程岁宁床上有遮光的床帘，从外面其实看不见里面。她不太适应这样跟他在屏幕里面对面地看着，特别是在自己的头发还乱糟糟的情况下。

但她捏着手机，舍不得移开目光。

周温宴的外套脱了，里面是件白色的毛衣，露出的锁骨很深，线条优美。他靠在墙上，目光从上而下地看过来，一开始安静了几秒，谁都没说话，只能听见彼此的呼吸声。

可能是他那边太安静了，一点儿细微的声音都变得十分清晰。

“刚刚在做什么？”他先开口，声音很哑。

程岁宁说：“洗澡。”

周温宴看着屏幕里的程岁宁，她穿着浅黄色的睡衣，头发湿漉漉的，特别是眼睛，润润的，仿佛含了一汪水。

周温宴问：“头发没吹干？”

“嗯。”

“下次吹干了再睡觉，不然容易感冒，这次就放过你了。”

程岁宁“哦”了一声。

他已经岔开话题了：“明天上午考试是在北三？”

“嗯。”是沈宜今天下午说的，程岁宁问，“你呢？我考完试去找你，然后拿校园卡。”

周温宴说：“在你下一层。”

“也在北三吗？”

周温宴还没说话，沈宜的声音透过遮光帘传了进来：“宁宁，你是在打电话吗？”

程岁宁莫名地有些心虚：“嗯……是的。”

沈宜“哦”了一声，没再说什么，但心里有点儿好奇。开学这么久以来，自己跟温瑶几乎每周都会给家里打一次电话，也会时不时接到家里的电话，但程岁宁好像从没有和家里打过电话，她们也从来没听她提过自己的父母。

所以沈宜多问了一句：“谁啊？是家里人吗？”

程岁宁看着周温宴嘴角的笑，他眼尾上扬，眼睛里全是笑意。而且……她有种感觉，周温宴也在等她的回答。

程岁宁抿紧唇，努力控制自己的心跳，在周温宴灼热的视线下，难为情地小声道：“嗯……是哥哥。”

说完，就听见周温宴低笑了一声。

沈宜纳闷儿道：“你还有哥哥？怎么从来没听你说过？”

程岁宁含混地“嗯”了一声。

视频里，周温宴重复了一下她刚刚的话：“哥哥？”

程岁宁恨不能捂住脸，但是周温宴不放过她：“再叫声哥哥。”

程岁宁干脆把视频通话给挂断了。

沈宜见程岁宁红着脸慢吞吞地爬下床来，问：“怎么了？和哥哥吵架了？”

程岁宁没答，走进卫生间，拿着吹风机吹头发，吹到七八分干的时候，抬头看镜子里的自己，脸红成了猴子屁股。

周温宴的声音还在她脑子里自动播放——再叫声哥哥。

吹完头发，程岁宁拔掉电吹风的插头，窝回被子里。

她的心在“怦怦”地跳，在宿舍床上这一方密闭的空间里，这种隐秘的心跳声被无限放大。

温瑶和沈宜也不复习了，关灯上床睡觉。程岁宁睁着眼睛，看着天花板，脑袋里又在重复播放着今晚和周温宴的对话，回想着他的模样。

她本以为这一夜会很难睡着，没想到却比往常还要睡得早。

程岁宁她们第二天考的并不是主科，她很快做完了，检查了一遍就提前交了卷子。然后她按照周温宴昨晚的指示，走到了楼下的那层。他没说是哪间教室，程岁宁就一间一间地找，认真仔细地透过窗户往里面看。

到第三间教室的时候，她一下子就看见了周温宴。

有的人就是区别于芸芸众生，让你一眼就能看见。

他坐在中间靠后的位置，和窗口有些距离。今天气温很低，教室里暖气开得很足，周温宴黑色的羽绒服放在旁边的空椅子上，身上只穿着一件简约的白色卫衣。

他很少穿白色，程岁宁没管住自己的眼睛，多看了两眼。他人瘦，皮肤又白，白色冲淡了他身上散漫和颓废的气质，让他看起来多了几分干净的少年气。

程岁宁忍不住低着头，勾起唇浅浅地笑了笑。

周温宴还没做完卷子，微低着头，手里拿着笔，在快速地写。

程岁宁看了一眼靠近窗边的一个同学，他眉头紧锁地盯着卷子，看卷面应该只做了一半，已经写好的部分密密麻麻的都是字。

大学里不少考试，基本上考试时间过半就已经有一半的人交了卷子。现在距离考试结束不剩多少时间了，这间教室里还满满的都是人，程岁宁暗自咂舌，这门考试可能很难。

走廊上没人，她一个人站着有点儿招眼，监考老师已经是第三次看向她了。

程岁宁在想要不要去楼下等周温宴，正纠结着，视线里的周温宴已经停笔。好像有什么心灵感应一样，下一秒他就侧头看了过来。

周温宴看见她，有一瞬间的惊讶，然后笑了一下，起身将试卷放到讲台上，然后走了出来。

他是第一个交卷的，教室里不少人抬起头看他。

程岁宁屏住呼吸，看着他一步步走近自己，紧张得有点儿想逃。

三步，两步，一步。

他在她面前站定，声音低低的："等我？"

明知故问。

程岁宁点点头，感觉到教室里那群人的目光从周温宴的身上移到了自己的身上。

她脸皮薄，被看得有点儿顶不住。

周温宴说："走，吃饭去。"

程岁宁跟着他下楼梯。

路上，程岁宁说到自己的校园卡："那个……谢谢你捡到校园卡后联系我。"

"那请我吃饭？"

程岁宁愣了一下。

"不想请啊？"他问。

“啊？”

“昨天叫哥哥，今天就不认账了？”

“……”

周温宴看着她，等了几秒：“我知道了。”

他知道了什么啊？

程岁宁见他转身就往下走，跑过去抓住了他：“没……没有不想请。”

周温宴挑了挑眉。

程岁宁以为他真的因为自己刚刚的反应生气了，大着胆子说：“也没有……不认账。”

话音刚落，她的手就被他握住。

程岁宁的心猛地一跳，下意识地想挣开，手却被他握得更紧，掌心好像被他的指腹揉了一下。

离考试结束的时间越来越近，很多人都已经交卷了，陆陆续续走出了考场。

程岁宁怕被人看见，想挣开他的手，于是喊了一声：“周温宴。”

他“嗯”了一声，微皱起眉，问她：“你的手怎么这么凉？”

程岁宁没挣开他握着自己的手，只好作罢，回答他：“体寒，夏天冷，冬天也冷。”

“那中午去南五食堂喝汤？”

那些已交卷的学生的脚步声仿佛离自己只有一步之遥，程岁宁现在不管他说什么都点头。

周温宴这才松开她的手。

和周温宴吃饭有点儿折磨人，特别是在食堂这种场合，哪怕现在不是吃饭的高峰时间。程岁宁不敢看他，只乖巧地坐在他对面，低着头专心地喝汤。

周温宴好像很忙，短时间内接了好几个电话，程岁宁看了看他，想说要是忙他可以先走。

他抬眸和她视线相交，问：“哪天考完？”

"1月12日。"

"比我早一天。"他的手机又振动起来，程岁宁眼角的余光瞥到了他的手机屏幕，上面是个不认识的名字。

周温宴没在意，随手将电话直接挂断了："要等我一起回苏州吗？"

程岁宁问："啊？为什么？"

周温宴很自然地看过来，似乎对她这个问题感到奇怪："你说为什么？"

"因为我们是高中校友？"她说完都觉得不太能说服自己，但是除了这个理由，她也想不到别的了。

"程岁宁，"周温宴盯着她，仿佛在暗示着什么，他说，"你再想想。"

程岁宁没敢认真想，她甚至努力让自己不去想周温宴，全身心地投入最后几门的考试里。

沈宜和温瑶早就开始买回家的票了，好几次问她几号回家，她都支支吾吾地岔开话题。

时间拖到不能再拖，考试只剩下最后两门了，宿舍里沈宜和温瑶已经收拾好行李，随时都能拎包走人。

温瑶的妈妈一天一个电话，问她回去的具体时间，问要不要去动车站接她、最近有没有想吃的菜。沈宜家里也是，虽然没有那么频繁，但也能感受到父母对孩子的关心。

程岁宁的手机一直很安静。

程岁宁是真的不知道该什么时候回家，或者回哪个家。她从苏州报考到北城，很大一部分原因也是想逃离那个家。

12日那天，北城忽然下了场暴雪，程岁宁考完最后一场考试，从考场出来，一个人冒着雪往宿舍走。

温瑶和她选的课不同，昨天就已经考完回家了，沈宜今天一出考场就跟黄辰蔚去约会了，只剩她一个人孤零零的。

她走了一会儿，头发、衣服上覆了薄雪，脸都冻红了。身旁不远处有同学在打雪仗，还有堆雪人的，更有几个不怕冷的街舞社的漂亮小姑娘冒着严寒在拍跳舞视频。

程岁宁冷得牙齿都打冷战，还傻愣在原地看了会儿。

对方小姐姐见程岁宁看得特别认真，特意跑过来和她聊了几句，几个小姑娘没一会儿就混熟了，还邀请她一起练习了几个动作，拍了几个镜头。

可那天的好心情很快就消失殆尽。程岁宁和街舞社告别后，转身就接到了爸爸程豫川的电话。

“你放假了吗？”那头问。

程岁宁抓紧手机愣怔了两秒：“快了。”

“撒谎吧你！别人都已经放寒假回来了！程岁宁，你到底在闹什么？你是不是根本就不想回家？”程豫川十分不高兴，“我本以为你还算乖，但你看这两年你做的事情，报考自作主张不和我商量，放假了也不及时回家。你也像你妈一样！还是说，你也觉得你妈那样的女人是你的榜样？”

程岁宁用力地抿了一下嘴唇：“爸爸，这是你这学期第二次给我打电话。你每次都这么说妈妈，但其实我们心里都明白是谁先做错的。我也挺想回家的，但是爸爸，你真觉得家里有我存在的必要吗？”

程豫川沉默了，程岁宁等了几秒，没等到他再开口说话，就将电话挂了。

程岁宁身体僵硬地在原地站了会儿，枝丫上的雪落进衣领里，冻得她缩起脖子，她用手揉了揉眼角。

程岁宁低头看着雪地上的脚印，一步一步跟着走，脑子里都是程豫川和邱凝容那些乱七八糟的事。她从小就听他们的话，好好读书，不用他们操心，可他们呢？

她的眼睛涩得要命。她刚刚挂断程豫川的电话，估计对于那个在家说一不二、非常有威严的男人来说，这样的女儿算是在忤逆他了吧。

忽然手机又振动起来，还是程豫川打来的电话。

程岁宁在接和不接之间犹豫了好几秒，还是心软地接了，电话那边却换成了一个女人的声音。

“宁宁，你刚才怎么和你爸爸说话的？你爸爸被你气得血压都高了。你不想回来又没人求你回来，你至于这个态度跟你爸说话吗！”除了尖厉的女声，程岁宁隐约听见电话那头还有男孩子的哭喊声，而女人还在不停地说着，“阿姨知道你不喜欢我，也不喜欢你弟弟，但至少你应该尊重你爸爸，你们之间毕竟血浓于水！”

程岁宁觉得窒息，仿佛又回到了噩梦一样的高三。

她没再说什么，直接挂断了电话。男人的骂声、女人的话语声、孩子的哭喊声，终于都听不见了。

雪越下越大，她的睫毛、头发、身上都堆满了雪，仿佛一个行走的雪人。

周温宴看见程岁宁的时候以为自己看错了。

他身旁的江叙和陆恕也没认出她来，江叙说：“这是移动的雪人？计算机院的新发明吗？”

陆恕觉得他脑残：“你听听你说的是人话吗？”

周温宴快步走过去拉住程岁宁的手。

程岁宁明显惊了一下，眼睛通红通红的，仰着头愣愣地看了好一会儿才认出眼前的人是谁。

“程岁宁？”

程岁宁第一次不想见到周温宴。

她太狼狈，也太难过了，有种将自己的阴暗面都暴露出来的感觉。她想在周温宴面前永远保持着美好的那一面，所以在看了他一眼后就仓皇地低下头：“今天能不能假装没看见我？”

周温宴的眉头拧起来，程岁宁难得强势地从他的桎梏里挣开来。

好在离宿舍不远，最后的那段路她是跑回去的。

江叙这才反应过来那是程岁宁：“她怎么了啊？感觉特别难过的

样子。”

周温宴没吭声，静了几秒，他也往女生宿舍的方向走。

江叙看着他的背影大喊：“不是说去吃饭吗？”

“自己去。”

江叙说：“可恶，下次得你请客。”

陆恕摇头。

周温宴走到女生宿舍附近，站在一棵比较隐秘的树下。他站在那儿，仰头正好可以看见程岁宁宿舍的窗户。

天气冷，但他心里躁，一根接着一根地在抽烟，等天色彻底暗下来，程岁宁宿舍的灯亮了。

这不是程岁宁第一次这么失魂落魄了，上次她生日也是这样，还有……高三的那次。

周温宴的脸色很阴沉，只觉得有一种无力感。程岁宁是个很封闭的人，她很少会对别人说自己的事情，他连打听都无从下手，花尽心思也只能得到一些不靠谱的传言。

天更黑了，暴雪随时就要降临，温度已经降到了零下十几摄氏度。

树下有一地的烟头。

周温宴被冻得脸色发白，手指和头发好像都结了冰。

一直安静的手机突然响了起来，他本来想挂断，但看到来电显示上的备注，连忙接了起来。

“周温宴。”程岁宁的鼻音很重，听得周温宴直皱眉，她的情绪像是恢复过来了，问他，“你是明天上午考完还是下午考完？”

周温宴在大风大雪中冻了很久，声音有些沙哑：“下午。”

程岁宁似乎已经研究过路线了，在电话那头跟他说：“从北城到苏州，坐动车要 5 个钟头，坐飞机的话要去上海或者无锡，然后坐动车转苏州，时间会短一点儿。但是算上提前等待和后面转乘的时间，高铁和飞机的时间感觉差不多。你想怎么回？”

“我都行。”

程岁宁“嗯”了一声：“那就选14日下午1点20分的动车，这样晚上到苏州也不晚。”

周温宴说：“好。”

“那……那就这样。”

程岁宁本来要挂电话，电话里忽然传来周温宴的咳嗽声，程岁宁挂电话的手顿住了。

过了会儿，周温宴说：“我在你宿舍楼下。”

程岁宁连忙跑到窗边，推开窗，目光立刻和树下周温宴的视线相交。

周温宴背着光，仰头看着她。他觉得自己挺无耻的，用扮可怜的招数骗小姑娘心软：“能下来一下吗？”

程岁宁不知他为什么会在这里，有些发愣。

周温宴笑了一声：“不应该给你选择的。程岁宁，现在穿上羽绒外套下楼，可以慢一点儿，多慢都可以，我等你。”

他说完就挂断了电话，从树下走出来，站到另一侧的阴影里。

程岁宁下楼后直奔那棵树而去，跑到一半突然被一只手拎了一下后领。

四周弥漫着熟悉的味道，她没站稳，一下子撞进他怀里，脸颊蹭到他的衣服，发觉他身上冰得吓人。

她下意识地仰头去看他，看了一秒又低头看了看地上他们俩的影子，做了两秒的心理准备后才又抬头看他：“你……你怎么在这儿？”

“找你。”

程岁宁有些疑惑。

周温宴低着头看了她片刻，突然问：“能告诉我今天为什么不高兴吗？”

他说话的声音很温柔。

沈宜和温瑶总觉得“温柔”这个词和周温宴非常不搭，他不羁又神秘，是姿态傲慢的天之骄子。在卧虎藏龙的京大，能有这种嚣张劲儿的仅此一人，多少女孩儿因为这股调调前赴后继。

然而程岁宁喜欢他的一切，尤其偏爱他的温柔。好像因为这份温柔只有她发现了，所以才格外珍贵。就像现在，在冰天雪地里，这个被捧在神坛上的男人，冒着暴雪来只为了问她为什么不高兴。

“你为什么要知道？”

周温宴的喉结滚动了一下，眼眸更深沉：“因为我想。”他说完停了几秒，又补上一句，“不想告诉我也行。”

程岁宁刚想问他是不是来很久了，还没来得及开口，周温宴忽然伸手，将她羽绒服的帽子戴到她头上：“既然不想说，就上去吧。”

她望向他，没动。

他垂眼看着她，手指轻轻地缠着她帽子旁的绳子：“太冷了，本来不想让你下来的。”

这个举动有种过界的亲密感，程岁宁不自觉地放轻呼吸，目光往下移，看着他的手指。力度很轻，黑色的绳子有一下没一下地被磨蹭。

他忽然松开了手，程岁宁迷茫了一下，目光重新回到他的眼眸上。

他说：“看到你不难过就放心了。”

回到宿舍，程岁宁给黎梨发消息，将刚才自己和周温宴之间的事情复述给了黎梨。

黎梨：周温宴真这么说啊？

程岁宁：嗯。

黎梨：我感觉他好像对你真挺不一样的，以前舒悦不是跟他谈过几天吗？我总听舒悦抱怨周温宴都不主动找她，总是她去黏他，还说他的态度都很冷淡。

程岁宁盯着这条消息，过了好一会儿才回：我不想自作多情。

黎梨：这根本不是自作多情，你不觉得你们俩之间的关系好像变了很多吗？

程岁宁：嗯嗯，现在已经很好了。

14日中午，周温宴和程岁宁一起从学校出发。

他坐在出租车里的时候，有个好事者打来电话。周温宴和程岁宁都坐在后座，所以电话那头的声音听得也很清晰。

“出发了？”

周温宴“嗯”了一声。

江叙昨晚刚知道周温宴今天要和程岁宁一起回苏州，别人不知道内情，他可是知道，周温宴这趟苏州之行就是平白多出来的。所以他挑好时间特意来闹周温宴，调侃：“和谁啊？”

遇到个红绿灯，司机猛踩了一下刹车，周温宴伸手拦了一下身体往前倾的程岁宁，手指碰到了她薄薄的锁骨。

程岁宁的身体缩了缩：“谢谢。”

江叙听见了，声音故意更大了：“我听见了，是个女生。”

程岁宁的眼皮跳了几下，目光有些不自然地躲闪。

周温宴的眉头皱起来：“挂了。”

“挂什么啊，你别有异性没人性，我都还没说话呢。”江叙不满。

周温宴懒得和他废话，直接挂断了。

程岁宁低着头，觉得安静下来的气氛变得有些暧昧，这种暧昧让她感觉难熬。

周温宴发现了，盯着她发红的耳垂问：“怎么了？”

程岁宁没想到他会出声问她这个问题，小声回他：“没怎么。”

他又问：“你不喜欢重色轻友的人？”

“啊？”

程岁宁硬着头皮看了他一眼，发现他的脸上表情如常，身体甚至更放松了，往后靠在椅背上，看她的目光也漫不经心得很。

“没……”

“这个没办法改，我确实重色轻友。”

他们俩的声音同时响起。

程岁宁抿唇，干巴巴地“哦”了一声，然后像鹌鹑一样缩着，一路都很安静。

这种安静一直持续到高铁检票时。检完票，程岁宁拎着行李箱跟着人群上电梯，周温宴从身后抓着她，她突然转头，脑袋磕到了他的下巴。

她手上一轻，行李箱已经被他拎在手里，紧接着她的耳边传来他温热的气息："是另一边啊。"

程岁宁连忙点头，乖乖地跟着去另一边。

票是她买的，买的是两人座。

坐下后两人又安静下来，程岁宁的手机一直在振动，黎梨执着得很，要她现场直播。

她哪里敢啊，她的微信聊天背景图可是她跟周温宴的合照。

路程有 5 小时。

想到要和周温宴在一起相处这么长时间，程岁宁觉得自己得找些事做，不然全部的心思都在他身上，那也太没骨气了。

她翻出本书来，强迫自己将注意力放到书上，刚看了两页，就有人主动和周温宴搭讪："你也是在北城上学吗？"

那边坐着三个女生，周温宴一上车她们就注意到了，她们小声议论了好一会儿，还用手机偷拍周温宴。

周温宴的态度很冷淡，并不太想搭理。

对方没有因为他的冷淡打退堂鼓，自顾自地说："我是科大的，你呢？这个终点站是上海，你是上海人吗？"

程岁宁沉默地听着，忽然耳朵里被塞进一只耳机。

她愣了一下，侧头看向周温宴，周温宴正低头看音乐播放器，注意到她的视线，将手机放到她面前："听这首吗？"

程岁宁的目光不经意间和对面的几个女孩子碰到了，对方眼里表露出的探究意味让她的脸有点儿发烧。

周温宴没听到她的回答，和她靠得更近了些："宁宁？"

他们的胳膊贴到了一起。

程岁宁的睫毛颤动了几下，连忙点头。

耳机里音乐声响起，程岁宁翻着书，却有些心不在焉。

车窗外的景色在飞速倒退。

“这一页你已经看了20分钟了。”他突然开口。

这20分钟里程岁宁一个字都没看进去，她小声地辩解：“这页有点儿难，看不太懂。”

这也不算是撒谎，她看的是最新版本的《算法导论》，还是英文版的，虽然程岁宁英语不错，但有些词还是比较难理解。

下一秒，书上出现了一片阴影，他的身体往前压了过来：“哪里不懂？”

他的指尖碰了一下她手指旁的那个单词，两人的手也有了短暂的接触。

“这个词吗？”

程岁宁点头。

周温宴说了这个词的中文意思，然后粗略地看了上下文：“是很难，我只知道单词的意思，其他的不知道。”

程岁宁想起来他的英语成绩，手指移了移指向另一个单词，他微微挑眉，立刻说了出来。

5小时的路程变成了一对一英语辅导，黎梨知道后大呼可惜。

程岁宁在火车站和周温宴分别了，她以有家人来接为由先逃了。

现在她拎着行李在地铁里和黎梨打电话。

“宁宁，你真的不回家，准备住酒店吗？”

程岁宁说：“不想回去。”

“那你的钱够吗？”

“够。”

程岁宁漫无目的地坐了几站地铁，在订房软件上选了一家价格比较适中的酒店，然后看着地铁路线图又坐了几站，最后将手机放进大衣口袋里准备下车。

那一站是个换乘站，人流特别多，程岁宁拖着行李箱被人潮挤来挤去，好不容易才到了出口。等到了出站口，她准备拿出手机扫码出站，结果发现口袋里空荡荡的，哪里还有手机的踪影，甚至连钱包都不见了。

“妹妹，你不走让我们先出站。”身后的阿姨催她。

程岁宁连忙错身让开，她身后都是人，为了不妨碍到别人，她拖着行李箱走到了比较空的地方。

地铁的工作人员看她愣在那儿太久就上前询问。

程岁宁告知对方：“我的手机和钱包丢了，地铁卡也不见了。”

工作人员叹了口气：“在地铁上丢手机确实常发生，地铁里人多手杂的，报警了大部分最终也难以找回。”

工作人员说完，自费买了一张地铁卡，帮她出站。

程岁宁连连道谢。

“还丢了什么吗？”

程岁宁摇头。

对方又问：“需要我帮你联系家里人吗？”

程岁宁本来想拒绝，脑子里忽然闪过一串号码，那是她记得最牢的一个手机号。

晚高峰的地铁站十分忙碌，广播里一遍又一遍地重复着机械的女声，来来往往的乘客行色匆匆。对面工作人员的对讲机里，已经在呼叫他回到岗位。

程岁宁攥紧掌心，鬼迷心窍地说出了那串号码。

第七章

周温宴，生日快乐

周温宴是在半小时后出现的。

那时程岁宁正蹲在地铁口，冷风吹得她全身都冰了，可怜得要命，脑子里却还在想一会儿看见周温宴要怎么解释她对他说谎的事情。

想了好几种解释，但等周温宴真的出现在自己眼前，她一个字也说不出来。

黑色的车停在路边打着双闪，周温宴从车上下来，沉着脸快步走到程岁宁面前，拿过她的行李箱。

"周温宴。"她红着眼睛叫他。

周温宴帮她打开车门："先上车。"

车上还有另一个人，程岁宁看了那个人一眼，对方坐在驾驶座，年纪看起来四十岁上下。周温宴跟她说："他是余叔，不用在意。"

程岁宁点点头。

车很平稳地行驶在路上，周温宴从上车后手机就一直在响，他接了好几个电话，过了好一会儿才停下来。

程岁宁听了个大概，小声问："我是不是给你添麻烦了？"

她话音刚落，车内一下子变得十分安静。

周温宴的脸色很沉。他半小时前接到一个陌生的电话，一开始没想接，但这个号码很执着地打了第二次。从接起的那一秒开始，他全身的血液都好像在倒流。他听着电话里那个陌生的男人讲着程岁宁的事情，说她的钱包、手机被偷，又说她无家可归。周温宴的情绪差点儿控制不住，本来已经快到目的地了，他又让余叔将车开了回去。

"程岁宁。"

他的脸上没有表情，车里光线昏暗，程岁宁只能看见他绷得紧紧的下颌线。

程岁宁人怂，在周温宴面前更是怕：“你是不是生气了？我……”

周温宴冷声打断她：“你说这些话，是不是就图我生气？”

“不是……”程岁宁抿了抿唇，“我不想回家，不想让你知道，我怕你会……担心。”

“担心”两个字她说得很轻。

周温宴看着她，不吭声。

程岁宁的心跳快了些，手指拽了一下他的衣服：“我错了，你别气了。”

司机余叔听见后面的动静，抬眸从后视镜里看了一眼程岁宁。他是周温宴外祖家那边的司机，从小看着周温宴长大，很少见到周温宴情绪起伏那么大，而且明明在生气，还拼命压制着。

周温宴这种身份的人何时这么憋屈过，向来都是别人捧着他。

余叔想，这小姑娘对周温宴来说，肯定是不一样的。

周温宴看着她的手指，喉结滚了滚，然后和前面的余叔说：“去裕品。”

余叔握着方向盘的手一顿，心里更惊讶起来，裕品那个公寓是周温宴在苏州的私人地盘，他还没带人过去过。

车大概开了 20 分钟，最终在湖心的一个公寓楼旁停了下来。

余叔没有下车，周温宴拿着程岁宁的行李箱往里面走。她小跑着跟上他，电梯里 25 层的数字亮着，电梯在飞快地往上升。

出了电梯后，走到家门口，他用指纹解了锁，后脑勺儿像长了眼睛一样，拉着她进了门，再关上门。房间里黑漆漆的，只有落地窗外照进来的一些微弱的霓虹光。

程岁宁脚步踉跄地跌进他怀里，手指好像碰到了他的腰，她下意识地收紧了些，听到他闷声哼了一下。气息太近了，他的下巴就抵在她的头顶，声音也逼得很近。程岁宁眨了眨眼睛，感觉自己的睫毛蹭在他的锁骨上。

“周……周温宴。”

周温宴的头更低了些，呼吸已经拂上了她的脸，程岁宁仿佛侧一下头就能被他亲到。

昏暗的玄关处，暧昧在疯狂滋长。周温宴不知道程岁宁在想什么，他只看得到她湿润的眼睛、泛红的眼尾、嫣红的唇和莹白纤弱的脖颈。

身体控制不住地热起来，停顿了四五秒，周温宴狼狈地偏过头，唇若有似无地掠过她的脸颊。

下一秒，整个房间亮了起来。

周温宴先背过身，拉开了两人之间的距离。

“今晚你住这里，卧室里有浴室，先去洗澡吧。”

程岁宁“嗯”了一声。

晚上，她躺在周温宴的床上，裹着他的被子，心跳声大得好像有了回响。她觉得自己太幸福，甚至有点儿想哭。

喜欢的人近在眼前，她好像伸手就能碰到了。

一墙之隔的周温宴亦是辗转反侧，他看着天花板，脑子里都是程岁宁。

或许是因为睡前脑子里都是她，晚上她还入了周温宴的梦，一个非常旖旎的梦。

周温宴醒来时，满头大汗，他掀开毯子，把床单一并扯了下来，扔进了洗衣机里。然后走进淋浴间内，冲了个冷水澡。

洗完澡出来，居然看到了程岁宁。

她穿着看起来很柔软的珊瑚绒白色睡裙，从她的表情来看，她似乎对他凌晨 4 点洗澡的行为感到很费解。

周温宴冷硬地问：“程岁宁，你出来做什么？”

程岁宁答：“我听到外面有声音，所以……”

“回去睡觉。”

“好吧。”

周温宴看着她进了房间，身体才放松了些。他套了件黑色的短袖，从茶几上捞了包烟和打火机，走到阳台，点了支烟。

这晚是彻底无法入眠了，他拿出手机刷朋友圈。

路逸伦还没睡，刚在朋友圈发了张照片。周温宴刷过时不小心点了个赞，下一秒路逸伦的电话就打了过来。

“宴哥，还没睡呢啊？”

周温宴懒懒地“嗯”了一声。

路逸伦上次的事情没办利索，一直惦记着，现在忽然灵光一闪，想起来就提了一嘴：“宴哥，就上次程岁宁暗恋别人那事你还记得吗？我突然想到，那个人会不会是徐临远啊？”

周温宴顿了一下。

路逸伦没发现他的异常，仔细地跟他分析：“你看啊，当年在班级里和程岁宁关系好的人并不多，男生里和她接触最多的就是徐临远。徐临远是班长，成绩又好，长得虽然没宴哥你帅，但因为那副优等生的模样，还是有不少女生迷他的。”

徐临远，XLY。

Y。

如果路逸伦不提，周温宴都快忘了有这号人了。徐临远和程岁宁很像，他们做题认真，成绩永远名列前茅，是老师们非常喜欢的好学生。

周温宴下意识地捏紧了手中的烟盒。

路逸伦的声音还在继续：“程岁宁这种乖乖女，喜欢的肯定也是那种看起来又干净又乖的男生。徐临远那种烟酒不沾、矿泉水一样透明的男人，一看就是她喜欢的类型。”

周温宴太久没搭腔，反应迟钝的路逸伦也发现了不对劲儿，他试探道：“宴哥？”

打火机“啪嗒”一声打开，“啪嗒”一声又合上。

周温宴说：“嗯。”

“我也就是猜测，不一定真的对。”

周温宴嗤笑了一下。

路逸伦头皮有些发麻，他觉得周温宴对程岁宁有兴趣这事挺不可思议的。最起码高三那一年，他根本没看出来。难道是一起在京大上学，然后产生了感情？

他好奇地问："宴哥，你真喜欢程岁宁啊？"

周温宴没吭声。

路逸伦直觉不太对劲儿，这是真喜欢啊？

"怎么以前没看出来？"

"还能让你看出来？"

"好吧，"路逸伦问，"那要是程岁宁真暗恋徐临远怎么办？"

周温宴冷嗤了一声："她就不能暗恋我吗？"

"这根本不可能，你们俩完全不同频啊，她那么乖，敢喜欢您这种类型的吗？"

周温宴将电话给挂了。

程岁宁第二天迷迷糊糊醒来的时候，已经快10点了。

公寓里静悄悄的，她缓了好几秒，才记起现在她是在周温宴的房子里，呼吸立马轻了起来。程岁宁眨了眨眼睛，从床上起来，小心翼翼地打开卧室的门。脑袋试探性地钻出去，发现客厅里更安静。

周温宴不在吗？

程岁宁走出来四处看了看，发现周温宴真的不在。

眼角的余光忽然看见客厅的茶几上放着她昨天丢的手机和钱包。她愣了一下，走过去，发现还真的是她的东西。这是什么时候找到的？

恍惚间，手机突然振动了起来。程岁宁看着屏幕上不停闪烁的名字好一会儿，还是接了。

周温宴在20分钟后回到公寓，他打开门，第一眼就看见了茶几上空荡荡的。

他那时正在接电话，手机那头的人跟他说了一大段，停下来等了他几秒，却没听见他的声音。

“人呢？跟你说话呢？高中同学聚会你到底来不来啊？”

周温宴没吭声，径直走到卧室，看见床单和被子都整理得很整齐。

他靠在门框上，目光有点儿沉。

“别沉默啊，徐临远那种好学生都来，宴哥你怎么也得来啊，我可不能看他一个人耍帅。”

听到那个名字，周温宴眸光微闪。

“你就当给我们争口气……”

周温宴说：“行。”

对方准备的说辞还没说完，听到这声“行”后，差点儿咬到自己舌头：“你……你说什么？”

周温宴点了支烟，烟雾迷住眼睛：“地点、时间发我。”

“好好好，我马上发你，一定得来啊。”

周温宴“嗯”了一声就将电话给挂了。

他走到客厅，发现茶几上的纸巾盒下压了一张字条，字条上写了一行字：昨天谢谢你，我有急事先回家了。

程岁宁的字和她的人一样秀气，一笔一画写得十分工整，最后还画了个可爱的小表情。

周温宴盯着字条看了好一会儿，甚至可以想象出她写这张字条时的样子。他若有所思了几秒，握着手机拍了一张照片，发了个朋友圈。

他没屏蔽人，不一会儿就有了许多条评论。

周温宴半躺在沙发上刷看着。

江叙：女人的字。

陆恕：哈哈哈哈哈哈你被发好人卡了？

当然更多人关心的重点是：你带女人回家过夜了???

周温宴懒懒地抬起眼皮，手指随意点了一下这条评论，慢条斯理地回：我家有女人很奇怪？

对方秒回：啧，不奇怪吗？好奇是什么样的女人能让你带回家。

周温宴扫了一眼，没再回复，盯着程岁宁的头像发呆。

直到烟屁股烧到手指才醒过神，他将烟头扔进烟灰缸里，又呆坐了一会儿，觉得自己这样太没出息，轻笑着骂了自己一句。

程岁宁此刻正白着脸坐在地铁上，刚刚外公打来了电话，老人家问她是不是连他和外婆都不认了。

程岁宁的眼圈立刻红了，她张了张嘴，却发不出声音。

外公又说："你从小就是我们带大的，你的房间外公还留着。宁宁，你不是没地方去，外公、外婆家也是你的家。"

程岁宁不知道外公、外婆是怎么知道的，估计是邱凝容告诉他们的。她可以和程豫川、邱凝容说任性的话，但没办法对外公、外婆心硬。

外公说完，外婆又拿过手机对着她说了许多话。老人家在电话那端要哭不哭的，听得程岁宁心头更难受。

她立刻说："我一会儿就回去。"

外婆连着"哎"了两声，语调终于高兴起来："快回来，外公特意做了你爱吃的菜。"

程岁宁看到周温宴那条朋友圈是在外婆家吃完午饭后。

她收拾完行李，正坐在沙发上陪着外公、外婆看电视剧。播广告时她刷了一下朋友圈，才看到了他发的那一条。

程岁宁盯着这张照片愣了几秒，心一下又一下重重地跳着。一方面，她对于自己出现在周温宴的朋友圈里这件事，觉得太不可思议；另一方面，她又莫名地觉得周温宴发这条朋友圈是在向她表示自己的不满。

毕竟她只是留了字条……这么一想，程岁宁捏着手机，一下子坐立不安起来。

这时，外婆的视线从电视机上移到她身上，问："怎么了？心神不宁的？"

程岁宁立刻摇头："没有。"

老太太瞧她那心虚的模样，试探性地问："是在想喜欢的人？"

程岁宁的脸涨红了："真的没有。"

老太太看她的表情，越发坚信自己猜得没错："对方是个什么样的人呀？"

"外婆，"程岁宁小声地嘟囔，"你可别八卦了。"

老太太将剥好的橘子塞到程岁宁手里，用胳膊抵了一下身边的老头儿："你看看咱外孙女还害羞呢。"

外公正在擦老花镜，抬头看了她一眼："上大学了，是该谈恋爱了。"

"……"

程岁宁说不过这两位老人家，握着手机就跑回了自己的房间去，手指在慌乱中不小心给那条朋友圈点了个赞。

下一秒，手心的手机振动了一下，程岁宁一低头就看见屏幕上的消息。

宴：跑哪儿去了？

程岁宁心跳得厉害，她手忙脚乱地将手机解锁，打字的指尖都微微发颤。

程岁宁：回家了。

宴：好孩子都只离家出走一晚？

程岁宁的脸更烧了，也更难为情了，半天才发了个表情包过去，然后回：嗯。

周温宴似乎一点儿都没感觉到她的窘迫，还漫不经心地夸奖她。

宴：真乖。

程岁宁一瞬不瞬地看着手机屏幕，直到黑屏，然后看到自己少女怀春的表情。

程岁宁的寒假生活很无聊，每天除了看书就是陪着外公、外婆看电视剧，然后帮忙一起做饭买菜。

黎梨找她逛过一次街，是专门为了同学聚会去扫货的。

"这件怎么样？"黎梨从更衣间走出来，问程岁宁。

这是黎梨试的第七件，程岁宁认真地看了看，然后点头夸奖：“好看。”

黎梨娇嗔地看了她一眼，转身看了看镜子里的自己：“前面那六件你也是这么说的。”

程岁宁回答：“是真的好看。”

黎梨笑了一下，走了几步，拿起货架上淡粉色的裙子和露锁骨、很贴身的方领毛衣递给她：“去试试。”

程岁宁没有买衣服的需求，她有些犹豫。

黎梨才不放过她：“同学聚会就是比美现场，赶紧去试试，你皮肤白，穿这个肯定好看。”

这一套确实看起来很仙，就是材质有些轻薄。

“苏州今天只有5摄氏度。”

黎梨看着她：“室外穿大衣，室内有空调。”

程岁宁没了借口，只能拿着衣服认命地换上。

这一套其实和程岁宁本来的风格出入不大，颜色也是她平日穿的那种淡淡温柔风，只是毛衣的剪裁大胆了些，将程岁宁的身材完全展现了出来。

黎梨看见她走出来就被惊艳到了：“我的天，宁宁，你平时都怎么藏的？”她将程岁宁推到镜子前，“这锁骨，这胸，这腰！不露真的可惜了。”

程岁宁垂眸看着衣领：“是不是太低了？”

“这才哪儿到哪儿，都还没露出来呢。”

黎梨越看越眼馋，伸手要摸，程岁宁连忙捂住，黎梨满脸可惜，帮她做主：“就这套，外面再穿你那件毛茸茸领子的白色斗篷大衣。”

程岁宁被她忽悠得拎着衣服走出了店。

黎梨买完衣服还不肯放过她，非拖着她一起去做了美甲和皮肤护理。

等一切都折腾完，已经晚上10点了。

程岁宁回到外婆家，将今天买的东西放好。她坐在床上心神不宁的，看着手机备忘录上提示的事件，犹豫了一下，穿上刚脱下的羽绒服又出门了。

这天是1月19日，和无数个冬夜一样，但在程岁宁心里是最重要的日子。

外婆家和那个公寓直线距离15公里，坐地铁需要从一号线换乘到三号线，需要1小时10分钟。

她很幸运地赶上了城市地铁的末班车，1个多小时的时间里，她什么都没有想，只是单纯地看着信号灯一站一站地在亮。每亮一下，好像就离他近一点儿，然后她的心就更雀跃了。

下车的时候，是晚上11点35分。

程岁宁走进一家便利店，买了她生日那天周温宴给她买的同款蛋糕。她也不知道自己在想什么，还买了一罐他那天喝的啤酒。然后她默默地走到公寓楼楼下，站了会儿，看看四周，又坐在不远处的长椅上。

南方的冬夜湿冷难熬，距离这栋公寓楼不远处就是湖，吹过来的风更冷。她的鼻尖冻得红红的，仰头往上数着他家的窗户。

脖子仰到酸痛时，她终于数到了第25层。亮晶晶的眼睛微微眯起，她在那一层仔细看了看，分辨哪一扇窗户是他家的。

左边那个，还是再左边那个?

一扇窗户是亮着的，一扇是黑着的。

现在的周温宴是在公寓里，还是出去和朋友庆生了呢?

程岁宁眨了眨眼睛，不去细想这个问题。

这天最后的10分钟里，她坐在长椅上打开蛋糕和啤酒。

等到最后1分钟，她吃了口蛋糕，又仰起头。

眼前万家灯火，头上繁星点点。程岁宁双手在胸前交叉，用只能自己听见的声音特别虔诚地说："周温宴，生日快乐。"

时间过了零点，程岁宁抱着蛋糕和啤酒准备去路边叫车回家，结果转身就看见了周温宴，他倚在最近的那盏路灯下。

她一愣，脚步猛地停住，眼睛下意识地睁到最大，呆呆地看着他。

周温宴不知道站在那儿多久了，他盯了她几秒，先是叫了她的名字，随后，他低眸看向她怀里的蛋糕和啤酒。

黑夜里，路灯下，男人的一举一动格外清晰。

他突出的喉结上下滚动了几下，下一秒男人的声音和刚刚比明显变得低哑起来。

他问她："你怎么在这里？"

时间好像一下子凝滞了。

这里四下无人，特别安静。两人的视线相交了几秒，程岁宁率先仓促地移开了目光。她不知道周温宴怎么会恰好出现，又恰好看见她。

程岁宁不太会撒谎，索性就没开口。

周温宴走到她面前："怎么总想着喝酒？"

他说着，拿起她抱在怀里的啤酒，拉开易拉罐的拉环，仰头喝了一口，然后垂眸，目光落在她身上，很耐心地等着她说话。

直到周温宴喝完，她才抿了抿唇，小声说："生日快乐。"

风声裹着她起伏的心跳声，将她的少女心思传递给对面那个人。

周温宴笑了："知道我生日啊？"

程岁宁点了点头，全部心思都在他身上，怕他的反应，又期待着他的反应。

他又顿了一会儿："已经过了。"

程岁宁的神情有些低落。

周温宴笑着问："专门过来给我过生日的？"

"对……"程岁宁硬着头皮承认。

"生日礼物呢？"

程岁宁确实准备了一份礼物，但不能给他。

周温宴却说："我收到了。"

"啊？"

他将她手里的蛋糕拿了过去。程岁宁看着他拿着自己用过的叉子，三两口吃完了蛋糕。

瞧见他的视线，她连忙低下头。

周温宴看着她的侧脸，笑意更明显了：“程岁宁。”

“嗯。”

冷风里，他突然拉住她的手腕：“走吧。再不走你就回不去了。”

夜可能太深了，她迷迷糊糊地被他问了地址，又被他牵着上了车，手是什么时候被放开的都不记得了。

高中同学聚会那天，黎梨先跑去程岁宁的外婆家，给她化了个妆，然后两人一起出发。

出门时，黎梨像炫耀什么得意之作一样，将程岁宁推到外婆面前问：“好不好看？”

老太太也挺新潮，认真地点评了一下：“好看，这就是现在流行的‘斩男妆’吗？”

黎梨说：“对对对，您说得对。”她用胳膊抵了抵程岁宁，“你看外婆都比你懂。”

程岁宁的眼睛亮亮的，嘴唇也亮亮的，笑起来特别招人：“好啦，要迟到了。”

黎梨被惊艳得“啧啧”了两声：“我要是男人就追你了。”

到酒店门口时，正好碰到了在包间外打电话的徐临远。他看见程岁宁后显得十分惊喜：“程岁宁，你也来了啊。”

黎梨挎着程岁宁的胳膊站在旁边，挑起眼尾看向徐临远：“只有程岁宁来了吗？还是徐临远大班长你只能看见程岁宁呀？”

徐临远比起高中时成熟了些，没了那么重的书卷气，面对黎梨这种调侃也很镇定。他笑了笑，目光从程岁宁身上移到黎梨那儿：“哪儿能啊！”

然后十分有绅士风度地帮她们打开了包间的门。

黎梨哼笑了一声，挎紧程岁宁走了进去。

聚会订的是个大包间，里面的气氛很热烈，程岁宁进去时众人看向她，包间内安静了一秒。

高三那年她陷在自己的世界里，和班上同学没太多交情，同学们对她不太熟悉也是情理中的事情。程岁宁没太在意，浅浅地笑了一下，跟着黎梨坐了下来。

包间里的人互相看了看，气氛又热闹起来。

有人见势调侃："真可以啊，谁那么大本事把我们年级第一都请来了。"

"就是啊，连高考后聚餐都没来。"

"我那时还傻乎乎地等着呢，还以为能趁最后的机会和年级第一告白呢。"

那个人说完，所有人哄笑起来。

"现在也不晚啊。"

对方挑眉笑笑，目光炯炯地看向程岁宁。

黎梨护犊子一样挡在程岁宁身前说："都别欺负宁宁啊。"

徐临远打完电话走进来，他自然地坐到程岁宁身边："说什么呢？这么开心。"

黎梨看了他一眼，从徐临远的举动中，她好像发现了什么。

"徐临远是不是对你有意思啊？"黎梨凑到程岁宁耳边跟她咬耳朵。

程岁宁摇摇头："不知道。"

"他今晚都看了你七八次了，刚刚他还帮你挡酒。"黎梨跟程岁宁分析完觉得可能性真的挺大，她想起一点之儿前的事，"之前高中的时候，他都是眼高于顶不搭理别的人，但只主动和你说话。"

"因为他在问我题目。"程岁宁拿过桌上的一罐软饮，打开倒在黎梨的杯子里，"我成绩比他好。"

黎梨瞪了她几秒，拿起杯子"咕噜咕噜"地一口气喝完："反正你心里就只有周温宴。"

程岁宁心口一跳，扯了扯她的衣角："小声点儿啊。"

"没人听见。"黎梨突然咂了咂嘴，拿过那个软饮瓶子看了看，"还挺好喝的，樱桃味的，4.5% 的酒精，你要不要来一点儿？”

程岁宁点点头，她尝了一口，确实挺好喝的。

徐临远已然成了整个同学聚会的焦点。包间另一边的路逸伦听着他说话，从学校到专业再到最新的四六级，徐临远把能炫耀的都炫耀了一遍。

路逸伦听得头疼，他最烦这种学霸了。

他想了想，给周温宴打了个电话：“宴哥，你再不来，程岁宁真要被徐临远勾跑了。”

周温宴被家里的一些事缠住，接到电话时刚从家里出来。他眉头拧了拧，叫了辆车赶过来。

他走在光线昏暗的长廊上，忽然听到身后传来一道男声。

“程岁宁，你现在有男朋友吗？”

周温宴停下脚步，往声源处看过去。那头的光线更昏暗，他只能看清有一男一女。他的视线在那个男人身上停留了一秒，就去看那个女生。

看了会儿，他漆黑的眸子危险地半眯起。程岁宁穿了裙子，还化妆了。

他轻嗤一声，过了会儿，舌尖抵着左腮，索性懒散地靠在走廊的墙上，冷着眼正大光明地看起来。

程岁宁从卫生间回来，半路被徐临远叫住。他问出这话时，程岁宁有些惊讶，觉得自己和他的关系没有好到可以问这种问题的程度。

她抿了抿唇，还是摇了摇头。

徐临远松了口气，他笑起来：“我也没有女朋友。”说完，他向程岁宁靠近了一步，低下头看着程岁宁小小的发旋，因为喝了酒声音有些轻飘飘的，“那我们在一起吧。”

程岁宁一愣，不明白这里面的逻辑。

徐临远继续道：“我从高一就喜欢你，一直喜欢到现在，那时候一直忙学习，没有时间……”

程岁宁轻声打断：“我现在也忙着学习。”

徐临远笑得更大声了："我知道，我就喜欢你这样的，单纯又认真。"

程岁宁的声音很轻，加上走廊里有闷闷的音响声，周温宴听不清她在说什么。

这种场面，他想都不用想就知道徐临远会继续纠缠程岁宁。周温宴的眉头皱得更紧，心里烦得不行，手机那边的路逸伦还在催他到底到哪里了。

他烦躁地将路逸伦直接拉黑了，再抬眸发现那两个人都不见了。

他暗骂了一声，下一秒，他的手机又振动起来。

他目光沉沉地盯着来电显示，一瞬间不敢置信。

小姑娘细细软软的声音出现在他的耳畔："我现在能来找你吗？"

程岁宁顶着徐临远的目光给周温宴打了电话。她都拒绝徐临远了，但他还不作罢，非说现在不喜欢没关系，感情是可以培养的。

徐临远根本不信程岁宁不喜欢他，他都听说了，程岁宁在高中有暗恋的人，那个人就是自己。所以她现在的拒绝，在他看来更像是欲擒故纵。

程岁宁没办法，只能说自己有喜欢的人了。

徐临远说："我不信，除非你现在打电话给他。"

电话接通的那一瞬间，徐临远的脸都黑了，转身就走。

程岁宁松了口气，刚准备和电话那端的周温宴解释，就听到身后传来他沉沉的嗓音。

"程岁宁，你现在要是来找我的话，得做好心理准备。"

程岁宁还没问做什么心理准备，就被身后的人抱住，下一秒，他低下头重重地亲下来。

程岁宁觉得这一切发生得太过突然，只能无措地睁大眼睛。心跳快得像是要跳出来，她睫毛眨动的频率过快，手指无意识地攥紧他的衣服。昏天暗地的光线里，狭长的走廊中，有脚步声、音乐声和交谈声，但她什么都听不见，耳边都是他潮水般汹涌的呼吸声。

她出来时没穿外套，身上只穿着那条薄得可怜的毛衣，薄薄的衣物现在好像吸满了热烫的体温。

好一会儿，周温宴隐忍地喘息了一下，唇稍稍退了一点儿距离，额头抵着她的额头。

周温宴垂着眸看她，他有些担心自己冲动的举动是不是吓到了她。

小姑娘大口喘息了好一会儿，被水汽氤氲的眼眸才变得稍微清明了些。

她仰着头，表情有些疑惑，眼睛一瞬不瞬地看着他。

周温宴被她看得微微顿住，心里猜到什么，目光突然变得有些晦暗，刚刚压下去的酸意又冒了出来。

在他要伸手捂住她的眼睛时，程岁宁忽然说："我喝酒了。"

周温宴一愣，目光闪了一下。

"所以……"程岁宁吞咽了一下口水，继续说，"你是真的还是假的？"

周温宴的喉结生硬地滚动了一下。他们俩的距离很近，程岁宁说话时，唇会似有似无地蹭到他的。

他舔了舔唇，声音很低："你先说我是谁？"

程岁宁似乎真的喝多了，她觉得自己的身体里有酒精在翻腾，又觉得眼前的周温宴真奇怪，怎么连自己是谁都不知道。

"周……"

她刚说了一个字，周温宴再次吻了上来，手指用力地捏着她的下巴，样子比刚刚更急切、更专注。

舌尖缠到发麻，他才放开她，头埋进她的颈窝里，唇贴在耳后，说："你再说一次。"

程岁宁脑子里一片空白，身体也软得过分："说……说什么？"

他低低地笑："我是谁？"

"周……周温宴啊。"

手机铃声忽然响起来，程岁宁的身体明显僵了一下。

周温宴单手搂着她的腰，低头拿出手机，眼睛却在看程岁宁。

她一动不动，脸上的表情也很乖，只是唇角被亲得很红，不然根本看不出异样。她似乎还没分清这到底是真实还是梦境，细细的手指还捏着他的衣角。

那边的路逸伦等得快疯了，电话一接通，他的大嗓门儿就传了过来："宴哥你人呢，说好的给兄弟们撑场面呢？"

周温宴被声音刺得耳朵疼，将手机拿远了点儿。他的注意力都在程岁宁身上，手指忍不住又碰了碰程岁宁的脸："喝了多少？"

程岁宁蒙蒙地眨了眨眼睛，顿了几秒，冲着他傻乎乎地笑了笑。

路逸伦说："啊???我吗？我还没怎么喝呢，等宴哥你来和你决战呢。"

周温宴的舌尖抵着腮，目光盯着程岁宁的脸，眼眸沉沉的。他的手指移向她的嘴唇，重重地压了一下。

他声音哑得很："别找亲。"

路逸伦一开始没听清，琢磨了两秒才明白过来，叫了好大一声，引得包间里的目光都聚了过来。

路逸伦连忙道歉，拿着手机走出包间，边走边说："宴哥，你是不是被哪个女人缠住忘记我了？你在亲谁啊？你别见色忘友啊，程岁宁可还在这儿呢。"

路逸伦应该就在附近，他的声音在走廊里都能听得见。

程岁宁听见自己的名字，脑子似乎清醒了点儿，身体微微挣扎，推了推周温宴。

周温宴皱了皱眉，将电话挂了。他的头低得更近了，看着她的脸："清醒了？"

程岁宁的脸红扑扑的，低垂着眼，紧抿着唇，处处都透着心虚。

他哪还能不明白，轻笑了一下，低声问："现在想要逃了？"

程岁宁抬不起头，如果说她将刚刚发生的事情当作自己在梦里幻想的，那现在，他的声音，他的温度，还有她舌尖上的刺痛酥麻，都证明着事情的真实性。

程岁宁脸红透了，她轻声嗫嚅道："我喝醉了。"

周温宴"嗯"了一声，微微弯腰，视线与她的齐平，然后下巴往上抬了一点儿，他的唇又碰了一下她的。他的声音更低了："那现在还醉吗？"

程岁宁被他的气息包围，不敢说话。

不远处被挂断电话的路逸伦又执着地打了过来，铃声在长廊里响起时，他好像发现了什么，往这边走来。

程岁宁听见了脚步声，全身一颤，趁周温宴不备，猛地推了他一下，逃走了。

路逸伦看见了周温宴，快步走到他身旁，见他一脸春风荡漾的模样。最重要的是，他唇角还有口红印。

"宴哥，你来了啊。"路逸伦明白过来什么，"你在这儿亲谁了啊？"

周温宴没搭理他，目光追着程岁宁逃走的方向，指尖似乎还残存着程岁宁肌肤的温度。

"有烟吗？"周温宴问。

路逸伦贱贱地笑了两声，从口袋里摸出烟盒递给周温宴："刚刚亲的到底是谁啊？"

周温宴低头咬着烟："滚。"

"说说呗。"

周温宴哼笑了一声："不说，秘密。"

"怎么去那么久？"

程岁宁刚坐下，黎梨的声音就在耳边响起。

程岁宁摇摇头，黎梨看了一眼已经坐到另一边的徐临远，问："和徐班长发生什么了？人家刚刚回来脸色可差了，而且立刻就离你远远的。"

程岁宁抿了抿唇，她脑子里还乱糟糟的，没办法分神再去思考刚刚和徐临远的事情。她盯着面前那瓶樱桃味的酒，想了想，拿起来又灌了一口。

黎梨被她吓到："干吗啊，刚刚不是说已经有点儿醉了吗？怎么还喝？"

"我……"程岁宁不知怎么和黎梨说。

包间的门忽然又被推开。本来闹哄哄的包间突然安静了下来，所有人都看了过去。

程岁宁心口一滞，捏着瓶子的手更紧了几分。

她知道进来的人是谁。

黎梨不知道，她惊讶地看着那人的脸，手指用力地抓了一下程岁宁，用气音在程岁宁耳边叫："周温宴，是周温宴。"

程岁宁的头埋得更低了点儿。

周温宴身上的光芒太强了，虽然他只在七中读了一年，但他这样的人，哪怕只待一天也会让人终生难忘。

女生们窃窃私语，男生们的目光不掩艳羡，总之所有的注意力都移到了周温宴的身上，连黎梨都没发现程岁宁的异常。

路逸伦与有荣焉地站在周温宴身边，觉得脸上倍儿有光，他指了指他的位置："宴哥，我们坐那儿。"

说完，才看见那边被徐临远坐了。

路逸伦眉头一拧："他干吗坐那里啊？"

周温宴的态度很冷淡，他对别人的视线从来提不起什么兴致。他抬眸看了一眼程岁宁。

似乎是感受到了他的视线，小姑娘纤弱的脖颈颤了一下，脑袋垂得更低，都快磕到桌子上了。

包间里坐得很满，今天来的人挺多的，一眼看过去没什么空位了。

路逸伦正犯难，一旁的周温宴忽然抬脚走了。

一直盯着他的黎梨在程岁宁耳边小声地尖叫，直到周温宴在程岁宁身边那个原本属于徐临远的位置坐下来时，她才像被掐住脖子一样，止住了声音。

这下原本落在周温宴一个人身上的目光，现在落到了周温宴和程岁宁两个人的身上。

他们俩虽然在高中都是风云人物，但确实没有任何交流，在座的同学们都交换了一下眼神。不过除了程岁宁身边的空位，好像确实也没其他位置了。如此一来，大家本来探究八卦的目光又恢复如常。

但黎梨没有，她的目光在两人之间流转。虽然周温宴和程岁宁没有说话，也没有肢体接触，更没有眼神交流，可这个氛围和气场怎么就这么暧昧呢？难道是她的错觉？

周温宴旁边的另一个同学不肯放过能和周温宴接近的机会，他先是主动叫来服务员给周温宴加了一套餐具，又凑过来，有些讨好地问："宴哥喝什么？"

周温宴礼貌地说："不用。"然后很自然地伸手将程岁宁手里紧捏的那瓶樱桃酒拿到自己手里。

程岁宁一怔。

那个同学也惊了，不敢相信天壤之别的两人能有什么私交。

周温宴懒懒地靠在椅子上，神态自若地喝了一口。大概是口感太甜了，他的喉结顿了几下，吞咽得有些慢，随后才微微侧头垂眸看向程岁宁："我不能喝吗？"

程岁宁没抬头，只看了看他的嘴唇，那上面还有点儿残留的口红。她头皮一麻，奶猫一样又缩了回去。

周温宴的嘴角勾了勾，视线并没收回。

别人也都看见了周温宴的动作，之前和周温宴关系还不错的男生开口说："阿宴，程岁宁这么乖，你可别欺负她。"

周温宴的眼尾微微挑起，指腹故意揉捻过瓶口的位置，和刚刚揉她嘴唇的动作一模一样。

程岁宁眼睫发颤，下一秒就听见他漫不经心地轻笑："这就叫欺负了？”

他的语气散漫，惹得男生们哄笑。

“这对咱们阿宴来说怎么能叫欺负，他当年对小姑娘那才叫坏。”

“对对对。咱们学校的级花、校花，哪个没被他祸害啊？”

“不止我们学校吧？”

周温宴侧眸看了一眼程岁宁，出声警告起哄的人：“够了啊。”

“哪够啊，有你在，害得我们桃花少了多少。”

“就是，害得老子现在还单身呢。”

“都是你周温宴的错。”

周温宴哼笑了一声，眼神玩味，抬头扫了一眼那几个说话的男生：“怎么就不是我被小姑娘祸害啊？”

他说话间，身体忽然侧了侧，手搭在程岁宁的椅背上，视觉上像是将她搂在怀里。

程岁宁没发现这点，她只觉得自己和周温宴靠得太近，四周都是他的气息，失控的心跳怎么都缓不下来。

黎梨看得一愣一愣的，她也发现了那个口红印。

她又凑到程岁宁耳边：“他嘴唇上那点儿红印子的色号和你的好像是一样的。”

程岁宁拿筷子的手一顿，黎梨继续说：“你别忘了是我给你涂的口红，别否认哦。”

程岁宁没否认，她伸手拿过放在桌上的纸巾，又过了两三秒，悄悄地从桌下递给他。

周温宴还在和别的同学有一搭没一搭地闲聊，看到纸巾时视线移向程岁宁。

程岁宁咬着唇，声音小得像小猫叫：“嘴唇。”

他尾音微微上扬，“嗯”了一声，像是不理解。

程岁宁假装看向别处，声音稍稍大了点儿：“嘴唇上有口红印。”

“哦。”他停顿了一下，坏得过分，故意问，“谁的？”

“……”

程岁宁一颤，直接将纸巾扔在了他的腿上，反正那口红印不明显，不仔细看的话发现不了，再说就算被发现了也和她没关系。

周温宴低笑。

直到程岁宁不知为什么拉着黎梨偷偷离开了，他才觉得自己今晚有些心急，真的逗她逗过了。

“真和程岁宁谈了？”聚会结束后，路逸伦问周温宴。

夜风将周温宴的头发吹得有些乱，他靠在墙边，咬着烟没吭声。

路逸伦笑骂了一句：“说说呗，你以前哪有这么小气。”

周温宴不在意地笑笑：“现在就小气了。”

“啧。”

徐临远在他们后面走出店，路过时没给他们一个眼神。

路逸伦又“啧”了一声：“怎么都是学霸，只有个别人的眼睛长在头顶上。”

徐临远脚步一顿，他脸色很沉，侧头看向周温宴和路逸伦。他本就因为今晚告白失败心里憋了一口气，后来周温宴又出现了，让他的心情更加糟糕。

他觉得周温宴这个人就是故意针对他。好像每个人都会有个假想敌，徐临远的假想敌就是周温宴，自从他出现后，自己立马变得暗淡起来。

凭什么这个人做什么看起来都是轻而易举的？长相、家世、智商、学历，凭什么好处都让他一个人占了？

不过，很快徐临远想到什么，忽然又笑了。

他知道周温宴这样的人也有弱点。周温宴和家里关系不好，他弟弟的死，是他和他家里人共同造成的。

他这样的人，再优秀又如何呢？他的优秀，同样也是他的原罪。他的优秀，逼死了天资不及他的弟弟。

他这样的人，又有什么了不起的？

徐临远走到周温宴面前，半眯着眼不太尊重地看着周温宴：“你觉得程岁宁要是知道了你的那些破事，你是不是这辈子都没希望和她在一起了？”

周温宴抬眸冷淡地扫了他一眼：“我哪些破事？”

徐临远阴沉地瞪了他半晌，刻薄地笑：“你自己心里明白。”

周温宴懒得搭理他，转身将烟屁股扔进垃圾桶里，懒洋洋地冲着路逸伦摆手：“走了。”

那晚周温宴回去时遇到了一场不大的冬雨，路灯下能看到零零星星的雨滴。他没伞，也没叫车，拖着步子慢悠悠地往地铁站走。有几个刚下晚自习的高中生一出校门就看见他，眼睛亮晶晶地时不时望过来，然后又像小麻雀一样叽叽喳喳的。

周温宴没在意她们，低着头心不在焉地看着手机，一副若有所思的样子。

几个小女生推推搡搡的，终于大胆起来，有个人举着伞跑到他身边：“那个……”

周温宴的脚步顿了一下，侧头垂眸看了下来。

小女生看清他的脸，脸涨得更红了：“我和同学合撑一把伞，这把伞借给你。”

他的目光里有一瞬间的莫名奇妙，随后摇了摇头，拒绝了对方的好意。

小女生愣在原地，同伴围过来，看着已经走远的周温宴，小声地叹息。

“帅哥都是高冷的。”

“但他真的好好看啊。”

…………

周温宴半小时后回到自己的公寓，他将半湿的衣服扔进洗衣筐里。走进淋浴间之前，他又看了一眼手机。1 小时前，他发了条微信过去，她现在还没回消息。

玻璃上起了一层雾，他仰着头闭着眼睛，任热水淋在肌肤上。

他眼前全是程岁宁。

没5分钟就淋浴完毕，周温宴扯了条浴巾随意地擦了擦身体，又拿起放在盥洗台上的手机看了一眼。

一大片红色的未读消息，但没有程岁宁的消息。

周温宴舔了舔牙，心神不宁起来。江叙和陆恕在宿舍群里疯狂@他，让他上游戏。他没搭理，江叙又开始夺命连环催，反复打电话过来。

他跟着他们没什么兴致地打了几局，一局比一局菜。

受伤最深的江叙直接奓毛了："你到底咋了？玩游戏都不认真！"

周温宴本来就不想玩，只是想找个事情做，让自己的注意力转移一下，便说"那我下了"。

江叙委屈得"嘤嘤"了两声："宴哥哥，别啊，我错了我错了，我再也不抱怨你了。"

周温宴的手机突然振动了一下，屏幕上出现一条微信消息提示，他立刻绝情地和江叙说："下了。"

他切到微信页面，置顶的那个人并没有发来消息，手机振动是因为微信运动的消息提醒。

周温宴倒在床上，在微信运动上滑了滑。目光停在程岁宁的头像上，她今天走了13257步。

走这么多路做什么？

周温宴点开她的朋友圈，下一秒，他半眯起眼。

程岁宁的朋友圈里什么都没有了，只有一条冰冷的横线——他被屏蔽了。

周温宴盯了几秒，嗤笑了一声："长本事了。"

另一边的程岁宁像鹌鹑一样，将手机扔到一边故意没充电，躲了几天，才大起胆子重新开机。黎梨闲得发慌，天天来找她，实际上就是看她的笑话。

这天也是，她们俩坐在客厅帮着外婆择菜。择完菜，外婆乐呵呵地进了厨房，开始忙活午饭。外公钻进去帮忙，让她们玩自己的去。

阳台上，两个小姑娘坐在躺椅上晒太阳。

黎梨侧过身，看向程岁宁：“你还没躲够啊？”

程岁宁眨了眨眼睛：“我也不知道。”

“他明摆着喜欢你，你就大胆点儿呗。他可是周温宴，你就不怕过了这村没这店啊？”

程岁宁被太阳晒得浑身暖洋洋的，她知道黎梨是为她着想，但她就是心里没底，不知道在别扭什么。过了会儿，她才说：“我可能就是有点儿怕。”

“怕什么？”黎梨在刷朋友圈，看到舒悦刚发的一条动态，她把手机举到程岁宁眼前，“你看，这都不知道是他多少号前女友了，现在还在炫耀呢。周温宴这种男人，哪怕和他在一起一天，也能炫耀一辈子。”

“我没想过和他在一起。”程岁宁说。

黎梨无言地哽住，感觉自己说了半天和没说一样，真想敲开程岁宁的脑袋看看她这聪明的小脑袋里到底装了什么。

“那如果能和他在一起，你也要推开他吗？”

程岁宁陷入沉思。

黎梨笑起来，伸手捏了捏她的脸颊：“对吧，小笨蛋。玩暗恋把自己玩傻了。”

程岁宁笑了笑。

第八章

现在我是宁宁的男朋友了吗

快到除夕的那一阵，邱凝容总是带着初恋情人回来吃饭。

两个老人家虽然不待见她，但毕竟是自己的女儿，也算是好言好语地对待。

只是程岁宁和邱凝容之间变得特别生分，邱凝容心里有愧，除了不停地给她卡里打钱，还给她买了很多衣服和化妆品。

程岁宁没说收，也没说不收，只是都没用过。

外婆知道她心里不舒服，特意找她聊了聊："宁宁，你是不是特别埋怨你爸爸和妈妈？"

程岁宁摇头，外婆慈爱地摸了摸外孙女的脑袋："这么些年，他们确实做得不够好，没有尽到父母应尽的职责。但是宁宁，这些是他们的过错，你不要因为这些惩罚自己。"

程岁宁说："我知道的。"

外婆见程岁宁听进去了，忽然话锋转了个弯："而且，你不能因为家里这些乌七八糟的事情就感到自卑，不敢和喜欢的人在一起。"外婆这几天听两个小姑娘聊天，心里早就门清儿了，"外婆相信你的眼光，你才不会遇到你爸那样的男人。"

程岁宁愣了一下，被外婆逗笑了。

外婆递给她一杯热牛奶，终于没忍住，继续问："对方是什么样的人呀？有照片吗？"

程岁宁的脸红了红，将手机屏幕解锁，让外婆看手机桌面上的照片。

"哟，真好看呀。"外婆凑近看了看，然后回头招呼老伴儿，"老邱啊，你也快来看看啊，你外孙女的眼光可真好，给你找了个十分帅气的外孙女婿。”

程岁宁捂住手机屏幕，不满地叫她：“外婆！”

外婆乐呵呵的：“好了好了，大过年的，都开心点儿。看你整天愁眉苦脸的，再好看的小姑娘都要憋成黄脸婆了。”

周温宴过得就没那么好了。

来苏州本就在他计划之外，回来后又被北城那边天天打电话催。他推了好几天，那头终于坐不住了。

临近过年的航班又难买，他坐了夜机连夜飞了回去。

江叙去机场接他，见他精神不振得像是三天没睡觉，幸灾乐祸道：“我还以为你堕落在桃花源里乐不思蜀呢，原来不是啊？”

周温宴没精神搭理他，开到红绿灯处，车停了下来，周温宴好像想起什么，含混不清地问他要手机：“密码多少？”

“干吗？”

周温宴很不耐烦：“别废话。”

江叙说：“我的生日。”

周温宴抬眸看向他。

江叙骂了一声：“你还是不是兄弟啊，连我的生日都不记得。”

周温宴的目光平淡得很，毫不愧疚。

江叙说：“2 月 14 日。0214，请你记住我是情人节男孩儿，我是带着爱出生的。”

周温宴输入完密码就打开了微信，找到程岁宁的头像，进入她的朋友圈。看见她最近发的几张照片，轻笑起来。

江叙好奇地凑过来看了一眼：“你不能用你自己的手机看宁宁的朋友圈啊？”

周温宴想，程岁宁之所以会屏蔽自己，大概是因为程岁宁很喜欢在朋友圈晒日常，但因为最近在躲他，连带着也不想让他看见她分享在朋友圈里的生活。

周温宴没出声，他认真地看着程岁宁这一阵发的动态。和黎梨逛街，在家晒太阳，包饺子，还织了一条围巾。

真丰富啊。

又到了一个红绿灯口，江叙停下车，他从周温宴的脸色上琢磨出了点儿什么来："你不会是被屏蔽了吧？"

周温宴冷冷抬眸。

江叙笑得全身都在颤抖，本来调侃的话在周温宴冻死人的目光下憋了回去。但他还是好奇："你到底做了什么大逆不道的事情，让宁宁这么好脾气的人都能屏蔽你？"

"你跟她很熟吗？"周温宴突然问。

江叙一愣："还行啊。"

周温宴皱起眉："宁宁、宁宁的，瞎叫什么？"

"行，我不装熟。那你做什么了啊？"

周温宴抿起唇，90 秒后红灯变成绿灯，车子在路上行驶了好一会儿，周温宴才开口。

他看着车窗外晦涩不明的街景说："亲了她。"

江叙直接呆住，过了会儿说："人家不搭理你，这就是报应。"

周温宴扔在一边的手机突然开始振动。他的视线扫了过去，屏幕上谭清芸的名字一直在闪。

江叙看见了："你妈的电话就接一下呗。"

周温宴的眉头拧得更紧了，抬眸扫了江叙一眼，伸手拿起手机接通了。

江叙讨好地笑了笑。

谭清芸在看到接通后有一瞬间的惊喜："阿宴？"

周温宴沉默了一会儿，"嗯"了一声。

"下飞机了是吗？直接回家吗？"

周温宴不太想说话，谭清芸也知道他有抵触情绪："回来吧，你爸爸一直在等你。"

听到那个人他更不高兴了："知道了。"

周温宴挂了电话，江叙看了看他的脸色，说："其实你弟弟的事……他们也很自责，他们毕竟就你一个儿子了，你别怨他们。"

周温宴"嗯"了一声。

除夕那天，程豫川一早给程岁宁打了电话，语气很不好地问她还要不要回来过年了。

程岁宁说不回，他立刻就挂断了通话。

程岁宁默不作声地将手机收起来，跑到外婆身边帮忙做年夜饭。外婆知道她刚刚在和程豫川通电话，担忧地看了看她。

程岁宁笑着摇了摇头，和老太太说："没事啦。"

她现在习惯了，连难过都变得一次比一次少。

外婆也笑起来，塞了个刚炸好的肉圆到她嘴里。

晚上老房子里热热闹闹的，坐了一大桌的人，表妹邱念念今年念高二，有半年没见她，兴奋地拉着她说了好多话，听得舅舅、舅妈在旁边一直笑。

再晚点儿的时候，热气腾腾的饺子被端上了桌。电视机里在放春晚，大人们互相聊着近况，酒意渐渐上头。

他们几个小辈移到沙发上，一边看春晚，一边聊天。

"姐姐，京大是不是有很多帅哥啊？"

程岁宁看着邱念念点点头："所以你快来做我的学妹呀。"

邱念念撇了撇嘴巴："说得好像谁都能考上京大一样。"

表哥何泱郁正在和女朋友打电话，听见了这话转头来嘲笑邱念念："别指望她了，能考上一本就已经是她走大运了。"

邱念念气得挥起拳头要去打他，程岁宁笑着拉邱念念的手："还有一年呢，努力努力说不定的。"

邱念念对着何泱郁翻了个白眼，附和程岁宁："就是。"

她忽然想到什么，也不顾及身后的家长，口无遮掩地说："姐姐，你知道何泱郁这个‘洋芋片’多浑吗？换女朋友跟换衣服似的。他现在打电话的这个和上个月发在朋友圈里的根本不是一个人。”

何泱郁听见了立马捂住手机，瞪了她一眼。

邱念念才不怕他：“你说那些漂亮姐姐是不是瞎了眼了，居然能看上他。”

何泱郁和女朋友聊完了，挂了电话，靠在沙发上：“你个小屁孩儿懂什么。”

邱念念没搭理他，她看着程岁宁：“姐姐，你说呢，你喜欢什么样的？”

“我喜欢的人啊……”

邱念念和何泱郁都看了过来。

程岁宁的手机忽然振动起来，她低头看见了周温宴的视频通话申请。

在邱念念和何泱郁的注视下，她起身走到阳台。

她拖沓的时间太久，到阳台的时候，视频通话的申请已经被自动取消了。程岁宁看着屏幕，有点儿犹豫要不要回拨过去。

在她的手指碰到屏幕的前一秒，他的视频通话申请又打了过来。程岁宁的指尖正好碰到，就这样接通了。她愣了一秒，目光和屏幕对面的周温宴相交后，才反应过来。

周温宴那边光线很昏暗，橘黄的光线将他整个人镀了一层柔光。

不知道为什么，明明是团圆的除夕之夜，他那边却好像空荡荡的。

周温宴整个人陷在深色的沙发里，正垂眸看着她。

程岁宁抵不住这种目光，耳根开始有烧灼感。

客厅电视里一个小品结束，开始进广告了。他们俩谁都没说话，然而这种古怪的气氛，比说些什么还要暧昧磨人。

“程岁宁。”他突然开口了，“还有 10 分钟过年了，你打算要冷我冷到明年吗？”

程岁宁装傻充愣不吭声。

周温宴低哼了一声，嘴角的笑意扩大：“程岁宁，我追的女人跑不掉。我不管你之前暗恋谁、喜欢谁，现在就要开始适应。”

“适……适应什么？”程岁宁听见自己小声问。

周温宴直勾勾地看着她，似乎要看进她心里：“适应你男人是周温宴。”

“……”

程岁宁被他这直白的话给震惊到，手一抖，将他的视频通话给挂了。她将阳台上的窗户打开了，好让夜风吹进来给自己的脸颊降降温。

下一秒，她的手机又振动了一下。

程岁宁低头点开消息。

宴：想要个新年礼物。

程岁宁：要什么？

宴：别屏蔽我了。

程岁宁的指尖顿了顿，将被风吹乱的发丝别到耳后，才慢吞吞地将对他的朋友圈屏蔽给取消了。

刚操作完，周温宴又发来了新消息。

宴：宁宁呢。

……宁宁。

程岁宁心脏“怦怦”地跳。

程岁宁：啊？

宴：新年礼物。

她默默地将他的三条消息合到一起，他的意思应该是：宁宁呢，要什么新年礼物？

太亲昵了，程岁宁感到很不真实。

程岁宁顿时觉得，窗户只开条缝根本不够，她又伸手，将那条缝拉大了些，她感觉自己热得快要熟了。

程岁宁攥了攥发软的手指，打了个几个字发过去。

程岁宁：我不用。

他回得很快。

宴：那送我吧。

程岁宁看着他最新发过来的消息，微微愣住。

宴：我再要个礼物。

她盯着手机屏幕，看着左上角的“宴”变成了“对方正在输入……”，又恢复成“宴”。

手机振动了一下，消息缓冲了几秒，跳出来的是条语音，21 秒。

程岁宁点开放到耳边。

前面的 10 秒都是空白的，在她毫无防备的瞬间，他的声音突然出现：“零点的时候，我希望你是第一个和我说新年快乐的人。”

这也算礼物吗？

程岁宁脑海里浮现出刚才在屏幕里看见的场景，他那边空荡荡的，她心想，周温宴难道是一个人在过年？

这时，邱念念推开玻璃门叫她：“姐姐，还没打完电话吗？”

程岁宁被她的动作吓了一跳。

邱念念一愣，没想到程岁宁的反应这么大：“发生什么事了吗？”

程岁宁抿着唇，摇摇头：“我过一会儿再进去。”

“好吧。”

玻璃门又被推上了。

在距离新的一年只剩最后 60 秒的时间里，程岁宁觉得自己每一下的心跳都格外清晰。

楼下变得热闹起来，不少大人小孩儿都走了出来，鞭炮响起，烟花在漆黑的夜幕中绽放。程岁宁看着眼前的场景，忽然就觉得心情很好。

等到新年彻底到来的那一刻，程岁宁发了四个字的语音过去：“新年快乐。”

对方秒回，同样是语音：“程岁宁，新年快乐。”

程岁宁问：我是第一个吗？

宴：是。

不管你几点发，都是第一个。

因为我屏蔽了其他人的消息，只接收你的。

鞭炮声响了一夜，程岁宁收了长辈们的压岁钱就回了房间。

她躺在床上翻来覆去地睡不着，一直在想周温宴是不是真的一个人在过春节。

凌晨 1 点 30 分，她坐起身，拿着手机心烦意乱地刷了一下朋友圈，看到周温宴 1 小时 20 分钟前发了条动态。

是一张照片，黑漆漆的房间没有光。

程岁宁评论：一个人在过春节吗？

她正猜测他是睡了还是没睡时，红色的 1 出现了。

他回：嗯。你几号回北城？

程岁宁：你在北城吗？

他回：嗯。

整个寒假，程岁宁都没回程豫川那儿，她比学校要求的还早了几天返校。

“宁宁，你已经到宿舍了吗？”沈宜也是今天回来，她还在动车上。

程岁宁将行李放好：“嗯，我先打扫一下。”

“我还有一段时间就到了，你等我一起。”

宿舍里并不脏，只是很久没人住，桌子、地上有些浮尘。

“不用，你到了，我应该都能打扫好了。”

沈宜笑了笑：“那我晚上请你吃大餐。对了，温瑶她说几号回来啊？”

温瑶过年在家里吃胖了，天天在群里闹着说回来让她们监督她减肥。

程岁宁说：“后天。”

“行，那今晚就我们俩去约会。”

程岁宁挂了电话，去卫生间洗了洗抹布和拖把。没过多久，她就将宿舍打扫得比走时还干净。她看了一眼时间，沈宜还没到学校，索性把自己也洗了一遍。

她吹头发时，放在外面的手机响了，她以为是沈宜，没想到是周温宴。

“喂。”这次是她先开口。

耳边听见有些细碎的人声和风声，随后才是他的声音：“到学校了？”

“你怎么知道？”她下意识地问。

他低声笑了一下：“我怎么能不知道。”

程岁宁半晌“哦”了一声，不知道该接什么。

停滞了几秒，他说：“晚上一起吃饭？”

“不行。”程岁宁小声地补充，“今晚已经和室友约好了。”

他沉默了一会儿，“嗯”了一声。

忽然身后的宿舍门被打开，沈宜拖着大包小包从外面走了进来：“宁宁，快来帮我一下，我妈给我塞了好多土特产，让我分给你们。”

程岁宁说了一声“好”，干脆将通话挂断了。

周温宴看着屏幕，不禁失笑，在女生宿舍楼下又站了一会儿才离开。

沈宜收拾完东西，肚子已经叫得震天响了，她搂着程岁宁的脖子往宿舍外走：“我想吃后街那家烤肉店很久了，快快，不然一会儿得排队。”

可能是附近别的学校的返校时间比京大要早点儿，程岁宁和沈宜到的时候，店外已经排起了队。

沈宜取了号在门口抱怨，忽然眼尖地看到了一个人。

刚打算开口叫人，对方也看见了她：“你和朋友也来吃烤肉？要一起吗？”

沈宜点点头，她跟程岁宁咬耳朵，但声音并不轻：“是我高中时候的学姐，人美心善。”

学姐笑眯眯地看着程岁宁，热情道：“走吧，正好我们在给一个朋友过生日，人多热闹。”

沈宜一听是过生日，有点儿不好意思了：“这是不是不太好？”

学姐拉着她："有什么不好的，他和我们也是老乡。"

"那行。"

程岁宁跟着沈宜就这样稀里糊涂地蹭了一顿生日宴，过生日的人叫路崇，沈宜还认识，说也是和她一个高中的，当年还是风云学长。

不一会儿他们就打成一片，还互相加了联系方式。烤肉宴结束后，对方还十分热情地邀请她们去下一场。

沈宜兴致很高，脸红扑扑的，看着程岁宁征求她的意见。

程岁宁点了点头。

一行人浩浩荡荡地出发，就在学校附近新开的店里订了个包间。

桌上堆得满满的都是酒，气氛热烈过头，程岁宁将外套脱了，她只穿了件毛衣都觉得热。

她性子慢热，和熟人来这种场合也都是陪衬，更何况这一房间的人都是刚认识的。程岁宁安静地坐在一边，注意力都放在沈宜身上，看着她笑也跟着笑，然后轻声在她耳边劝她少喝一点儿。

放在腿上的手机亮了一下。

宴：吃过了吗？

程岁宁：嗯。

她想了想又反问了句：你呢？

宴：和你一样。

宴：也和室友一起。

程岁宁总觉得周温宴是在跟她汇报行程。

宴：今天几号？

程岁宁：2 月 14 日。

宴：是什么日子？

程岁宁又决定装傻。

可能看她太久没回复了，周温宴索性自问自答了。

宴：江叙的生日。

程岁宁：祝他生日快乐。

他发来了一条语音。

包间里太吵了，根本听不清。程岁宁握着手机走了出去，一直走到走廊尽头的卫生间内，四周才安静了些。

程岁宁靠在墙上，把手机贴在耳边，随后他漫不经心的声音传了过来："替你转达了。"

程岁宁将这条语音在耳边播放了好几遍，再抬起头时，她看见了对面镜子里的自己。

双颊粉红，眼眸里氤氲着水汽，一副明显害羞了的模样。

她走到洗手池边，打开水龙头，用冷水冲了三次脸，才勉强让自己的脸色看上去正常一点，然后在微信里回了句"谢谢。"

发完以后，程岁宁又觉得自己挺无趣的，她简直是个话题终结者。

果然，之后手机都安安静静的，没再振动。

程岁宁翻看了一下自己和周温宴的聊天记录，好像每次都是他主动。她又回想了一下自己这段时间的行为，既胆怯又退缩。

她实在太懦弱了，明明喜欢他却总也没有勇气上前。

程岁宁心情有些郁闷地往包间走，推开门的瞬间，程岁宁抬头，蓦地顿住了。

这不是刚刚她所在的那个包间，这个包间比他们那个更大，也更豪华。

包间里同样闹哄哄的，一时间没人发现有个不属于这里的人走了进来。

包间中心的江叙身上围了一圈又一圈的彩带，他仰着头，陶醉地拿着话筒在唱歌。

程岁宁也看到了周温宴，他坐在包间最里面的位置，整个人跟陷在沙发里似的，正百无聊赖地拨弄着打火机，橘色火光忽明忽灭。旁边的女生在和他说话，他低头勾唇，偶尔回应几句。

程岁宁见过太多次这种场景，他身边的莺莺燕燕个个摇曳生辉。

她想到自己那条还没被回复的"谢谢"，心里说不上来是什么滋味，快速地逃了出来。

“怎么不进去？”沈宜的学姐从包间里走出来，正好看见她。

“这就进去了。”

程岁宁说完，进了包间。

程岁宁一直有些心神不宁，鬼使神差地，第一次主动给周温宴发了信息。

程岁宁：今天聚会好玩吗？

他秒回：你不在没意思。

接着又发来一句：怎么知道我在聚会？

程岁宁还没来得及回，刚刚那个学姐去而复返，兴奋地告诉大家：“周温宴就在隔壁。”

“他们好像也是有人在过生日。”学姐叫了个不认识的人的名字，“你不是和周温宴认识吗？去打个招呼吧？万一他们同意和我们一起玩呢？”

对方抵不住学姐的热情，加上自己也挺想和周温宴一起玩，于是半推半就地站起身，真的过去了。

程岁宁感觉自己的心已经提到了嗓子眼儿，随时都能跳出来。

不知过了多久，他们包间的门又被推开了，程岁宁低着头没看，但从包间里其他人的反应来看，就知道是谁来了。

周温宴没进来，他懒散地靠在门口，低头在看手机。

进来的是江叙，他特别好客且随和地对路崇说：“这么巧，我们居然都是在情人节过生日。正好，大伙儿一起玩吧，我们包间大，去我们包间怎么样？”

程岁宁的手机振了一下。

宴：刚刚跑什么？

程岁宁僵住。

所以刚才自己误闯他们的包间，他发现自己了？那他干吗问自己“怎么知道他在聚会”？

这个男人，故意的吧！

那端，路崇和江叙已经愉快地谈好，都去江叙的包间玩。

程岁宁跟着身边的人一起站起来，还拉了拉喝得有点儿上头的沈宜。

从周温宴身边路过时，他伸手扣住了她的手腕，她条件反射般地僵了一下。

旁边可都是人！

察觉到她的反应，周温宴松了手，却低笑着说了句："现在跑不掉了。"

程岁宁装作没听见，跟在别人身后镇定地往江叙的包间走。

她拉着沈宜随意找了个空位，刚坐下来，周温宴就坐过来了。

江叙见所有人都在看他们，咳嗽了两声："我们来玩个游戏吧。"

有人搭话："什么游戏啊？"

江叙看了一眼周温宴："真心话大冒险啊，最老套的才最好玩。"

众人一听笑起来，都没意见。

酒瓶在桌上转，停下来时，瓶口对着江叙。

江叙兴奋地大叫："来吧来吧，不用怜惜我。"

"真心话还是大冒险啊？"

江叙说："真男人只选真心话。"

陆恕特别贱地开口问："在现场的所有人中，你最喜欢哪个女生啊？"

江叙笑嘻嘻的："这个不能说。"

陆恕和他唱双簧："为什么不能说啊？"

江叙看向周温宴，尾音拉长："有人小心眼儿，我要说了，怕醋会淹了整个包间。"

江叙的意思很明显，包间里的人心思都活络，知道他是故意在闹周温宴。但比起这个，他们得到了一个更劲爆的消息，周温宴喜欢的女生就在包间里。

男生们笑江叙没胆子，怎么都不放过他，要让他选大冒险。

女生们则交换眼神，最后目光都看向了程岁宁。

程岁宁被看得脸红，坐得更端正了，像随时可能被叫起来回答问题的小学生。

周温宴靠在沙发上，看着她绷得直直的，觉得特别有意思，伸手捏了一下她的腰。

程岁宁一颤。身边的沙发微微动了一下，是他靠了过来。

“瞎紧张什么？”

程岁宁垂着脑袋不说话。就在这几秒，江叙的大冒险结束了，新一轮的游戏开始了。

这一轮酒瓶的瓶口指向了她身边的周温宴。

谁能放过周温宴？

征集问题时，大家在“初吻几岁？”“亲过多少人？”中来回讨论。最后问：“你现在能亲你喜欢的女生30秒吗？”

他就在她身后。

程岁宁不敢动，他低下头，离得更近了，下巴碰到她的肩膀。

周温宴问：“能吗？”

嗓音低低的，是在问她。

整个过程只有短暂的一两秒，估计除了程岁宁，别人根本不知道他说了什么，又做了什么。

程岁宁的脑子里一片空白，还没想好要怎么回答。周温宴似乎也没想要她回答，他对着众人说：“不行。”

“嘁，为什么不行啊？”

“周温宴也有𡒄的一天？”

“是你不行还是她不行啊？”

他的神色很坦然，任他们调笑。

程岁宁悄悄地伸手拽了下他的衣角，刚要说话时，周温宴的手机亮了起来，他只看了一眼脸色就变了，猛地站起来就往外走。

程岁宁一怔。

其他人见重点八卦的对象没了，索性换了个游戏。程岁宁握着卡牌，心不在焉地想，他刚刚是收到了什么信息？为什么突然就离开了？是发生什么事了吗？

程岁宁没忍住，给他发了条消息。

程岁宁：怎么突然走了？

等了好一会儿他都没回，程岁宁有些坐不住了，她退出游戏，起身出了包间，发现他正从另一个方向走过来。

突然，腰被他揽住，周温宴将她带到靠近后门的隐秘角落里。

周温宴低头问："是出来找我的吗？"

"嗯，是发生什么事了吗？"

"你走近一点儿。"

程岁宁看着他，往前挪了几步。

周温宴突然从背后搂着她的腰，下巴抵在她的颈窝里："谁让你来找我的？"

"我……自己啊。"

"下午找你吃饭，为什么拒绝我？"

"我和你说过了呀，和沈宜已经约好了，就是恰好遇见沈宜的学姐了，他们在给朋友过生日，叫我们一起。"

"这群人里你认识谁？还来参加生日宴。"

"盛情难却，不好拒绝。"程岁宁解释。

他低哼了一声："我就好拒绝。"

程岁宁颇有些心虚。

"别再拒绝我了，知道我多想你吗？你好没良心。"

他的声音太温柔了，不是平日里那种漫不经心的调调，而是单纯又认真地在控诉她。

程岁宁拒绝不了这样的周温宴，想回头去看他的脸，脸刚侧过去，他就吻了下来。

他亲得比上次还要凶一些，好像在证明什么。程岁宁受不住，伸手想去抱周温宴，但这个姿势有点儿难。周温宴发现了，将她转了个身。

她的手这才可以抱住他的腰。

周温宴的嘴唇退开一点儿，说："我刚刚知道了一件事。"

程岁宁问："你知道什么了？"

"知道你喜欢我，路逸伦告诉我的，他问了黎梨，黎梨这次没扛住他的套话。"周温宴专注地看着她的眼睛，神情有着不可抑制的激动，"我早该猜到的，以你这种性格，能让我亲，除了喜欢我还能有什么别的理由。"

程岁宁不出声。

周温宴又亲了亲她："是不是？"

程岁宁还不吭声，于是他又亲了她一下。

程岁宁被他亲个不停，无奈了："沈宜还在包间里，她喝酒了，我得去看着。"

"我也喝了。"他说。

"周温宴！"

周温宴叹了口气："江叙和陆恕都在，我也给黄辰蔚打电话了，他会来接自己女朋友的。"

程岁宁没想到他考虑得这么周到。

周温宴："现在，你能管一下你的男朋友了吗？"

男朋友……这个词令程岁宁心微微一颤。

"不对。"周温宴想到了什么，纠正他刚刚的问题，"现在我是宁宁的男朋友了吗？"

"……"

程岁宁这回没有再逃避："是。"

"是什么？"

他怎么这么坏啊?!

"是我男朋友。"

周温宴笑了起来："真像做梦。"

这会儿也挺晚了，周温宴牵起她的手："走吧，送你回宿舍。"

程岁宁点点头。

两人刚走了几步，就听到江叙他们的声音从身后传来。

程岁宁下意识地甩开了周温宴牵着自己的手。

周温宴抬眸看了她一眼。

江叙喝多了脑子也不太好使，看见他们便问："你们俩怎么在这儿？"

周温宴在所有人的注视下，伸手拉住了程岁宁的手腕，然后手指滑下去和她十指紧扣。

刚刚还嘈杂的人群立马安静了下来。

周温宴低头，看着自己和程岁宁交握的手。

小姑娘的手腕特别细，手还特别软。

程岁宁想把手抽出来，周温宴轻轻地捏了她的手心一下。

众目睽睽下，这种隐秘的小动作让人心尖一颤。

"怎么了？"他明知故问。

程岁宁瞪了他一眼。

他低笑起来："那走吧。"

她还能说别的吗？

周温宴跟江叙和陆恕微微点头，当是说再见了，然后就拉着程岁宁往外走。

他们走了之后，人群开始躁动了。

"我的天，周温宴真的喜欢程岁宁啊。"

"废话，你没长眼睛啊？你见周温宴什么时候这么黏糊过？"

"我就说他这一整晚都提不起劲儿来，中途怎么突然有了点儿精神，原来是因为程岁宁来了。"

"他们俩在一起是什么时候的事啊？之前怎么没听说？"

…………

江叙打断他们："行了行了，别八卦了！"

陆恕在身边扶着他："没想到你情人节过生日，最后造福的是阿宴。"

江叙笑起来，问他：“你什么时候发现的？”

陆恕说：“第一次见程岁宁的时候就发现了，周温宴在她面前特别不一样。”

“还是你眼睛尖，我是后来才看出来的。”他们并肩往宿舍的方向走去，“走吧，今夜周少爷春风得意，回宿舍咱们可以趁他心情好大大敲上一笔。”

外面风大，周温宴握着程岁宁的手，将她拉近了一点儿，然后把她和自己的手一起放进了外套的口袋里。

口袋里很暖和，没一会儿，两只手的手心就有了些潮意。

回女生宿舍的路程并不长，但程岁宁觉得这一路跟走了很久似的，大概是因为她觉得今晚发生的事情太不真实了，这让她感觉自己像踩在云端一般，整个人的感知都变慢了。

“到宿舍了。”

“嗯。”

虽然今天还没到正式返校的日期，但是不少学生已经回来了。现在宿舍楼下人来人往的，女生们路过时都若有似无地往他们这边看。

程岁宁见他还攥着自己的手不放，无奈地问：“你不走吗？”

周温宴耍无赖似的说：“你亲我一下，我就走。”

程岁宁的脸一下子红了。

他见她脸蛋红成颗番茄，决定放过她：“你怎么这么乖啊。”

他揉了揉她的头发：“上楼吧，不然……”

“不然什么？”她问。

周温宴用指腹揉了揉她后颈上的皮肤：“乖孩子不能问。”

“……”

程岁宁回到宿舍的时候，沈宜还没回来。

她走进卫生间，拿着牙刷挤牙膏时，抬眸看了一眼镜子里的自己。

镜子里的女孩儿唇色特别红，脸颊也透着明显的红晕。

程岁宁在心里感叹了一句自己没出息，打开水龙头，接了一捧水含在嘴里，润了润口腔，然后吐掉，准备刷牙。

薄荷味的牙膏进到嘴里，她吃痛地叫出声。吐掉泡沫，程岁宁含了一口水清理了一下，凑近镜子，将嘴唇微微扯开，发现里面破了一个小口。

沈宜回来时，程岁宁正对着这个小口发呆。

这是在什么时候破的？是在和周温宴接吻的时候被他咬破的？

沈宜的酒已经醒得差不多了，一进来，她就拉了张椅子坐到程岁宁对面，和程岁宁大眼瞪小眼。

程岁宁先投降："问吧。"

沈宜飞快地问："你和周温宴什么时候在一起的啊？怎么进展突然就这么快了？要不是我亲眼看到，打死我都不信。"

"就今晚在一起的。"

"这么巧！"

"嗯。"

沈宜盯着她的嘴巴，心知肚明地问："周温宴很会亲人吧。"

"……"

沈宜姐妹情深般地拉着程岁宁的手："说说呗，你这只小白兔和那头大野狼是怎么在一起的？"

程岁宁的舌尖不小心抵到口腔里那个伤口上，火辣辣地疼。

程岁宁大概讲了一下寒假里发生的事情，沈宜听完后说："果然！我之前就感觉他对你不一样。宁宁，和他在一起了就好好享受恋爱的过程啊。"

程岁宁点头："我知道。"

这天晚上，程岁宁躺在床上看着那个记录着与周温宴有关的文字的私密文档，仍旧觉得今晚发生的一切太快了，也太不真实了。

夜里 11 点多，周温宴发来一条微信。

宴：要打电话吗？

隔壁床的沈宜正在被窝里和黄辰蔚甜甜蜜蜜地煲电话粥，小情侣好像每天都有说不完的话。

程岁宁回复：要说什么啊？

下一秒，周温宴就拨了个视频电话过来，程岁宁接得很快："还没睡啊？"

周温宴的唇角扬起笑意："要管我作息了吗？"

程岁宁鼓了鼓脸颊："这倒没有。"

周温宴却说："想让你管。"

程岁宁觉得他的情话简直是张口就来。

又聊了一会儿，程岁宁把脸埋进被子里："我要睡觉了，晚安。"

周温宴嗓音温柔地说："晚安。"

周温宴刚把视频挂了，陆恕和江叙就开始调侃他。

江叙："和宁宁聊完了？互道晚安了？"

周温宴靠在椅子上，懒散得很，斜眼看着他，不搭腔。

江叙则奚落道："哎哟喂，以前怎么没见你跟别的妹子又是视频又是求管教又是说晚安的。"

周温宴踢了他一脚："别找打。"

陆恕把电脑开了机，回头叫他们俩："来吧，宴哥今晚就带我们体验一下氪金玩家的乐趣。"

周温宴笑骂了一句，但还是如了他们的愿。

夜还很长。

有个人囫囵度日，十几年不见日月不见天，终于骗到个心尖肉。

第九章

我喜欢你黏我

昨晚聊得挺晚，但第二天程岁宁还是和往日一样早早就起了床。沈宜昨天喝了酒，但因为头疼没睡好，也没睡成懒觉。

程岁宁洗漱完，问正在穿衣服的沈宜："去食堂吃吗？"

沈宜说："你敢去就行。"

沈宜告诉她，自己刚刚刷手机，看见学校告白墙和论坛上被她和周温宴"屠版"了。

有人贴了昨天晚上周温宴送她回女生宿舍楼下的照片。

"还去吗？"沈宜问。

程岁宁点了点头："去。"

"行。"

刚到食堂门口，程岁宁忽然被人拍了拍肩，还没反应过来，手就被牵住了。

程岁宁有些害羞，不过黄辰蔚也来了，他和沈宜两人更腻歪。

"你怎么来了？"程岁宁仰着头问周温宴。

"想试试看能不能跟你偶遇。"

"……"

周温宴带着她到窗口排队，忽然问她："声音怎么了？"

程岁宁为了不碰到口腔里的伤口，刚才说话声音有点儿含混，她回答周温宴："嘴巴里面破了。"

周温宴脚步停下来："给我看看。"

程岁宁被他看得不自然。

沈宜和黄辰蔚已经准备选菜了，回头在找他们。

“吃什么呀？”沈宜问。

周温宴抬头和沈宜说：“清淡的就行。”

沈宜看了看他们，点点头：“那行吧，你们先找位置，我们选好了菜端过来。”

周温宴应了一声，低头继续看程岁宁：“我弄的吗？”

程岁宁没说话，算是默认了。

旁边人很多，程岁宁抓着他的手，找了个没什么人的角落坐了下来。

周温宴低声问：“很疼吗？”

“还好，也有可能是从苏州回来一下子不适应北城的气候，有点儿上火。”

周温宴“嗯”了一声。

过了会儿，沈宜和黄辰蔚端着菜过来了。程岁宁站起来，去接沈宜手里的托盘。

吃饭过程中，沈宜和黄辰蔚一如既往地腻腻歪歪，程岁宁和周温宴倒是安静许多。

沈宜和黄辰蔚急着出去约会，两人吃完饭就撤了。

周温宴还惦记着程岁宁嘴巴里有伤口的事情，他拉着程岁宁去了学校附近的一家药店。

拿好药，付款的时候，店员建议：“这几天不要吃辛辣油腻的，也不要总用舌头舔伤口。”

“谢谢。”

买完药出来，程岁宁觉得有点儿不好意思：“其实不管它，过几天也就好了。”

周温宴牵着她在街边的长椅上坐下，手指摁着她的下巴：“张嘴。”

程岁宁听话地张开嘴。

周温宴敛下眼眸，用刚刚买来的酒精棉片擦了擦自己的手，然后才撕开那个白色的小方格贴片药，把手指探了进去。

程岁宁觉得腮帮子有点儿酸，又觉得嘴巴里的口水好像分泌得有些多，下意识地就要合上。

周温宴盯着她，眼眸变得有些危险。

终于将药贴了上去，他说：“好了。”

程岁宁松了口气，嘴巴合上时，唇瓣正好碰到他的手指。

周温宴索性抬着她的下巴亲了起来。

结果就是药白贴了。

末了，周温宴又撕了张贴片药准备给程岁宁重新贴上，却被她一把夺过：“这次我自己贴。”

周温宴说：“这次我可以忍住。”

她不太信任他，小声说：“你这么喜欢亲人吗？”

周温宴“嗯”了一声：“因为喜欢你。”

程岁宁今天得去趟楚灵家，初中都开学好几天了，学生们已经开始愁小中考的事情。

寒假在老家的时候，她开视频辅导了楚灵几次，小姑娘玩性大，总是心不在焉的，后来补习也就作罢了。

周温宴抓了抓她的手：“我送你过去。”

程岁宁说：“坐公交车直达挺方便的。”

他“哦”了一声，下巴抵在她的肩头上，声音低低的：“就想和你待着。”

说罢，周温宴搂着她站起来：“走吧。”

“真不用你送。”她说。

周温宴妥协一步：“就送你去公交车站。”

“好。”

程岁宁还要回宿舍拿笔记和包，周温宴就牵着她往回走。到了宿舍楼下，他就站下边等着。等程岁宁拿好东西下来，再牵着她走到校外的公交车站，陪她一起等公交车。

程岁宁之前没谈过恋爱，她也不知道别人谈恋爱是什么样的。

但她觉得现在和周温宴谈恋爱的感觉很好，周温宴这个人，好像……更让她喜欢了。

注意到她的视线，周温宴低头看过来，嘴角浅浅地勾着：“怎么了？”

程岁宁也笑，手指主动钩着他的：“你真好看。”

周温宴的眸光闪了闪：“程岁宁。”

“啊。”

他拨弄着她的手指，说：“我要把你看牢了。”

程岁宁心里像是被人灌了蜜似的，她不知道该接什么话，轻轻地“哦”了一声。

明明站牌上的电子屏显示只剩一站了，公交车却迟迟未来。两人静静地站了好一会儿，谁都没说话。

程岁宁忽然问：“你在想什么呀？”

“我想亲你。”

“……”

迟到了很久的公交车此刻终于现身。

程岁宁不自觉地捏紧背包的带子，在公交车开门前，她踮起脚飞快地亲了周温宴一下。因时机掐得正好，亲完她就“逃窜”上了车。

程岁宁感觉自己的脸热乎乎的，她从车窗往外看，见周温宴站在原地，手指摸着嘴唇，仰头半眯着眼看她。

程岁宁难为情地收回视线，下一秒，手机振动了一下。

宴：时间抓得够准啊。

程岁宁：嗯，因为学的是不允许错算一分一秒的精细专业。

周温宴看着消息，低头失笑。

怎么能可爱得这么一本正经！

对于程岁宁的到来，楚灵感到有些幽怨，当看到程岁宁拿着一套又一套的卷子出来时，她忍不住哀号：“宁宁姐姐，你真的太残忍了。”

程岁宁拍了拍桌上的卷子："不想被更残忍地对待的话，就赶紧做。"

楚灵鼓起嘴巴，十分不情愿。

程岁宁将手机设置了静音，放在书桌上。她在看楚灵这几天的作业，没注意到屏幕上一直在疯狂跳出来的消息。

楚灵看见了，提醒道："宁宁姐姐，好像有人有急事找你。"

"专心做题。"

"哦。"

程岁宁拿起手机看了看。

是温瑶从告白墙和论坛上知道了程岁宁和周温宴在一起这件事，在她们三个人的群里疯狂刷屏，一直在@她，甚至还改签了回学校的机票。

温瑶：真的假的?！论坛上说宁宁和周温宴在一起了！那照片还怪真的。

沈宜：真的。

沈宜：你也是够迟钝的。

温瑶：???

温瑶：!!!

温瑶：宁宁人呢???

温瑶：程岁宁，老娘下午4点就到北城了，最晚6点到京大，你做好心理准备!

沈宜：那正好，今晚我家蔚蔚说有个很好玩的活动，你来了一起去。

温瑶：程岁宁，你躲得了初一躲不过十五!

后面就是沈宜和温瑶在交流那个活动具体有多好玩。

程岁宁看完，没立刻回复。等晚上见了，再和温瑶好好解释一下吧。

楚灵好不容易做完了一张卷子，拉着程岁宁开始讲话："宁宁姐姐，你小时候喜欢写卷子吗？"

"还行，除了做题、写卷子，我也不知道我还能干什么别的事情。"程岁宁拿着笔在卷子上圈了一下，"这个题讲过好几次了，怎么还没记住呢，我再给你讲一遍吧。”

“好吧。”

等题目讲完，楚灵又续上了刚才的话题，问程岁宁：“怎么会没有别的事做呢？玩游戏、逛街、吃好吃的，好多好多呢。”

程岁宁在心里叹了口气。她没办法和楚灵说，她这么大的时候，程豫川和邱凝容都很忙，很多时候，他们都顾不上自己，稍微还会在乎的，就是她的成绩，所以她就课上认真听讲，课后努力做题、刷卷子，将成绩保持到最好。

“姐姐小时候没想那么多，”她摸摸楚灵的脑袋，“不过，只要你下次考试进步，我就带你去做你刚刚说的所有事情。”

“好吧。”

之后楚灵的学习劲头足了不少，楚灵的家长知道后，又让程岁宁多补了很久才放她走。

程岁宁出门后，给温瑶打了个电话。

她那边闹哄哄的，应该就在那个活动现场。

温瑶的声音传来：“你还知道给我打电话啊，我还以为……”

程岁宁笑道：“以为什么呀？”

温瑶哼了一声，手机就被沈宜拿走了：“地址我分享给你了，直接过来啊，你家周温宴也在。”

程岁宁“嗯”了一声，手机又振动了一下，是来自周温宴的信息。

宴：需要接吗？

程岁宁：不用，我看了地址，过去很方便，就20分钟。

宴：好。

20分钟后，周温宴的电话打了过来。

程岁宁正低头看着导航上的箭头，她往左走显示不对，往右走也显示不对。

“到哪里了？”他问。

程岁宁答得含混：“快到了，距离目的地还有243米。”

周温宴一下戳破她："迷路了？"

"……"

顶楼的豪华公寓里，周温宴从沙发里起身，一手拿外套一手拿手机："身边有什么建筑物？"

程岁宁在那头乖巧地回答他。

旁边的人见周温宴起身，问他："去哪儿啊？"

"接个人。"他说。

对方笑起来："谁啊？"

周温宴先对手机那头说："你就站那儿不要动。"然后才和那个人说，"女朋友。"

对方愣了愣，目送周温宴走出去，然后不敢置信地问身旁的黄辰蔚："阿宴刚刚说什么？"

黄辰蔚说："女朋友啊。"

"这也太奇怪了好吧？过去他身边那些女的，没一个是他真正承认过的女朋友。"

黄辰蔚拍了拍他的肩膀："兄弟，他已经变了。"

对方显然没太懂，黄辰蔚十分体贴地解释："现在的周温宴在热恋。"

程岁宁在原地等了没一会儿，周温宴就从身后出现了。

他盯着她看了一会儿，程岁宁低头踩了踩他的影子，嘟囔着说："你笑我吧。"

周温宴没笑她，只说："把手给我。"

程岁宁乖乖地将手伸出来，他牵住她往公寓楼走。

顶层公寓里，所有人好像都在等着他们俩，睁大了眼睛要看看程岁宁是何方神圣。

两人到了后，程岁宁礼貌地和众人打了招呼。

大家立马就开始起哄了。

程岁宁被他们闹得有些不好意思，周温宴护短，跟她说："别理他们。”

程岁宁“哦”了一声。

她刚做完家教，肯定还没吃晚饭，周温宴带着她去了厨房。

“外面不是有吃的吗？”

“那些要么太甜，要么太油腻，你嘴里还有伤，吃点儿清淡的。”

周温宴说着，将毛衣的袖子随意挽了一下，翻起了橱柜里的东西。这公寓是黄辰蔚家买的，是家里长辈专门给他们准备的一个能在校外住的地方。不过这儿不常开伙，食材也很有限。

“吃面吗？”他问。

程岁宁点点头：“吃。”

她太乖了，周温宴忍不住走过去亲了她一下，才开始煮面。

程岁宁看他放进去的面条有些多：“我吃不完。”

“剩下的给我吃。”

程岁宁眨了眨眼睛，她觉得眼前这一幕太不真实了。周温宴这样的人，怎么会做煮面这么接地气的事情呢？

程岁宁坐在大理石台面上，一直看着他，看得很是认真。

不知过了多久，周温宴看了过来：“宁宁。”

“嗯？”

他说：“面煮好了。”

程岁宁这才从自己的思绪里抽离：“好。”

他又说：“吃面之前是不是应该先奖励我一下？”

“你……要什么奖励？”

“白天那种。”他说的是她主动亲他。

这不难。程岁宁仰起头，将唇送了上去。

他轻轻揉了揉她的头：“嘴巴还疼不疼？”

“好点儿了。”

他“嗯”了一声，继续吻她，两人的唇舌交缠得越来越深。

程岁宁推了推他，他克制地放开她的唇，把她往自己的怀里带：

“好了。”

程岁宁的耳朵贴着他的胸膛，她听到了他震耳的心跳声。

程岁宁问：“我们是不是太黏着了？”

“黏着不好吗？”

“不会腻吗？”

他低头，和她视线齐平：“你腻了吗？”

“你呢？”

周温宴将她从大理石台面上抱起来，带着她坐到了自己腿上。

台面上还放着那碗他煮好的面。程岁宁怕那碗面会坨，伸手拿了过来。

周温宴这时说：“我喜欢你黏我。”

程岁宁经常被他随时随地脱口而出的情话弄得难以招架，她干脆低头吃起面来。

周温宴的厨艺挺一般的，可见大少爷平时很少自己做饭。

程岁宁其实没多饿，但因为这是周温宴给她煮的面，她细嚼慢咽，吃得十分专心，最后居然全部吃完了。

看着空荡荡的碗，周温宴低声笑了：“这么好吃？”

“好吃。”

“因为是我做的。”

“……”

厨房的玻璃门被人从外面敲了两下，然后就被拉开了，黄辰蔚的脑袋探了进来：“你们俩差不多了吧？可以出来了吗？大家都等着呢。”

程岁宁立马从周温宴腿上滑了下去，放下碗后，就出了厨房。

黄辰蔚对上自家表哥不友好的目光，扬眉笑了笑：“这不能怪我，哪有你这样来参加聚会人躲起来的。”

周温宴淡淡地扫了他一眼，往外头走。

程岁宁从厨房出来后，找到温瑶，在她身旁坐了下来。

温瑶正吃着草莓，戏谑她：“我还以为周温宴今天不打算让你见人了呢。”

程岁宁从她手里夺走一颗草莓，问：“沈宜呢？”

温瑶看了她一眼：“人家是女主人，得照顾客人。而我呢，虽然也是客人，但因为是自己人，所以被放养了。”

“……”

温瑶开始了她的控诉：“我说你们俩可真行啊，就这么瞒着我！咱们还是好舍友吗?！”

程岁宁安抚地拍了拍她的头，如实招供了一切。

刚说完，程岁宁就看见周温宴往这边走了过来，下一秒，身侧的沙发凹陷，周温宴随意且自然地在程岁宁身边坐了下来，还颔首和温瑶打了个招呼。

温瑶点头以作回应。

这两人之间的氛围，一看就是热恋中的小情侣。

温瑶还是感到很吃惊，这个人是周温宴，是周温宴啊！

她在学校的论坛和告白墙上看过多少他的传奇事迹，现在他居然和自己的室友在一起了！

程岁宁吃了颗草莓后，就再也吃不下了，她之前吃面吃撑了。

见她捧着草莓却不吃，周温宴问：“很酸吗？”

“不酸。”程岁宁摇摇头。

周温宴忽然侧身，摸了摸她的肚子，低声闷笑起来。

看来是真的吃撑了。

这时，有几个男生凑了过来，程岁宁看着有些面熟，感觉好像之前见过。

“嫂子！”

“嫂子，和我们一起打牌吧！”

“麻将也行，三缺一很久了。”

可你们明明人很多啊，程岁宁腹诽。

周温宴问程岁宁：“会玩吗？”

程岁宁点点头：“但玩得不太熟。”

“那玩会儿？”

“好。”

没过多久，在周温宴的“打压”下，不只是江叙，其他人面前的砝码也几乎都空了。

江叙崩溃了：“阿宴，你赶紧将人带走，小姑娘玩这个不好。”

旁边看热闹的人听见了笑江叙没骨气。

江叙说：“那您来。”

对方摊手认尿。

程岁宁也跟着笑，周温宴一直坐在她身旁的椅子上，这时又靠过来，伸手摸了摸她的肚子。别人看不清他具体的动作，只觉得两人更亲密了。

他低声问程岁宁：“还撑吗？”

“还行。”

今晚是他们开学前最后的狂欢，对于学生们回不回宿舍，宿舍阿姨基本都睁一只眼闭一只眼。

江叙他们提议今晚大家就住在这儿，反正房间也够。

周温宴征询程岁宁的意见，程岁宁坦诚地说：“今晚不行。”

她从楚灵家出来那会儿接到了老宋的电话，说她和谭林之前做的一个项目，在学校的运作下被一个企业看上了，企业那边提出想和他们谈一谈合作的可能。

“我明早要赶早机，所以今晚得回宿舍。”

周温宴皱着眉：“和谭林？”

“嗯。”

周温宴的眉头皱得更深，抿着唇不说话。

“你不高兴吗？”程岁宁说，“我们这可是去做正事。”

周温宴只是看着她，看得她怪紧张的。

这时，他将一间房间的门打开，问她："你进来吗？"

程岁宁走进去。

房间里黑黢黢的，周温宴走进来后关上门，然后转身就将她抱着抵在了墙上。

他抵着她，低声道："你说我为什么不高兴？你和另一个男生一起出差，我能高兴吗？"

心跳和呼吸在黑暗里显得格外清晰，同时，一墙之隔的外面，吵闹声也很清晰。

"那我也不能不去啊。"程岁宁说。

周温宴突然喊了她一声："程岁宁。"

"嗯。"

他说："你好像没亲口说过喜欢我。"

程岁宁怕他不高兴，乖乖地顺着他的话道："喜欢你，我一直都喜欢你。"

"你不是都知道的吗？"程岁宁说着，手指慢慢上移，在他心口的位置写了"Y"，"你那时候不是都看见了吗？"

她指的是她那个命名为"Y"的歌单。

周温宴眸光闪了闪。

程岁宁写完，将他衣服的领口往下拉了一下。

他没动。

"你低一下。"程岁宁又说，"不低也行。"

程岁宁踮起脚，亲了亲他的脖子，然后是他的喉结，再是他的下巴。

快靠近嘴巴的时候，她说："周温宴，我真的好喜欢你。"

周温宴直接反客为主，吻上了她的唇。

许久，这一吻才结束，周温宴松开她，还怪傲娇地说："走吧，这次勉强原谅你。"

怎么只是勉强？程岁宁在心里说，但她识相地没问出口。

走出房间，程岁宁拒绝了要送她回宿舍的周温宴，说要和温瑶一起回宿舍。

温瑶正愁要自己一人回宿舍呢，看见程岁宁出来跟看见了亲人一样，开心地挎着她的胳膊走了。

“沈宜都不走，你干吗要走啊？”路上，温瑶问程岁宁。

“我明天早上飞哈尔滨，和谭林过去谈一个项目。”

温瑶“哦”了一声，然后叹了口气：“真可惜。”

“可惜什么？”

“可惜你俩没下一步的发展呗。”

程岁宁被她说得脸红：“你闭嘴吧。”

谭林头一天晚上刚到北城，行李还没收拾，又连轴飞回哈尔滨。

早上 7 点 20 分的飞机，他们俩 6 点就到机场了。

谭林的老家就在哈尔滨附近。他困得眼睛都睁不开了：“早知道我就不回校了，来回折腾。”

程岁宁也困，她昨天没睡好，这会儿拿着 iPad，一边看资料一边打哈欠。

谭林和她闲聊似的：“如果咱们这个项目要卖的话，你觉得我们跟对方谈多少钱合适？”

程岁宁客观地说：“咱们这个项目还有些不够成熟的地方，再加上我们是学生，这又是个校企合作项目，真谈到这一步的话，对方的价格肯定也高不到哪里去。”

谭林觉得有必要先和程岁宁通个气：“我知道你一直在勤工俭学，手头也比较紧，但如果对方给的条件达不到我的心理价位的话，我是不会卖的。”

程岁宁明白他的意思，点点头：“嗯，我知道。”

下了飞机，有对方公司的人来接。

到公司后，程岁宁和谭林直接被带去了会议室。

一整天都很忙，聊项目本身，谈合作条件，中间还参观了公司，顺便在公司的食堂里用了餐。

晚上10点左右，终于忙完了。回酒店的路上，谭林气很不顺地说：“这不是明摆着欺负人吗？”

程岁宁还挺心平气和的：“对方的心思是绕了点儿，但最终他们给出的条件其实也还行，主要是看你想不想卖吧。我记得当初你做这个项目的时候，说是想刷个履历、发个小专利方便以后申请学校，现在你的想法变了没？”

“当然没变。”谭林立即反驳。

他本来没指望用这个项目赚钱来着，但当有机会砸来时，又希望到手的利益可以多一点儿。

程岁宁继续道：“说实话，我建议你卖，这种感应探测类产品也就对这种技术人员不够多、刚起步又想省事的电子车公司有用，很多成熟的公司未必看得上，我们没有坐地起价的条件。”

程岁宁说完，谭林陷入了深思。

过了好久，他木着脸问：“那明天我们还要留下来帮忙做苦力吗？”

他们白天还被这家公司技术部的人拉着帮忙干了不少活儿。

程岁宁笑起来：“怕是要做，他们家技术部的那些员工到底是从哪里招来的？”

谭林叹了口气：“还好搭档是你。”

这时，他们已经到酒店了，程岁宁看了一眼时间：“不早了，我先回房间休息了，你也早点儿休息。估计咱们还得忙个两三天呢。”

周温宴看着丝毫没有动静的手机，有点儿烦躁。

江叙知道周温宴在烦什么，这人从早上就开始等信息，结果等了个寂寞。他靠过来，说：“你别说，我从你身上知道了一件事。”

周温宴睨他一眼。

“这世上真的有报应，你看看你之前是怎么对那些女生的，再看看现在的你，啧啧啧，天道好轮回啊。”

他刚说完，周温宴的手机就亮了一下。

江叙眼睛尖，看见了一闪而过的备注，发来消息的人是“宁宁”。

周温宴没动。

江叙瞥了他一眼：“装什么啊你？”

屏幕又亮了，“宁宁”发来了第二条消息。

周温宴这才拿起手机看消息。

宁宁：我到酒店了。

宁宁：你吃饭了吗？

周温宴走了出去，靠在墙上，看着她的名字变成“对方正在输入中”。

周温宴直接拨了个视频过去。

程岁宁很快就接了。

周温宴问：“忙完了？”

程岁宁眨了眨眼睛：“嗯。”

“累吗？”

“还行。”

“程岁宁。”

“嗯？”

“我有点儿后悔昨晚放你走，我现在很想你。”

程岁宁坦诚道：“我也想你。”

周温宴问：“明天能回来吗？”

“不能。”

周温宴抿了抿唇。

程岁宁用手指抠着发烫的耳朵：“估计还有几天。”

电话那头的人的脸色淡淡的，看不出什么特别：“好，如果不忙的话，记得及时回我信息。”

她“哦”了一声。

“记牢点儿。”

她乖得很，答应道：“知道了。”

周温宴笑起来："去洗澡吧。"

她点点头，说"好"。

周温宴看着被挂断的电话，低头自嘲地笑。

女朋友太听话也不好。

周温宴打完电话走回来，江叙看了看时间，问："就这么一会儿啊，能解你的相思之苦吗？"

"她忙了一天，早点儿休息好。"

"这么体贴，不像你啊。"

周温宴走到江叙旁边，踹了他一脚，江叙手里拿着的游戏手柄晃了一下，电视机屏幕上的人物倒在地上，血条空了。

江叙暴跳如雷："喂，周温宴，你故意的吧！"

"你什么时候走？"周温宴赶人。

江叙厚脸皮："我和你家表弟说好了，今晚不走了。"

"不行。"

"怎么不行？"江叙说完，想到周温宴的家世背景和黄辰蔚对他言听计从的模样，又能屈能伸起来，"陆恕脑子有病，说要发愤图强了，哪有人刚开学就在宿舍里做题、背单词、写论文的？我不行，我得再玩几天。"

周温宴看了一会儿，懒得理他，直接回了自己的房间，冷漠地关上门。

他躺在床上闭着眼睛，脑子里都是程岁宁。

硬躺了几分钟，他烦得坐起来，走到浴室冲了凉。

刚出来，手机振动了一下。

周温宴打开，是程岁宁分享的链接，他粗粗扫了一眼，半眯起眼刚要点进去，那条链接又被撤回了。

这端，程岁宁郁闷地看着手机。

温瑶：怎么样？打开了吗？喜欢这个类型吗？我还有好多别的

类型。

程岁宁：你为什么要发给我？

温瑶：……

温瑶：这都是宝贝啊！你知道我求到这些有多不容易吗？

温瑶：都是唯美剧情向的，男帅女美。

程岁宁：……

程岁宁倒在床上，紧张地看着和周温宴的对话框。

都怪温瑶，给她发了一堆乱七八糟的东西，发完又说宿舍里的网不好，让她帮忙代发给沈宜。结果她这一代发，就给发错了，居然转发给了周温宴。

程岁宁想，周温宴一直没回，应该是没看见吧？但她撤回了一条消息的提示也在对话框里啊，他一会儿要是看见了，肯定会问她给他发了什么。

程岁宁咬着唇，觉得这问题太过棘手。

更棘手的还是温瑶，她非让自己现在就看，消息一条又一条地振个不停。

程岁宁只好回：回去和你一起看。

对方秒回。

宴：可以。

程岁宁以为自己看错了，擦了擦眼，确认再三，发现真的是周温宴发的。

程岁宁觉得自己的脑子被门夹了，居然连着手误了两次。

啊啊啊啊啊！

他看到了啊！自己误发的两条消息，都被他看到了啊。

程岁宁要被自己气死了，又紧急将后面那条消息给撤回了。

手机另一头的周温宴看着两条被撤回的消息，气笑了。

程岁宁一连好几天都对那两条撤回的消息闭口不谈。

这一趟出差行程终于告一段落，结果程岁宁生病了。回程的路上，程岁宁一直戴着口罩。

到了北城机场，谭林准备打车时，刚接了个电话的程岁宁突然拦住了他："不用打车了。"

谭林问："是学校里有人来接我们吗？"

她点头："算是吧。"

谭林觉得系里挺贴心的，可等到他走出机场，看到路边的车后才觉得不大对劲儿。

下一秒，车里的人走了下来，谭林镜片后的眼睛不可抑制地睁大了。

程岁宁见到他，很是欣喜："没想到你会来。"

周温宴极其自然地接过程岁宁手里的包，听到她说话带着鼻音，问："感冒了？"

程岁宁瓮声瓮气地说："嗯。"

"之前怎么不说？"周温宴将副驾驶的车门打开，护着她的头，让她坐进去。

"不想你担心。"

"这么懂事？"他的声音低低的，听不出情绪。见她站着没动，眉头微微皱起，轻推了推她的腰，"快点儿，风大。"

程岁宁这才钻了进去。

周温宴帮她关上车门，这才看向谭林。

谭林同样也很不自然：京大人谁不知道周温宴啊？周温宴向来被众人捧着，高不可攀。但他们从来没有任何交集，现在难免尴尬。

周温宴跟他微一颔首，走过去打开后备厢。谭林连忙将自己的行李箱放进去，然后上了后座。

等车发动了，谭林的脑子还是呆的。

车内安静了一会儿。

"保温杯里有热可可。"周温宴说。

程岁宁"哦"了一下，拉下口罩拿起杯子喝了几口，喝完了又将口罩拉上。

周温宴眼角的余光瞥见她的动作："口罩别戴了，车里闷。"

"我的感冒有点儿严重。"程岁宁坚持。

周温宴一言不发地开车。

等红绿灯时，周温宴突然倾身过来，程岁宁以为他要亲自己，下意识地伸手推他。

他动作一顿，抬眸看向她，但动作没停。

周温宴一只手轻轻按住她，另一只手摸到侧边的开关，帮她调低座椅。椅背慢慢往后倒，调到一个让她舒适的角度后，他收回了手。

程岁宁感觉自己的心在胸腔里狂跳，一时难以平复。

车内的气氛开始变得有些奇怪。

周温宴不说话，程岁宁也不说话，谭林更不说话。

广播和音乐也没开，这辆车就这样一路安静地开到了学校。

到了学校，谭林最先下车，程岁宁还没下去，手腕就被周温宴握住了。

周温宴看了她一眼，程岁宁不动了，他则下去帮谭林拿东西。

谭林站在车外，看了一眼车里的程岁宁。

从他的角度看过去，程岁宁整个人显得又乖又软，她垂着头，柔软的发丝贴在白净的脸颊上。

谭林的心里有些不是滋味，他拿着行李箱往宿舍走，走到一半，脚步突然停了下来，拿出手机给程岁宁发了条信息。

谭林：你和周温宴在一起了吗？

程岁宁没回。

谭林又发了消息过来：他有过很多女朋友，不适合你。

程岁宁依旧没理，她的注意力都放在周温宴身上。

但周温宴听见手机振动，垂下眼睫，正好看到了这两条消息。

他的眸光变得深沉起来。

程岁宁察觉到了他眼神里透露出来的情绪变化："你是不是生气了？"

周温宴说："我要是生气了呢？"

程岁宁试探地问："那我亲你一下？"

周温宴轻哼一声。

程岁宁这时道："感冒没和你说是真的怕你担心，不是故意不告诉你的，还有……刚刚推你也是因为我感冒了，怕传染给你。"

周温宴声音不高不低地"哦"了一句："这就没了？"

程岁宁藏在口罩后面的脸又有点儿烧："有还是有的……"

谭林回到宿舍放下行李箱，等了好一会儿见程岁宁还没回消息，鬼使神差地又原路返回了。

这是比较偏僻的一个校门，旁边植被繁多，这个点没什么人路过。

那辆车还停在原来的地方。

程岁宁想到自己撤回的那两条消息，将锅都甩给温瑶："我就是手误了。"

周温宴却问："你看了没？"

她这几天劳心劳力的，天天在那家公司的技术部里泡着，回酒店就和周温宴打电话，然后睡觉，哪有精力去看那个。

"还没有。"

周温宴的喉结滚了滚，手心被程岁宁的指尖划得发痒。眼角的余光忽然看见车外那个去而复返的人，他敛下眼底的其他情绪，伸手捏了捏程岁宁的后颈。

程岁宁以为这是他态度放软的信号，也不管自己是不是感冒了，仰起头，离他近了点儿："你以前也这么容易吃醋和生气吗？"

他没否认："以前没人会这么对我。"

程岁宁"哦"了一声。

副驾驶的座位忽然被放得更低，她没防备，猛地一下往后倒，下意识地伸手去搂周温宴的脖子。

从视觉上看，他像是被程岁宁主动拉下去的，车外的人震惊地停下了脚步。

下一秒，周温宴说："口罩摘下来。"

"我的感冒真的很严重。"

周温宴满不在意道："传染给我就好了。"

"不要。"

他的两只手都移到她腰上，托着她的腰和他靠得更紧。

两人的脸靠得好近，额头抵着，他的气息都落在了她的脸上。

他这时候开始算她手误的账了："真的没看？"

"真的。"

"见过吗？"

"什么？"

周温宴微微抬起身，往外看了一眼。

那个人已经不见了。

周温宴狠狠嘬了两口程岁宁的脖子，这才放开了她。

今天下午阳光充沛，在冬日里很是难得。

周温宴将车停在路边，又走进了之前的那家药店。

周温宴在货架前走了几圈，问店员："哪种感冒药的效果更好一点儿？"

店员问："主要症状是哪些？咳嗽、流鼻涕还是咽喉肿痛？"

周温宴说："嗓子哑、鼻音重。"

店员转身从货架上拿了一盒药。

周温宴付款时，又道："再来一盒之前那个治口腔溃疡的药。"

对方瞬间了然，又拿了一盒药递给他。

周温宴冲对方笑了一下，付过钱后转身离开。

周温宴买完药，转身走进旁边的那家便利店，买了一瓶矿泉水和一盒奶糖。

另一边，程岁宁已经将口罩摘了，她坐在车里，手指轻轻地捂在脖子上。

车门被拉开，周温宴拎着袋子坐回车上。

程岁宁抿了抿唇，垂下手，露出脖子上暗红色的痕迹。

周温宴没说话，低头认真看着药盒上的使用说明。过了会儿，他拧开矿泉水瓶盖，又抠出两粒药递给她。

程岁宁接过药，放进嘴里，又喝了一口水，和着药吞下去。周温宴拨开糖纸，将奶糖抵在她唇上。

程岁宁张嘴咬住糖，嘴唇不小心碰到了他的手指。

这时，周温宴的手机响了，他看了程岁宁一眼，拿起手机接通了。

不知道那头的人是谁，似乎有事找他过去，周温宴直接拒绝："不去，有事。"

那头的人还在继续劝，周温宴爱搭不理地敷衍着，见程岁宁停止了咀嚼的动作，他捏了捏程岁宁的唇："吃完了？"

程岁宁点了点头。

周温宴把剩下的奶糖都递给她。

奶糖甜滋滋的，程岁宁一颗一颗地吃着。

电话那头的江叙听到周温宴说的话，问："吃什么呢？"

"没什么。"

江叙也懒得管周温宴他们吃什么，他都要急死了，明天有个作业要交，关键时刻"大腿"跑了，他继续哀求："你到底忙什么呢，快点儿回来救救我吧。"

周温宴说："正事。"

江叙问："啥正事？"

周温宴说："和女朋友亲热。"

"……"

下一秒，江叙果断把电话挂了。

没过多久，周温宴就把程岁宁送回宿舍了。

在宿舍楼下，他们碰到了孟雅瑜和她室友。对方看了他们一眼，就先上楼了。

不过程岁宁背对着她们，在跟周温宴说话："你快回吧。"

"睡醒了给我发消息。"

程岁宁点点头，周温宴捏了捏她的脸："真的要告诉我。"

"好。"

在零下的温度里小情侣也不好磨蹭太久，程岁宁转身走了两步，又回头，将刚刚他给自己买的药抽出来一板塞到他手里。

"你今晚最好也吃两颗预防一下，不然真的被我传染就不好了。"

他看着手里的药："真会疼人。"

程岁宁又叮嘱了一遍："你一定要吃呀。"

"放心，我很乖，会听话。"

回到宿舍，程岁宁洗了个热水澡后，倒头就睡。一觉睡醒已经凌晨4点了，被子里热得要命，看来周温宴买的药很有效，她出了一身汗，身体舒服了不少。

她想起晚上分开前他说的话，连忙拿起手机，找到他的头像。

消息就要发出去了，突然又有点儿犹豫。

这么晚了，会不会吵到他啊？

程岁宁纠结了会儿，还是发了过去。

程岁宁：睡醒啦，感冒好多了。

周温宴在改江叙的PPT，20分钟后，才看到程岁宁的消息。

他靠在椅背上，回了句"明早想吃什么"。

等了会儿，程岁宁没回，估计是又睡着了。

江叙看完周温宴给他做的PPT，有几个点不太明白，准备问周温宴，就见周温宴原本要拿烟的手又收了回去。

江叙还挺惊讶："你真要戒烟啊？"

熬到这么晚，周温宴没什么精神："不然呢？"

"服！来，大哥，告诉下小弟，这里为什么这么写？"

周温宴轻踹了他一脚，烦归烦，还是耐心地跟他解释清楚。

这时，周温宴放在桌上的手机又亮了起来，来电是个陌生的号码。

周温宴没接，对方又打了好几次。

“你手机号又被卖了？”江叙问。

“大概吧，就没安生过。”

“今晚都拉黑好几个了，谁啊？够执着的。”

周温宴眼皮都没抬：“管他是谁。”

“你还真是说不浪就不浪了，这次够认真的。”江叙和周温宴是高中同学，对他之前的事还是有所了解的。周温宴这人吧，说他浪，其实也不对，他就是对什么都没劲儿，在外人看起来，就显得有些“堕落”。

不过江叙仔细想了想，觉得周温宴跟以前那些女生好像也没有过什么，亲密行为更是没有过。这次突然这么认真，倒是让人挺诧异的。

“你觉得呢？”

“我觉得你现在太不正常了，程岁宁到底给你下了什么蛊？”

周温宴乐起来：“我倒想给她下蛊。”

江叙“啧”了一声，连陆恕都在后面喊受不了。

这期间，周温宴桌上的手机终于没再进电话。

过了一会儿，却多了两条短信。

——你对程岁宁，得和对我一样。

——不然凭什么？

第十章

我眼光好，命也好

早上6点，北城又下了一场雪。

程岁宁一觉睡醒，感觉感冒好得差不多了。

因为脖子上有周温宴留下的暧昧痕迹，所以她打开衣柜拿衣服的时候，特意拿了一件高领衫。

沈宜在旁边摇头啧啧道："你遮也没用，广大八卦群众是不会放过你的。"

和周温宴谈恋爱，谁能忍住不八卦？

出宿舍的时候，隔壁宿舍的人也正好出来。本来她们有说有笑的，看见程岁宁，突然没了声音。

程岁宁抿唇，沈宜挽着她的胳膊："别搭理他们。"

温瑶在旁边应和："就是。"

沈宜说："你以后估计会经常被京大的女生针对咯。"

程岁宁："……"

温瑶笑惨了，然后假模假式地"唉"了一声："这就是泡到周温宴的代价啊。"

"……"

孟雅瑜一出宿舍楼就看见了周温宴，不只是她，进进出出的人全都看见了。

她一眼不眨地看着周温宴手里拎着的早饭，连舍友问她今天口红色号是什么都没听到。

"雅瑜？"室友又叫了她一声。

孟雅瑜这才回："746，是不是绝美？"

“真的，好显白啊。”

孟雅瑜一边走，一边回头看着。

周温宴还站在那儿，黑色羽绒服上还落了雪，可见来了有一会儿了。

周温宴低头在看手机，程岁宁一出来，他就收起手机走了过去。

他买了三份早餐，给沈宜、温瑶分别递了一份，两人开开心心地接过。

周温宴笑着将程岁宁拉到自己身边。

孟雅瑜看得脸色铁青，将视线收了回来。

她想，周温宴什么时候变得这么体贴了？

这端，周温宴问程岁宁：“感冒好了？”

程岁宁点头，她低头看了一眼手中的早饭，有点儿心疼他一大早在下面等着，于是说：“以后别送了。”

程岁宁身后有自行车经过，周温宴将她往自己怀里带。

沈宜和温瑶就在旁边看着，程岁宁压低声音道：“我会心疼。”

她的语气认认真真的，周温宴低声笑起来。他拉住她的手，放进自己外套口袋里，捏了一路。

周温宴今天上的是早课，走到教学楼，就和程岁宁她们分开了。

温瑶坐到教室里啃早餐时，还是觉得不可思议：“有一天我居然能吃到周温宴买的早餐。”

程岁宁也跟着点头：“是啊，我也没想到呢。”

这时，谭林进了教室，在程岁宁前一排坐了下来。过了会儿，他忽然回头看了她一眼。

程岁宁想起他之前给自己发的信息，不过她觉得自己并没有必要和别人解释什么。

上完课，程岁宁和周温宴相约去食堂吃饭。程岁宁下课早，到得也早。

周温宴到的时候，程岁宁不知道在和沈宜说什么，笑得眼睛弯弯的。

身旁同样来找女友的黄辰蔚，见周温宴看人看得都呆住了，震惊道："你不至于吧?!"

周温宴没说话，坐到程岁宁身边的空位上。

"说什么说得这么开心？"黄辰蔚问。

沈宜又讲了一遍她刚才讲的笑话。程岁宁笑点低，又跟着笑了一遍。

周温宴用手指碰了碰她的脸："笑得好傻。"

程岁宁以为自己笑得不好看："真的很傻吗？"

他低头凑到她耳边，程岁宁以为他要哄自己，没想到他说："好傻。"

程岁宁瞪了他一眼。

周温宴在桌下握住她的手，又捏了捏她的手心。他看着程岁宁餐盘里的东西，每样都只吃了几口。

他在心里叹了口气。程岁宁这个人，习惯性地体贴别人，也不会拒绝人，如果和她一起吃饭的人吃完了，她哪怕没有吃饱也不会再继续吃。这个行为其实不明显，他也是和程岁宁待一起久了才发现的。

后来他听人说起，这属于讨好型人格会具备的行为，说明程岁宁内心深处是比较缺爱的，甚至有些自卑。就好比现在，沈宜和温瑶不动筷子了，她也就不吃了。

周温宴忽然伸手，摸了摸程岁宁的肚子。

他很快就收回手，说了句："没吃饱。"

程岁宁耳根有点儿烫："吃饱了。"

周温宴拿起黄辰蔚刚刚买的橘子，剥了皮后，又慢条斯理地将橘瓣上的白色橘络都弄掉。

他剥好一瓣，递到程岁宁嘴边，第一瓣就把程岁宁酸得眯眼睛。

周温宴愣了一下，想让她吐出来，她摇摇头，硬吞了下去。

周温宴自己尝了一瓣，嫌弃地扫了一眼黄辰蔚，然后将橘子还给了他。

黄辰蔚："……"

由于刚开学，大家都还不忙，所以这会儿开始讨论周末去哪儿玩，大家一致觉得去泡温泉不错。

沈宜问："下周五怎么样？"

程岁宁想了想自己要去家教的时间："应该可以。"

沈宜又看向周温宴，周温宴点点头。

"那就这么说定了！"

周温宴下午没课，跟着程岁宁去他们班蹭了一节课，但程岁宁决定待会儿就把他赶走。

课间休息时间，两人走到没什么人的走廊尽头。

"我没打扰到你吧？"周温宴问。

程岁宁叹了口气："你在我旁边，影响我听课。"

他的存在感太强了，不仅是她，班上其他同学也因为他的存在注意力不集中。

周温宴抬手拨了一下她耳边的发丝："那我怎么办？"

程岁宁眨了眨眼睛。

周温宴只好妥协："我去找个空教室等你下课，反正也就最后一节课了。"

程岁宁点点头。

这时，上课铃响了，程岁宁推了推他，他不太情愿地松开："感觉我被你吃得死死的。"

程岁宁面红耳赤，转身往教室走。

下课后，还是耽误了一会儿。先是教授叫住程岁宁说了一些专业上的事情，后来谭林又拦住了她。

"有什么事吗？"程岁宁问。

谭林紧抿着唇，静了好一会儿才问："程岁宁，你就这么喜欢他吗？"

程岁宁不假思索地点头。

谭林忍了一会儿，还是没忍住，他劝道："他是什么人你不知道吗？他之前和那么多女生暧昧，他根本就不是真心喜欢你，你玩不过他的。"

程岁宁对他的话无动于衷，冷冷淡淡地回：“关你什么事？”

谭林脸色微变，却沉默下来。

程岁宁想到周温宴还在二楼的教室里等着自己，不想再和谭林多话了：“你还有事吗？”

谭林问：“我们以后还能一起做项目吗？”

这时，程岁宁手机上进了条微信消息。

宴：**已经下课10分钟了。**

程岁宁：**马上马上。**

她回完才看向谭林，点点头道：“这个当然可以。”

说完，程岁宁脚步匆忙地往楼梯的方向走，没多久，手机又振了起来，这次是电话。

她接通后便说：“已经下楼了。”

等她穿过长廊和楼梯，快到周温宴所在的教室时，听到里面传来女生说话的声音。

有人在和周温宴搭讪。

那女生问他：“微信也不能加吗？”

“不能。”他语气坚决。

“我不会打扰你的，只是想扩列而已。”

“麻烦不要在这儿待着了，我在等我女朋友。”

周温宴说着，又拨了个电话。

手机振动，周温宴听到响声，视线扫了过来。

看到她，他的眼神瞬间柔和了不少，朝她走过来：“来多久了？”

“没多久。”

他低哼了几声：“那就是有一会儿了。”

程岁宁抿起唇。

那女生还没走，她看了看程岁宁，又看了看周温宴，到底还是离开了。

程岁宁说：“我们也走吧。”

她刚抬脚，手腕就被周温宴拉住：“程岁宁。”

“嗯？”

他将自己的手机塞给了她：“密码是我们在一起那天。”

程岁宁握着手机，没动：“干什么？”

“给你看我的手机，允许你查岗。”

程岁宁说：“我不想看。”

“为什么？”

“虽然我是有点儿吃醋吧，但看你的手机这种事，还不至于，我相信你。”

周温宴盯着她，忽然问：“为什么只有一点儿？”

“啊？”

程岁宁愣了愣，才明白过来他问的是什么。迎着周温宴的目光，她坦诚道：“好吧……其实不止一点儿。”

她刚说完，周温宴就低头亲了她一下。

临近周末，他们的温泉之旅快到了。这几天，沈宜每天都在收快递，内衣、磨砂膏、漱口水……各种各样的东西买了一大堆，甚至还贴心地帮程岁宁也准备了一份。

温瑶受不了宿舍里这两个恋爱中的女人，于是她沉溺于各种社交活动，励志要在周五前找到个暧昧对象，周末一同前去。

“宁宁，这件怎么样？你皮肤白穿这件肯定好看。”沈宜举着手机，屏幕上是一件吊带款的深色系泳衣。

“会不会有点儿太暴露了？”

“要不你发给周温宴看看？看看他怎么说？”

程岁宁才不会发给周温宴，她佯怒：“沈宜！”

沈宜哈哈大笑，她滑了滑屏幕，选了款稍微保守些的泳衣：“那这件？”

“不买。”

沈宜说：“我送你。”

“不要。”

“不行，我偏要送。”沈宜看着她，“你总不能裸泡吧。”

“……”

这段日子，程岁宁被包裹在这些美好的氛围里，都忘记了一个于她而言很重要的问题：周温宴为什么会喜欢她呢？

直到有一天，她做完家教回来，看见孟雅瑜拦住了周温宴，孟雅瑜问周温宴：“你之前不是最不喜欢乖乖女吗？”

周温宴看起来是不太想搭理她，但孟雅瑜很执着：“你就那么喜欢她吗？你是不是从来没喜欢过我？”

江叙也在旁边，他试图缓和气氛：“小姐姐，俗话说得好，好聚好散嘛，你们都分了大半年了，现在这样不好吧？”

这时，孟雅瑜又问了遍：“你是真心喜欢程岁宁吗？”

周温宴语气平淡：“不然呢？”

孟雅瑜紧抿着唇，她不甘心，凭什么啊，程岁宁有哪里好？凭什么他对程岁宁就不一样？周温宴的社交平台上，之前就没出现过女人，现在他和程岁宁在一起后，不仅发朋友圈公布自己谈恋爱的事，还时不时地和程岁宁腻在一起。

江叙在一旁道：“孟雅瑜，其实你也不是真心喜欢周温宴，你就是拿他当战利品炫耀。我说得不错吧？”

孟雅瑜的脸色难看起来。

周温宴没什么要多说的，和江叙说了句“走吧”，抬眸的瞬间，就看见不远处站着的程岁宁。他神情柔和下来，走过去，揽着她往旁边人少的地方带。

很暗的光线下，周温宴低头看着程岁宁的脸，叹了口气：“怎么老被你撞见？”

程岁宁神情低落。

周温宴柔声道：“我是不是让你失望了？我以前是挺浑的，所以现在和你说什么、保证什么，在你看来，都像是在骗你。”

她还没说话，周温宴又唤了她一声：“宁宁。”

程岁宁终于开口：“是挺浑的。”

周温宴将她整个人抱进怀里：“那怎么办？”

程岁宁没说话。她不确定，如果以后自己和周温宴分手，能不能做得比孟雅瑜体面。

不等她开口，周温宴叹息道：“不管怎样，你只能认了。”

“……”

后颈被他用手指捏着，程岁宁下意识地仰起脖子，视线里的周温宴眉眼温柔，给她一种他好像全心全意爱着自己的感觉。对视之间，周温宴吻了下来。

一吻结束，他问：“想好怎么办了吗？”

程岁宁叹了口气：“还能怎么办，就像你说的，我也只能认了。”

周温宴抱着她，下巴抵在她的肩膀上：“我确实是个很糟糕的人。你知道我为什么会转学回苏州读高三吗？”

程岁宁摇摇头。

“其实学籍早就可以转回北城了，是我不肯。我那时候很浑，想惩罚自己，也想报复父母。”

他倾诉着，对她敞开心扉。

“我有个弟弟，我觉得他很好。可能是因为我自小成绩一直不错，所以我爸妈觉得我弟弟不够优秀，总以我为标准去要求他，把他逼得很紧。也许是我对他关心不够多，我们都没有发现他的心理在这种高标准的要求下，慢慢出了问题，直到他突然离开。那一阵，我很恨我父母，我也恨自己，我就想，要不我也浑下去吧，就当是对他们的报复，也当是惩罚自己。”

他说完自嘲地笑了：“是不是很幼稚？”

“这些不是你的错，周温宴。”

“嗯，我知道，过了这么久了，我已经想开了。”

程岁宁不太会安慰人，只能安静地抱着他，陪着他。

周温宴继续道："其实我不只幼稚，我还很卑鄙，我现在告诉你这些，是想让你同情我，然后舍不得离开我。"

程岁宁将他抱得更紧，这时，江叙打来的电话打断了他们。

真是煞风景，周温宴心想。

"不是说要去买周末去泡温泉要带的零食吗？再不去超市就关门了。"

周温宴问程岁宁："去吗？"

程岁宁点点头，周温宴对江叙说；"等着，马上。"

没多久，周温宴牵着程岁宁一起出现在了江叙面前，江叙翻了个大白眼，自己真是太可怜了，大晚上还得"吃狗粮"。

到了超市后，程岁宁打电话给沈宜，问她想吃什么。

沈宜报一个，她就拿一个，周温宴推着购物车跟在她身后，她够不着的，他就上前帮她拿下来。

江叙唉声叹气地问："我是不是挺多余的？"

周温宴贱兮兮道："你才知道啊。"

江叙："……"

最后江叙还是发挥了点儿作用，零食是他埋的单，也是他拎回去的。

他就是一个彻彻底底的工具人。

周温宴送程岁宁回宿舍，一路上，她满脑子都是周温宴晚上和她说的关于他弟弟的事情。

高三那一年，她都不知道周温宴经历过这些。那个时候，她每次看到周温宴，只觉得他身上有一股颓劲儿，好像对什么都没有兴趣。但可能是因为他成绩没下滑多少，倒也不让人觉得他这人不可救药。

想起这些，程岁宁有点儿难过。

"想什么呢？"周温宴见她神色萎靡。

程岁宁坦诚道："你弟弟……"她顿了顿，继续道，"以前的事情，都已经过去了。你最难的那段时间我没有陪着你，很抱歉，以后的日子，我都会在你身边的。”

周温宴愣了愣，然后紧紧地抱住了她。

直到宿管阿姨说“要关门了”，他才松开程岁宁。

“外面太冷，快上去。”

程岁宁忽然道：“我在去年平安夜的时候许了个生日愿望。”

“是什么？”

“我许愿国家富强，所爱之人九州栋梁。”她说这话时，心脏“怦怦”跳，但这确实是她内心最真实的想法。

她继续道：“后来，他跟我上了同一所大学，我知道的时候特别高兴。我甚至想，我的生日愿望有朝一日一定会实现。我现在知道了，他哪怕在最艰难的时刻，也没有真正地放弃自己。”

周温宴感觉自己的心被她揪住了，他想紧紧地抱住她，不让她走。

程岁宁却忽然问他：“周温宴，你为什么会喜欢我呀？”

这是这段时间一直在她心里盘桓着的问题，今天看到孟雅瑜对他的质问，她终于忍不住问了出来。

周温宴看着她发顶小小的发旋，没忍住在她的发顶吻了一下。

他的喉结滚了滚，手心发烫，心口比手心还烫。

“我眼光好。”他说。

嗯？这是答非所问吧。

程岁宁眨了眨眼睛，又听见他说：“命也好。”

那年转校，走进教室，第一眼就看见了人群中的她。

她坐在座位上，睁着一双大眼睛朝自己看过来，样子看起来有点儿呆，但很可爱，也很乖，一下子就吸引了他的目光。

从此，怎么看就怎么喜欢。

看着程岁宁走进宿舍楼后，周温宴又在楼下站了好一会儿才离开。

江叙还以为周温宴今晚不回来了，所以看到他出现在宿舍时还调侃了他几句。

周温宴没搭理江叙，他翻了翻口袋，没找到烟，才记起自己戒烟有一阵了。

周温宴有点儿失眠，一晚上都没睡，他先是坐着发了会儿呆，后来索性把一些不急着交的作业全写了。

陆恕看他这么用功，也跟着一起写。

江叙这个只想混吃等死的人，看到他俩这么拼都要抑郁了。

"别卷了行不行？"江叙被迫写作业，困得头都快炸了。

周温宴没说话，嘴里的薄荷糖咬得嘎嘣作响。他靠在椅子上，拿起手机翻程岁宁的朋友圈。

他正专注地看着程岁宁的朋友圈，江叙突然踢了踢他的椅子："你怎么这么恋爱脑？"

他敷衍地"嗯"了一声，脑子里想的却是程岁宁今晚说的那句"我许愿国家富强，所爱之人九州栋梁"。

江叙见他完全不搭理自己，偷拍了一张他的照片，发在朋友圈：看，这就是恋爱中的男人。

周五下午，他们一行十个人，开了三辆车，去往泡温泉的景点。

周温宴坐在后排，捏着程岁宁的手："睡一会儿，车子要开3小时。"

程岁宁说自己不困，但没一会儿又犯起迷糊来，脑袋靠在了他的肩膀上。周温宴揽着她，将自己的外套盖在她身上。

周温宴低头看了会儿她的脸，将她散落的碎发拨到耳后，然后拿起手机查看邮件。翻完邮件，又翻了翻几个小组作业群里的聊天记录。他平时几乎不在群里说话，哪怕群里的人聊自己的八卦，他也从不理会。

群里的聊天内容有些无聊，也没什么重要的通知，他闲得慌，手指钩着程岁宁的头发丝，有一搭没一搭地把玩着。

快到目的地的时候，周温宴的手机突然振动起来。

程岁宁的睫毛颤了颤，周温宴将电话挂了没接，对她说："继续睡。"

程岁宁扶着他的胳膊坐起来："不想睡了。"

周温宴抬起一只手揉了揉她因为枕着自己的腿而被压红的左脸，另一只手将保温杯递给她。

程岁宁接过喝了一口，车子正好颠簸了一下，她被水呛得咳起来。

正在开车的陆恕扫了一眼后视镜："没事吧。"

程岁宁说"没事"，周温宴拍了拍她的背，又将她唇边的水渍擦掉。

到了山里的温泉酒店后，程岁宁一下车就去找温瑶。风太大，周温宴在她身后，帮她把帽子戴上。

江叙这时问他："房间怎么分？"

问完又笑得贼兮兮的，压低声音道："你的心思我知道。"

周温宴懒得理他，看向程岁宁。程岁宁这会儿正拿着手机在帮温瑶拍照，拍完温瑶后，两人又一起自拍。

房间的分配确定下来了，除了沈宜和黄辰蔚，还有一对情侣一起住外，其他人都是单人间。

温瑶拿到房卡，挎着程岁宁的胳膊："你们俩还没到那一步啊？这多好的机会啊，干吗要多开一个房间？"

程岁宁捂住她的嘴。

两人回到房间换衣服，温瑶太没义气了，被一个帅哥忽悠走了。程岁宁换完衣服，打开房门刚一出去，就看见周温宴靠在门外的墙上。他穿着件灰色卫衣，整个人安安静静的，吊顶上落下来的光像是给他周身镀了层柔光。

听到开门的动静，他侧过身来，和她面对面。程岁宁里面穿了件泳衣，外面披着酒店的浴袍。

周温宴看着她："不能让你这么去。"

大家不都是这样，里面是泳衣、外面是浴袍吗？

程岁宁问："怎么了？"

周温宴抬手，将自己的卫衣脱了下来，只剩一件内搭的白色 T 恤。

他把卫衣递给她："别穿浴袍了。"

程岁宁愣住。周温宴见她没动，直接把卫衣套上她的脑袋："伸手。"

程岁宁依言照做。周温宴的衣服很大，程岁宁穿上，正好可以遮住腿根。

程岁宁问："现在这样总可以了吧？"

周温宴摇头失笑："好像更不行了。其实还有个选择，我房间里有独立的温泉池。"

"去你房间啊？"

"可以吗？"周温宴说，"其实我从一开始就是这么想的。"

程岁宁脸一热，就听见他说："想独占你。"

程岁宁跟着他去了。手机放在房间里一直在振动，温瑶和沈宜轮番给她打电话。然而手机的主人根本没听见，她隔着玻璃门，泡在院子里的温泉池里。

周温宴的房间位于这家酒店，或者说是这片度假区视野最好的地方，眼前就是绵延的雪山、松林，雪景甚美。

程岁宁眼角的余光瞥见他一直在看自己，有些不好意思地提醒道："别看我了。"

"那做什么？"他问。

"看风景。"

"宁宁。"他将她抱进怀里，低下头，嘴唇故意要碰不碰地贴在她的唇边，"要亲我吗？"

温泉池水很热，程岁宁感觉自己浑身烫得厉害，她主动亲了亲周温宴。

在她亲完要离开时，周温宴又低声问："就只是这样吗？"

说完，他扣紧程岁宁的腰，让她越发贴近自己，然后，绅士风度消失殆尽，重重地吻住了她。

温瑶坐在大厅里吃着冰淇淋，问沈宜："不会出什么事吧？"

沈宜用浴巾擦着头发："说不准。"

两人对视一眼，又心照不宣地笑起来。

温瑶又问："那咱们要不要等他们吃晚饭，说好了 7 点包间见的。"

现在距离7点，只剩15分钟了。

周温宴和程岁宁泡完温泉，周温宴抱着程岁宁进到浴室，将她放在洗漱台上。

“洗澡，一会儿去吃饭。”他说。

程岁宁问：“你呢？”

“等你洗完我再洗。”

程岁宁点了点头。

两人陆续洗完澡，周温宴出来时，看见程岁宁抱着浴巾坐在床上，表情有点儿放空。

“在想什么？”他问。

程岁宁问：“我要是穿你的衣服出去，他们会不会乱猜什么？”

周温宴说：“不管他们。”

“也是！”

周温宴笑起来，拿过她手里的浴巾，在她的长发上擦了擦，去浴室拿吹风机的路上，听到程岁宁在身后说：“明明没做坏事啊。”

周温宴转头看她一眼：“你还想做什么坏事？”

“……”

吃晚饭的时候，程岁宁和周温宴还是迟到了10分钟。

程岁宁无视沈宜和温瑶打量的目光，低头专心吃饭。

周温宴坐在程岁宁旁边，他的注意力基本都在她身上，把她爱吃的夹到碗里。

温瑶见程岁宁不理人，不停地给她发信息。

程岁宁装作没看见，结果吃饭中途，她被温瑶和沈宜硬拉着一起去卫生间，温瑶说：“快老实交代。”

沈宜也逼近她，给她施加精神压迫。

程岁宁没说话，温瑶意味深长道：“他是不是不行啊？”

“也不是。”程岁宁替他辩驳。

程岁宁想起10分钟前，房间里暧昧的气氛浓到了极致。他问完那句“就只是这样吗”后，手指捏着她的下颌，慢慢低头靠近。

程岁宁下意识地闭上眼睛，预想中的吻没有落下来，耳边只有他滚烫的呼吸和笑声。

她心跳极快，他还故意问她：“宁宁为什么要闭眼睛啊？”

等她恼怒地睁开眼，他这才压了下来，在她的唇瓣上落下深重的吻。

吻到中途，他抵着她的额头说：“我不想在这里。”

程岁宁似懂非懂。

周温宴进一步说：“想在我的房间里，让我成为你的人。”

程岁宁面红耳赤地怔了好一会儿，问他：“你是不是说反了？”

“没有。”

程岁宁她们从卫生间回来时，周温宴还是原来那副漫不经心的样子，闲闲地跟旁边的人聊天。

程岁宁回到座位，周温宴在桌底下牵过她的手：“聊什么了？”

她脸颊发烫，抽回自己的手：“没什么。”

吃完饭，散步消了会儿食，大家都聚到了江叙的房间里开始玩桌游。

房间里闹哄哄一片，可谓热火朝天，还好隔壁几间房都被他们包了，不然肯定会引来投诉。

程岁宁玩扑克不在行，没少输，输了就喝啤酒，又一杯下肚，周温宴问：“苦吗？”

程岁宁摇头：“还行。”

周温宴将自己手里的可乐递给她，程岁宁喝了一口，问：“咱们是明天回去吗？”

“你着急回去啊？”

总感觉他这话意有所指，程岁宁的脸有点儿红，想起身离他远点儿，他及时扣住她的手：“可以明晚回去。”

他们俩的说话声压得很低，几乎没人听见，但大家眼睛不瞎，两个人的小动作被不少人看在眼里，有人直呼他俩“虐狗”。

周温宴嘴角勾起："这还不算。"

"这还不算，那什么才算？"

周温宴却不说话了。

后来周温宴出去打了个电话，回来时发现程岁宁已经趴在沙发上睡着了。

她估计是觉得吵，所在的沙发位置，离大部队隔了面玻璃墙。

周温宴走过去，在她旁边坐下。程岁宁酒量是真不行，其实也没喝多少，现在脖子和耳朵都红红的。周温宴用手指拨开她脸侧的碎发，低头亲她的脸，又亲她的鼻尖和嘴唇。

陆恕和一个叫季娅的女生正好走过来，准备再搬一些酒和零食过去，然后就看到了这一幕。陆恕十分有眼力见儿地转回身，季娅愣在原地，脚下一不小心踢到了什么东西，发出了不小的动静。

周温宴被打扰到，冷冷地扫过来一眼。

季娅怪不好意思的，她赶忙搬了些酒和零食，就撤回原位。

那头，程岁宁醒了，周温宴和她一起牵着手离开了江叙的房间。

季娅看着他们俩的背影想，原来周温宴认真谈起恋爱来是这样的。

学校里的那些女生对他和程岁宁的这段恋爱揣测颇多，其中有人说周温宴就是图新鲜换换口味，还说程岁宁这种清汤寡水一样的女生守不住他。有人打赌他们最多在一起一个月，更有甚者说他俩最多在一起一周就会分手。

但……刚刚那画面，怎么看都像是周温宴主动的吧。

第二天下午，大家收拾东西准备离开。

到了酒店门口，程岁宁准备跟着温瑶上车时，手腕被周温宴抓住："不是这辆。"

不是就开了三辆车过来吗？

"先等会儿。"

周温宴说完，一手拎着她的包，一手牵过她的手，没一会儿，有个人出现，递了把车钥匙给周温宴。

回去的路上，又下起了雪。

车里的广播说这是这个冬季的最后一场雪，3天后就会升温回暖。

程岁宁看着外面的雪，心情舒朗。周温宴没说话，他开着车，单手转方向盘的动作很帅，一举一动透着一种富贵家庭养出来的骄矜感，以至于程岁宁忍不住经常盯着他看。

察觉到她的视线，周温宴问："在看什么？"

程岁宁又叹了口气："就忽然觉得你高不可攀。"

他低笑了几声，捏了一下她的后颈："那你不还是攀到了？"

"我的荣幸。"

车子开至半途，周温宴看到路边有一家便利店，靠边停了下来。

"你去干什么？"

"买点儿东西。"

车子暂时没熄火，周温宴下车，走进那家便利店。

程岁宁坐在车里，探头往便利店的方向看去。她看见周温宴在收银台附近停下，对着一排小小的货架观察着。

程岁宁反应过来，他这是要买……买就买，要挑那么久干什么！

程岁宁给他打了个电话，周温宴看见来电显示，意外地往外看了一眼。

两人隔空对视。

程岁宁催促他："你快一点儿啊。"

周温宴说："这种事不能急，要看仔细。"

程岁宁无语："都一样的。"

"不一样的。"

又过了会儿，周温宴终于出来了，手里拎着满满一袋的成人用品。程岁宁看一眼都觉得脸热，之后一路都没再理他。

车子又开了5分钟，进入地下车库。停好车后，周温宴先下车，然后走到副驾驶，替程岁宁拉开车门。

进到公寓，门刚一关上，他的吻就铺天盖地地袭来。

公寓里的窗帘都拉着，屋内很暗。周温宴吻得很急，动作甚至有些粗鲁，和 1 分钟前的那个他简直判若两人。

程岁宁呼吸急促起来："别……别亲了。"

她本能地紧紧搂住他的脖子，周温宴将她抱得更紧，两人的呼吸交缠在一起，体温互相传导，心跳声也错落地碰撞着。

周温宴哑声道："我早就说过我忍不了了。"

程岁宁小声提醒："黄辰蔚不在家吗？"

"他不在。"

下一秒，程岁宁整个人就被他抱了起来。

周温宴抱着她来到他的房间，将她放在他的床上。程岁宁知道接下来要发生什么，抱着他的腰，指尖轻轻地抓着他，不让他离自己太远，但又很矛盾地不好意思去看他。

他用手贴了贴她的脸颊，声音哑到快要听不清："宁宁，你看着我。"

程岁宁心跳得厉害，被他蛊惑得抬起头，他就在那儿，一碰就能碰到，好看得让人每时每刻都想占为己有。程岁宁心中实在紧张，感觉稍微控制不住，心就要跳出来。她抓他的力气更大了，脖子也仰得更高了。

周温宴顺势低下身来先亲了她一下，在暗色里黑漆漆的眼眸像是蒙了层深不见底的光。

"叫我的名字，好不好？"

程岁宁头昏脑涨，心悸到失措，无法思考，只能跟他的提示来："周……周……"

还没叫出口，嘴唇又被他咬住，他喉咙间发出沉沉的笑意。

她感受着时间一分一秒地过去。窗帘有一角折起，天光和雪光就从那一角争先恐后地钻进来，有一半都落在了他的身上。

外头的天色从明到暗，雪已经将整个城市都覆盖，房间里的灯终于被打开了。

程岁宁被光亮刺到眼睛，脑袋往周温宴怀里缩。

周温宴抱着她去洗了澡，洗完澡，拿架子上的浴巾将她裹了起来，之后又帮她擦头发、吹头发。

程岁宁全程被他伺候着，甚至还被他抱回了床上。

程岁宁一沾床就彻底睡着了，周温宴把洗澡前换下来的床单扔进洗衣机里去洗了，又收拾了一遍浴室，等他忙完，时间已经很晚了。

他回到卧室，看着床上睡得极沉的女孩儿，心中涌起无限柔情。

床旁边的柜子上，他的手机不断有消息进来。周温宴盯着床上睡着的程岁宁看了一会儿，才拿起手机。

他只点开了黄辰蔚的。

黄辰蔚：我今晚是不是不能回来？

他是在3小时前发来的。

宴：这周末都别回来。

黄辰蔚秒回——

黄辰蔚：哇？你还有空回我？感人啊感人。

黄辰蔚：3小时？!

周温宴没搭理他。

黄辰蔚还在孜孜不倦地刷屏，末了还感叹了句：禽兽啊，不对，应该是禽兽不如。

周温宴按黑屏幕，随意套了件卫衣和羽绒服外套出门。

出了公寓大门，他才发现这场雪真的很大。因为天气恶劣，马路上的车辆排起了长龙，尾灯亮得刺目，车鸣声此起彼伏。

人行道上行人匆匆，似乎都在赶着回家。

周温宴收回目光，走进最近的一家药店。

付款的时候，他忽然想起来，这好像是他第三次给程岁宁买药了。

周温宴唇角浅浅地勾了起来。

出了药店，他又去超市买了点儿零食、水果和菜，回到公寓时，程岁宁还没醒。

他脱了外套，去厨房先把粥熬上，又去看她。

程岁宁听到声响从被子里钻出来，往他怀里拱：“怎么出去了？”

周温宴刚从外面回来，凉气重，怕冰到她，想要往后退一点儿：“去买了点儿东西。”

程岁宁哼了一声，抱得更紧。

周温宴心口软得不行，没办法，只能低声问：“还困吗？”

程岁宁点点头：“困。”

“继续睡。”他说。

过了10分钟，身上的凉气散得差不多了。周温宴坐在床边，拿起刚刚买的几盒药，打开盒子，拿着说明书认真看起来。

看完，他去卫生间洗了个手，重新拿起药膏打开。

程岁宁迷迷糊糊的，忽然感觉一阵清凉，以为他又要做什么，急忙睁开眼。

周温宴目光很沉，喉结滚了滚：“只是涂药。”

“自己涂。”程岁宁说。

他看着她：“自己敢涂吗？”

程岁宁怔了会儿，咬着唇，瞪着他。

周温宴亲了亲她：“真的只是涂药，不骗人。”

她脸烧得厉害，红晕在脸颊上蔓延开来，头侧了侧埋进他的肩膀，让他涂。

“快一点儿。”她整个人软绵绵的，隔着衣服咬他。

“嗯。”

涂完药后，周温宴问她：“饿不饿？”

程岁宁摇了摇头，又点点头。

“煮了粥，一会儿再蒸个鱼好不好？”

程岁宁问：“鱼你也会做吗？”

“我会挺多的。”

程岁宁笑起来：“感觉赚到了。”

“这就赚到了？”周温宴也笑起来，唇贴在她的后颈，闻着她和自己一样的味道，“再睡会儿，做好了叫你。”

等鱼好了，程岁宁却又睡熟了。

周温宴没舍得叫她，将她捞到怀里，他其实不困，睡不着。胸腔里的感情已经酝酿到了最浓，怕一闭上眼，现在的一切都是假的。

程岁宁一开始睡得不安稳，做了很多乱七八糟的梦。从很小的时候父母吵架，到长大后父母各自有了婚外情。她在梦里哭了，后来被抱到了一个很温暖的怀抱里，那些梦境忽然又全都消失了。

再睁开眼时，已经是后半夜。房间里台灯没关，她第一眼就看见了闭着眼睛的周温宴。

他睡着的样子，比醒着的时候看起来乖多了。

程岁宁刚要凑近一些，就被他搂着腰压下来。他的样子很慵懒，呼吸温温热热的，声音也是没睡醒的沙哑：“有精神了？一睡醒就招惹我。”

程岁宁搂着他，在他脖颈上蹭了蹭，软软地笑：“好喜欢你。”

周温宴愣了一下，睁开眼睛，在她耳边低低地笑了起来：“我现在很危险。”

程岁宁却忽然想到什么，岔开话题：“那个……鱼还能吃吗？”

“不能了。”他低下头，亲她的脸颊。

“为什么不能？从做好到现在，也不算过夜，还是可以吃的，我想吃。”

周温宴又笑起来，笑得身体都在轻轻地颤。

他说：“行，那就吃。”

程岁宁起身，结果脚下一趔趄，“扑通”一下蹲坐在了地板上，周温宴在身后将她捞起来，抱着她到了厨房。

鱼还在蒸箱里放着，看起来卖相还不错，还是温的。

周温宴将刺挑干净，夹起一片嫩嫩的鱼肉放到她嘴里。

“怎么样？”

程岁宁眼睛亮了亮：“好吃。”

周温宴将筷子递给她，弯腰去拿碗，给她装了碗一直保温着的粥。

要递给她时，周温宴忽然想到什么，又将她手里的筷子拿过来放下，抱着她去了浴室。

程岁宁光着脚没穿鞋，周温宴将她放在洗漱台上，然后拿自己的漱口杯装满水递给她，又去柜子里找牙刷，找到后挤好牙膏，也递给了她。

程岁宁怔了一会儿，这才开始慢吞吞地刷牙。

周温宴笑了笑，又用热水开始搓洗毛巾。

等她刷完牙，用毛巾帮她擦了擦脸，动作细致又温柔。

“我又不是小朋友。”被擦着眼皮的某人含混不清地说。

他却仍旧认真地继续擦着：“就是小朋友啊。”

等她洗漱结束，他才开始刷牙洗脸，程岁宁就在一边看着。

这样的场景太生活化了。

周温宴有些凌乱的头发，穿得不太整齐的家居服，都让他原本高不可攀的气质，变得更接地气了些。

这让她心动，非常地心动。

程岁宁忽然明白周温宴说忍不了时的那种感受。

因为，她现在也忍不住想要亲他。

程岁宁这么想也就这么做了，她拽着他凑近自己，下一秒，嘴巴重重地亲在他脸颊上。声音有点儿大，周温宴都有些愣。

趁他还没反应过来，程岁宁的手指摸到他脖子上挂着的项链，挂坠是个戒指。

“跟送给你的是一对。”他说。

她“哦”了一声，然后眨眨眼睛：“我回去也挂上。”

“为什么不直接戴？”他问。

程岁宁抓了抓脖子，又挠了挠耳朵，小声道：“太高调了。”

被她这副别扭的样子可爱到，周温宴又低头亲了亲她。

吃完饭，天还没亮。

程岁宁睡不着了，回到房间，周温宴打开投影，将遥控丢给她。他又去了厨房，将买的草莓和车厘子洗好拿进来。

“你有想看的吗？”程岁宁问他。

周温宴摇摇头，他私下里的生活其实挺无聊的，除了被朋友叫出去，剩余时间就是在做不同的项目和作业。

“都行。”

程岁宁在各种分类里找了一圈，最后点开了一部口碑不错的外国电影。她抱着被子坐在床上，看到情节紧张的部分，会下意识地往他怀里躲。

周温宴边看边给她喂车厘子，喂进她嘴里后，手掌摊开在她唇旁，等着她吐核。

程岁宁慢慢地就吃撑了，不肯再张口，周温宴这才将水果放到一边。

电影后半段有不少关于亲情的戏码，程岁宁看得还挺感慨的，想到了自己，不免有些眼眶发红，于是她又忍不住去抱周温宴。

周温宴喜欢她黏着自己，搂着她的脖颈。程岁宁偏过头主动又亲了过来，她嘴里酸酸甜甜的，都是草莓和车厘子的气味。

周温宴察觉到她心情不佳，问她怎么了。程岁宁也没瞒着，把自己家里的情况都说了。

周温宴听得很是心疼。

程岁宁只想从他身上汲取温暖，再次凑上去亲他，周温宴回吻，两人躺倒在床上。

第十一章

想让你更喜欢我一点儿

第二天下午，程岁宁醒来时，周温宴正在打电话，他没出房间，只是将声音放得很低。

程岁宁光着脚，走到他身后抱着他。周温宴低头看了一眼她的脚，将她抱起来，让她踩在自己脚上。

“重。”她小声说。

周温宴垂眸看着还穿着他衣服的程岁宁：“不重。”

程岁宁不说话了，乖乖地抱着他。

电话那头的人好像在说学校里的事情，程岁宁没仔细听，只听得零星的一些字词，诸如“辩论赛”“模拟法庭”什么的，最后还提到了校法援中心。

反正听着就忙。

周温宴话很少，多数都在听电话那头的人说。

程岁宁不想打扰他做正事，刚想走，腰就被他揽住。他的手正好贴着她的肚子，低声问她：“是不是饿了？”

程岁宁摇摇头，她指了指手机。

周温宴笑着低头亲她：“是陆恕。”

接着，陆恕冷漠无情的声音传来：“你们秀恩爱适可而止，我也是人。”

程岁宁听到了，埋在他怀里笑。

周温宴还搂着她的腰，对电话那头的陆恕说：“大概下午 4 点到校。”

然后手机被扔到床上，她被他像抱小孩子一样抱起来。

“怎么这么软？”他说。

程岁宁戳着他：“女生都这样。”

周温宴不听，手在她腰上摩擦：“好细，都担心折断。”

程岁宁问：“是不是要走了？”

“嗯，好舍不得。”他埋在她颈窝里闻着她的味道，难得地有些孩子气。

程岁宁笑了笑：“好了，不能撒娇。”

他抬起头，看了她一眼，狠狠亲了几下，才放开。

周温宴是真的忙，回学校的路上，他的手机就没停止过进消息。

程岁宁知道他的专业“卷”，没想到“卷”成这样。

程岁宁谈及自己专业：“我觉得我们就还好，优秀且努力的人很多，不过大家基本都是良性竞争，我倒没觉得有那么大压力，反正就自己做好属于自己的活儿就是啦。”

周温宴点头赞同，还夸她通透。

到了学校，程岁宁刚进宿舍楼，周温宴就碰到了谭嘉仪。

谭嘉仪早就听说了他俩谈恋爱的消息，之前没当回事，现在亲眼看到有些惊讶。

她了解周温宴，知道他认真起来是什么样。

谭嘉仪没让周温宴离开，叫住他，敞开了问：“你大三还是大四毕业后出国？”

周温宴的脸色冷下来。

“你心里清楚你后面的学业安排，你家里怎么想的，你也知道。我不反对你谈恋爱，但你能认真多久？”谭嘉仪挺喜欢程岁宁的，“那小姑娘一直都在勤工俭学，挺努力上进的一个孩子，但毕竟年纪小，你家里的那些手段到时候她真的能招架得住吗？”

“她不需要面对那些。”周温宴说。

谭嘉仪觉得自己这个外甥还是有些天真：“他们只有你一个孩子了，他们肯定希望你按照他们给你安排的路走，程岁宁这姑娘，大概率是不在他们对未来儿媳妇人选的考虑范围内的。”

周温宴没说话。

谭嘉仪叹了口气："我也不多说你什么，既然认真了就好好谈，只是时间长时间短而已。"

"怎么了？"程岁宁刚进宿舍，就察觉到气氛不对。

温瑶对程岁宁摇了摇头，小声地说了周末发生的事情："就前晚回来后，我们叫外卖那会儿，她还好好的，还主动问大家吃什么，后来一下子心情就不好了。"

程岁宁看向沈宜，她个性向来洒脱，风风火火又藏不住事。现在这么闷着，真的很不像她。

晚上一起去后街吃麻辣烫时，沈宜脸色很平静地和店家说要变态辣。

程岁宁和温瑶对视一眼，程岁宁没说什么，多拿了一瓶甜牛奶结账。

吃到一半，沈宜的嘴巴都辣红了，程岁宁将牛奶递给她。

她一口气喝了一半，然后放下牛奶和她们说："手机真的不能看。"

温瑶想起来，他们那天点外卖用的是黄辰蔚的手机。她眼睛睁大，吞了吞口水："不会吧，看到什么了？我看小黄不像那种人啊。"

沈宜说："点外卖下单后跳出来的默认地址是他前女友的。"

三个人都静了几秒，先开口的是温瑶："真的是前女友吗？"

沈宜点点头："我见过她一次，科大的。外卖的收货地址就是科大女生宿舍，你觉得我会搞错吗？"

温瑶不说话了。

程岁宁看着沈宜："你打算怎么办？"

沈宜摇摇头，她跟黄辰蔚在一起大半年了，两个人感情一直很好，吵架拌嘴也有，但都是小打小闹。她知道黄辰蔚有个初恋女友，从高中就在一起了，后来分了。分的原因，她没问。她自认大方，觉得有个前任也没什么大不了的。

但是，如果不是黄辰蔚近期还在帮他那个前女友叫外卖，默认地址怎么会是这个。

温瑶说："会不会是系统问题？我点外卖下单时也偶尔会跳成老家地址。"

沈宜抿着唇，有点儿后悔："早知道看一下订单记录了。"

说完她又叹了口气："算了，要是看了，我连劝自己的理由都没了。"

"要问黄辰蔚吗？"程岁宁轻声问。

沈宜又沉默下来，她拿着筷子不停地在翻搅碗里的东西，汤里加了很多辣椒油，现在有点儿冷了，油都浮在上面，看一眼都觉得胃疼。

"你觉得我要不要问？"沈宜也不确定。

程岁宁想了会儿："不知道。"过了几秒，又说，"要是我可能会问吧。"

温瑶在这时开口："算了，别问了，万一没什么，问了反而伤感情。"

也是。

三个人这一顿晚饭吃得好纠结，回宿舍的路上，大家都没怎么说话，温瑶见气氛低迷，路过一家奶茶店时主动说要请客。

"怎么突然这么大方？"等奶茶时，沈宜好奇地问。

温瑶嘻嘻笑着："我最近桃花好，就当花钱攒人品。"

程岁宁在一旁听着，默默问："还要吃什么吗？我也请客。"

沈宜"扑哧"一下笑出声："还是姐妹好，男人算个屁。"

气氛一下又好了起来，三人捧着奶茶，晃悠悠地走着。快进宿舍时，一直在刷朋友圈的温瑶停下脚步，大声骂出一句脏话。

沈宜打开宿舍门，回头问："怎么了？"

"你们记得我有个在聊的暧昧对象吧？"温瑶脸色变得很不好。

程岁宁记得："是那个计算机系的博士吗？你说他学识渊博，是个学霸，就是有点儿高冷，不太好聊天。"

"一开始是这样的，特别高冷，每次都靠我找话题。但就前一段时间吧，大概寒假开始后，我和他的关系突飞猛进。他经常主动找我，买衣服问我选什么颜色好，时不时跟我分享他做了什么。除夕那天，他说他家离我家动车只要半小时，他还说来找我，我因为有点儿害羞就拒绝了。还有前两天我不是发了个朋友圈，说想去一家网红店打卡嘛，他还在下面评论说一起去。”

沈宜听完，没觉得哪里奇怪：“这不挺好的吗？感觉你俩谁再主动下，就可以在一起了。”

温瑶木着脸，将手机屏幕转向他们，上面是一条官宣女朋友的朋友圈。不仅事无巨细回顾了两人认识的经过，还感叹了一下认识真爱是多么不容易，最后配了九宫格照片，最后三张都是两人的合照。

沈宜：“……”

程岁宁：“……”

温瑶气炸了，在宿舍里跳脚：“这也太离谱、太无语了吧？这才几天啊？我难道就是他养的鱼吗？那他除夕来找我干吗？让我帮忙选衣服的颜色干吗？一起相约去网红店干吗？”

宿舍走廊里人来人往的，温瑶声音大，引得其他宿舍人的目光都转向这边。

沈宜将宿舍门关上，抿了抿唇：“刚刚奶茶多少钱，要不我还给你？”

温瑶还处在无语当中，这事太突然了，她一点儿心理准备都没有。她真的以为过几天自己也许就能脱单了，没想到来这么一出。

程岁宁拿过她的手机仔细看了看那条朋友圈，越看越无语。她也感觉那个男生和他官宣的女朋友在一起不是一天两天了，估计认识的时间不短。

温瑶自我排解了半天，最后忍不住发出感叹：“现在男的都这么渣吗？”

沈宜道：“可能吧。”

夜更深的时候，程岁宁和周温宴打电话，聊到今天发生的事情。

周温宴听完后，忽然问：“那你呢，你觉得渣吗？”

程岁宁义正词严：“渣啊，太渣了。那个博士不知道和几个人一起聊，还好温瑶没陷得太深，不然得多难过。”

他静了几秒，笑着问：“那我呢？”

程岁宁轻哼一声："你以前也挺渣的。"

他倒没否认。

程岁宁听见他合上笔记本的声音，还听见旁边的人问他去哪儿，他没回，然后对方又调侃他有什么话不能在宿舍里说。

程岁宁握着手机的手，悄悄收紧了点儿。

周温宴走到楼梯口，嘴巴里咬着薄荷糖，声音"嘎嘣"响。

程岁宁想了想，好像是挺久没看见他抽烟了。

"戒烟难熬吗？"她小声问。

"还行。"

她仿佛能闻到他嘴巴里清凉的薄荷气息。

"那你要坚持。"

"好。"

电话里忽然静了下来，程岁宁听着他咬糖的声音。

时间真的不早了，宿舍里沈宜和温瑶的手机屏幕已经不亮了。她不好意思打扰她们休息，打算跟周温宴说完晚安就挂电话。

就在这一秒，她清楚地听见了他吞咽的声音，薄荷糖吃完了。

一片寂静里，他唤道："宁宁。"

程岁宁"嗯"了一声。

他静了几秒，又说："宝贝。"

声音低哑，带着他特有的漫不经心的温柔。

程岁宁脸颊发热，声音变得更小："怎么了？"

周温宴说："想让你更喜欢我一点儿。"

程岁宁笑："那你有点儿贪心。"

因为我已经非常非常喜欢你。

周温宴又笑起来："我是很贪心。"

他语气听起来和之前不太一样，程岁宁有些担忧地问："你心情不好吗？"

"嗯。"

“发生什么了吗？”

周温宴的呼吸声仿佛就在她耳边似的，程岁宁听见他说：“就是想你。”

程岁宁“哦”了一声，呼吸都不禁放轻了些。她小声地警告他：“你不要撒娇。”

她真的受不了。

周温宴挂了电话，又在走廊上站了会儿才进去。

男生宿舍多数时候都很热闹，隔壁宿舍的男生咬着烟过来和陆恕对之前的一对一小测，看见他跟他打了一声招呼，还捏着烟盒问他抽不抽。

周温宴摇了摇头，坐回自己的位置。他回校后就很忙，现在有了点儿喘息时间，心里却平静不下来。又过了会儿，他才打开笔记本电脑。

陆恕拿了罐啤酒提神，也顺手拿了一罐放到周温宴手边，周温宴偏头看了一眼，单手打开仰头灌了一口。

江叙今晚去了院里的辩论队，辩题都没认真听，倒是遇到个一见钟情的女生，现在兴奋得不行，整个人表现得十分躁动，吵得周温宴头疼。

他一罐啤酒喝完，重新打开文献看了起来。江叙和那女生聊了几个来回后，过来找他指点。

周温宴懒得理他，动作惫懒地滑动着鼠标。

“你和陆恕到底怎么了？干吗突然都这么拼？”江叙真的不太能理解。他本以为周温宴是为了申请国外的名校天天在忙项目，但他看见周温宴电脑屏幕上的内容，明显又不是，惊讶地问：“你准备参加大创吗？”

周温宴说：“还没想好。”

陆恕在后面说：“想好叫我。”

周温宴“嗯”了一声。

江叙真的太后悔学这个专业了，作业多，小测多，每个人都像机器人，什么东西什么时候交居然能精确到秒。好在他天生心大，再“卷”也能乐观面对。

他用手机抵了抵周温宴："学是学不完的，来帮帮我，我接下来要怎么回她啊？"

周温宴揉了揉脖子，目光都没施舍给江叙。

"你是不是搞错了什么事？"他说。

江叙愣了一下："什么？"

陆恕好心提醒他："阿宴的意思是，他是被泡的那个，想什么话题、纠结怎么回消息的事，他不用做。"

江叙骂了句脏话，然后说："程岁宁呢？"

周温宴没动也没吭声。

江叙明白过来什么，见宿舍里还有别人，就把他拉了出去。

江叙和周温宴高中就是一个学校的，后来周温宴高三转学走了，两人联系也没断，他一直都把周温宴当兄弟。

江叙想到什么，开口时，有几分回忆的意味："其实之前我还以为你本科不会在国内读，我记得你高二就在准备出国的事情，也准备得差不多了。"

周温宴说："我本来也以为。"

"后来变了是因为程岁宁吧。"江叙想到周温宴的家庭，想到他的父母，忍不住问他，"那你现在怎么想的？你爸妈肯定想让你出国吧？为了程岁宁，你打算继续留在国内？"

"我都行，看她。"

他说得漫不经心的，江叙却知道他真是这么想的。

江叙一根烟抽完，又点了一根，一副要当知心哥哥跟周温宴促膝长谈的模样。

周温宴却不太想接话。

下午和谭嘉仪分开后，谭嘉仪后来又给他发了几条信息，让他回去缓和跟家里的关系。这让他觉得有点儿烦。

夜空中，云压得有点儿低，明天估计又是个坏天气。

江叙还在旁边絮叨，忽然想到什么似的，问周温宴："你考虑大创不会是为了奖金吧？”

周温宴被风吹得眯起眼，回得敷衍：“也许。”

江叙想到他最近和程岁宁的腻歪劲儿，问：“是不是后悔高调了？”

周温宴笑了笑，那笑容不太真切，语气却特别坚定：“这个不后悔。”

偷偷摸摸不是他的作风，谈恋爱就得光明正大。

沈宜后来也没问黄辰蔚关于前女友的事，两人和之前没什么两样，依旧黏黏糊糊的，一起去食堂吃饭，一起约会，一起做志愿者活动。

可没过几天，矛盾还是爆发了。

那天程岁宁从图书馆出来，顺路去了篮球场找正在打球的周温宴。

周温宴那边已经快到尾声了，看见她来了，他跟替补席的同学打了个招呼，直接下场。

程岁宁帮他拿着外套，又给他递了张纸巾：“你要先回宿舍洗澡吗？”

周温宴有点儿洁癖，他点点头，又怕自己身上的汗沾到她身上，忍住了没抱她，只用手牵着她：“晚上想吃什么？”

“还不饿。”程岁宁好像想到什么，回头看了一眼球场，觉得有点儿奇怪，“黄辰蔚没来吗？”

周温宴不大在意地“嗯”了一声：“回公寓做饭好不好？”

“好啊。”

刚走到男生宿舍区，还没走近周温宴宿舍所在的那栋楼，程岁宁就看见沈宜满脸怒气地从对面的一栋楼里走了出来，她的脸色太差了，眼眶通红，像是刚哭过一样。脚步也快，像是有人在身后追她。

下一秒，黄辰蔚和另一个女生紧跟在她身后从宿舍楼里出来。

程岁宁愣了愣，连忙跑过去，拉了沈宜一下。沈宜看见她，脚步一顿，大颗大颗的眼泪直接掉了下来。

程岁宁没怎么见过沈宜哭，有些担忧：“怎么了？”

“宁宁，”沈宜带着哭腔说，“我不想见到他们。”

黄辰蔚追了上来，刚喊了一声“沈宜”，还没说别的，就被周温宴拦住了。

傍晚时分，宿舍区域人多，不少人已经拿出手机开始拍照。

黄辰蔚是校篮球队的，长相阳光，本来就有一堆迷妹，再加上他还是周温宴的表弟，受到的关注度一直就不低。

现在路人拍的那些照片，光是“看图说话”都够学校的八卦论坛刷屏了。

黄辰蔚看起来很着急，他是真的急，脸都急红了，看着沈宜的方向解释道：“不是你想的那样，我和谢雨菲真的没什么，她的衣服被可乐淋到了，我带她回宿舍换个衣服而已。”

沈宜的眼泪掉得停不下来。

程岁宁拿纸巾小心地给她擦眼泪：“找个安静的地方听他解释，还是我们直接走？”

一直没说话的周温宴开口：“去公寓吧。”

沈宜犹豫了几秒，点了点头。

黄辰蔚回头看了看谢雨菲，他无奈地抓了抓头发，跟她说：“你先回学校吧。”

谢雨菲说：“要不我也一起去吧，本来就是误会，我帮你解释一下。”

黄辰蔚烦得不行：“算了，你越说越乱。”

谢雨菲又说：“那衣服怎么办？我回去洗干净，明天拿来还给你？”

沈宜、程岁宁已经上了周温宴的车，黄辰蔚着急地扔下一句：“随你吧，不还也行，也就一件衣服。”

黄辰蔚要走的时候，谢雨菲又拉了他一下：“那个女生就是阿宴的女朋友吗？”

“是啊。”

车里坐着四个人，一路都很安静。

到了公寓，程岁宁和沈宜去了书房，黄辰蔚和周温宴在客厅。

黄辰蔚觉得这事就是误会，解释清楚就行了，不懂沈宜有什么好生气的。

他抓了把头发，向自己的表哥请教："你说女孩儿怎么这么容易生气啊？"

周温宴懒得搭理他，进浴室洗了个澡。洗完了，书房里的两个女生还没出来，只有他表弟一个人面色颓然地在客厅里待着。

周温宴拿着浴巾擦头发，脚踢了踢黄辰蔚："你和谢雨菲还没断干净？"

"我大一开学前就跟她分了。"黄辰蔚说完，手指在嘴巴上做了个拉拉链的动作，"你别说漏了，沈宜不知道这事。"

周温宴嗤笑一声，坐在他旁边，低头打开买菜软件，一边选菜一边问他："那你还给她点外卖？"

"那是之前她例假来了，说肚子疼。我就给她点了止疼药和红糖。"黄辰蔚一愣，反应过来，"你怎么知道的？"

周温宴起身，走到冰箱前，打开看了看："她没外卖软件吗？"

黄辰蔚沉默了一会儿，说："是我的问题，我就是习惯了。"

他和谢雨菲谈恋爱其实没谈几个月，只是两个人一起长大，认识的时间太久了，他照顾她照顾习惯了。

周温宴问："你跟沈宜在一起多久了？"

"快半年了。"黄辰蔚说。

周温宴点了点头，若有所思，没再出声。

书房里。

程岁宁安静地坐在沈宜身边，沈宜手里的纸巾用完，程岁宁又立刻抽了几张递给她。

过了好久，沈宜终于平复下来。

"那件衣服，"沈宜睫毛上还挂着眼泪，"谢雨菲身上穿的那件衣服，是我给黄辰蔚买的。我知道这事可能是误会，但他无论如何都不应该把我给他买的衣服给前女友穿吧。"

程岁宁轻轻地抱住沈宜。

"其实后来我还是没忍住看了他的手机，不只外卖地址、购物地址，黄辰蔚的手机里还有很多跟她有关的信息。而且，有些购买记录还特别近，我还看了他们的聊天记录，我感觉黄辰蔚好宠她。虽然他不怎么回前女友的消息，但对前女友几乎有求必应。"沈宜的声音越发哽咽，"宁宁，谈恋爱好难啊。你知道吗，除了这些，其实黄辰蔚的妈妈也加过我的微信，她态度看似挺好的，但是特别端着，给人一种很疏离的客套，让你觉得十分有距离感。她话里话外，无非就是告诉我谈恋爱就是谈恋爱，其他的不要多想。"

说到这儿，沈宜将程岁宁抱得更紧了："宁宁，你要怎么办啊？"

程岁宁有点疑惑地"嗯"了一声。

"你要遇到这些事该怎么办啊？"

"不知道，"程岁宁的神色有些黯然，岔开了沈宜的问题，"反正和前任藕断丝连肯定是不行的。"

书房门打开时，周温宴正在厨房里做饭。

程岁宁为了给沈宜和黄辰蔚留出说话的空间，也钻进了厨房里。

水池旁放了一堆菜，是外卖员刚刚送过来的，周温宴正低头对着手机研究菜谱。

程岁宁上前抱住他的腰，脸颊贴上他的衣服。

他转身将她捞到怀里，低头亲了亲她："也跟着哭了？"

"嗯。"

"傻不傻啊？"他揉了揉她发红的眼尾。

程岁宁说："沈宜挺傻的，如果是我知道你跟前女友们分不干净的话，肯定不会像她这样一次次给黄辰蔚机会。"

周温宴扣着她的腰，低头笑起来："你这是在警告我吗？"

程岁宁说："是让你藏好点儿。"

说完，他捏住她的下巴，亲了下去。

那天，沈宜和黄辰蔚聊了挺久的，两人也没分手。

程岁宁问她为什么，她说她真的挺喜欢黄辰蔚的，趁着现在眼瞎，他说什么，她就信什么，等以后恢复光明了就立刻甩了他。

程岁宁竟无语凝噎。

只是自那天之后，周温宴变奇怪了不少。

他好像更黏人了，没课就来找程岁宁，程岁宁去哪儿他都要跟着。

沈宜开玩笑说："我感觉他对你占有欲好强，靠近你一米之内的人好像都要得到他的允许才行。"然后感叹，"热恋期的男人真可怕，不对，热恋期的周温宴真可怕。"

时间一天一天过去，周温宴一直都是如此，甚至，他的黏人程度只增不减。

一个周五晚上，因为实验出了点儿意外，拖延了半小时。程岁宁出实验室打开手机，发现未接来电有 23 通，不由得愣了一下。

沈宜和温瑶见她定在原地，看了过来。

"我的妈呀，23 个未接来电。"沈宜不敢相信这是周温宴会干出来的事情。

温瑶忽然扯了扯程岁宁的衣角，示意她往下看。

程岁宁低头，就见周温宴站在实验楼楼下等她。

他身上套了件黑色的卫衣，和夜色融为一体。他时不时抬头看一眼出来的人，然后又低头去看手机屏幕。

温瑶说："要是从他旁边路过对他犯花痴的女生，知道他面无表情时发的都是些痴汉消息，会不会对他破灭啊？"

"有什么好破灭的。"沈宜说完，看向程岁宁，"你俩好奇怪，为什么我感觉没安全感的是他啊？"

程岁宁没说话，她的手机又振了起来。

来自周温宴的第 24 通电话。

她一边接通，一边往楼下跑。

周温宴看到她的那一刻，虽然表情还是淡淡的，但眸光立刻柔和了许多。

程岁宁在他面前停下，周温宴先是抱了她一下，然后搂着她离开。

温瑶看着这一幕，问沈宜："我真的特别好奇为什么周温宴这么没有安全感。"

沈宜摇了摇头："啧，不知道，但真腻歪。"

另一边，程岁宁问周温宴："做实验不能看手机，我都不知道你给我打了那么多电话，是发生什么事了吗？"

周温宴的下颌线绷得很紧，情绪和今晚的夜空一样黑沉。

"实验中途出了点儿意外，所以晚了半小时。"

周温宴"嗯"了一声。

程岁宁见他心情不大好的样子，不免紧张起来，以为真的发生了什么。

两人已经走到车旁，周温宴还没吭声，只是将车子解锁，手轻轻推了推她的腰。

"先上车。"

程岁宁听话地上了车，他关上车门，从另一边也上了车。

狭仄的空间隔绝了外面的所有，只剩下他俩的呼吸声。

程岁宁看着周温宴，刚要开口，他就压了过来，亲得又凶又急，毫无章法。像在怕什么，又像在确认什么。

程岁宁嘴唇被他咬得吃痛，半睁开眼看他。

周温宴在怕什么呢？

他注意到程岁宁的目光，伸手捂住她的眼睛。嘴唇又轻轻碰了她一下，情绪才勉强缓和，放开了她。

车里安安静静的，他靠在车椅上，没有说话。

"怎么了？"程岁宁问。

他的语气听起来特别淡："是我的问题。"

程岁宁问："什么问题，我能知道吗？"

他目光垂下，视线落到她身上。外面天色很暗，附近的路灯年久失修，忽闪忽闪的，照进车内，令他的表情在这样闪烁的光线里显得越发阴沉沉的，看起来很是压抑。

程岁宁没见过这样的周温宴，她心中很是担忧。

时间缓慢地在流淌，窗外风在刮着，落叶一片片被吹落在车前的挡风玻璃上。

这时，周温宴忽然开口了："被吓到了？"

程岁宁问："是因为我没接你电话吗？"

他似是叹了口气："有什么办法能让你只待在我身边？"

程岁宁抬眸看着他，笑起来："我本来就只在你身边呀。"

周温宴像是被她取悦，也笑起来。

车子终于发动，周温宴漫无目的地开着。

路过甜品店，程岁宁说想吃，周温宴便停下车，陪着她进去买。她选了个堆满奶油的小蛋糕，回到车上，趁周温宴没有防备，一下子塞进他的嘴巴里。

周温宴嫌弃地咽了下去，抬眼看到她笑得一脸得意的样子，伸手要去捏她的脸。

程岁宁手里拿着蛋糕，躲来躲去："很痒。"

她软软地跟他求饶，眼角的余光瞥到不远处的商场："周温宴，我请你约会吧。"

他怔了怔，然后"哦"了一声。

程岁宁破天荒地从他的脸上看出了一丝害羞。

车开进地下车库，停好车后，他牵着她等电梯。

程岁宁仰头看着商场的导向图，问他："先吃饭还是先看电影？"

周温宴说："都行。"

这个点是晚高峰，又是周五，不一会儿身后就来了不少人。

程岁宁正低头研究着电影的场次，周温宴将她拉到身边，让她离自己更近。

电梯到的时候，里面一窝蜂出来好多人，周温宴下意识地将她揽进怀里。

俊男靓女引得电梯里的其他小女生频频朝这边张望。

程岁宁从电梯壁上和一个陌生女生对视上，觉得自己和周温宴到底是有些腻歪了，于是轻轻挣了挣，周温宴却将她抱得更紧。

程岁宁只好和他说话转移注意力：“咱们先吃饭吧，然后看晚上8点这场怎么样？”

周温宴“嗯”了一声。

程岁宁还是觉得怪别扭的，小声提醒：“有人看着呢。”

他不管，依旧紧紧揽着她：“那就看。”

“……”

程岁宁对吃的没有太大要求，拉着他走进了一家不需要排队的餐厅。

中途周温宴的电话响了，但他没打算接，第一遍自动挂断后，对方很执着地又拨了过来。

周温宴抿了抿唇，不太耐烦地走了出去。

他刚走，就有一个女生过来了。

“好巧啊。”是谢雨菲，黄辰蔚的那个初恋。

程岁宁没说话，她也不尴尬，自顾自地说：“没想到会在这里碰到你们。”

她很是自来熟地和程岁宁说：“周温宴这个人不好相处吧？他从小就被家里宠着捧着，一向随心所欲、目中无人，脾气阴晴不定的，说不高兴就不高兴了，黄辰蔚小时候最怕他。哦对了，他还有个亲弟弟你知道吗？可惜那个弟弟命不好，在世时害怕哥哥，不敢亲近哥哥，走之前才说其实最崇拜的最爱的是哥哥，唉，但有什么用呢，周温宴又没有心。”

程岁宁静静地听她说完，声音很平静，甚至是温温柔柔的：“我要是你的话，不会主动出现，更不会随意把别人的私事拿出来说。”

谢雨菲挑眉，对程岁宁倒有些刮目相看：“原来你不是乖巧小白兔啊，还挺沉得住气的。”

程岁宁说："他快回来了。"

谢雨菲无所谓地耸肩："我又不怕他。"

结果周温宴出现在店门口的那一刻，谢雨菲就撤了。

周温宴入座后，程岁宁看着他的面色，本能地觉得那通电话不太顺利。

她问："还吃吗？"

周温宴说："你吃饱了吗？"

程岁宁点点头。

"那不吃了。"

程岁宁看他心不在焉的样子，说："我不想看电影了。"

周温宴的目光有点儿深，程岁宁坐到他身边，抓着他的手，指尖在他的手心转到第三圈的时候，终于酝酿出了足够的胆量，凑到他耳边轻声说："想回家，和你睡觉。"

程岁宁这段时间忙得脚不沾地，天天泡在实验室和图书馆里。

"这里是不是不对？"谭林在旁边看了会儿，指了指她手边的一个数值。

程岁宁愣了一下，仔细检查了一番："嗯，我写错了。"

谭林抿了抿唇，直言道："程岁宁，你最近没少犯这种小错，不会是谈恋爱谈傻了吧？"

旁边的同学闻言，看了过来，沈宜跟他们一个小组，眉头皱起来，不太友善地对谭林说："你什么意思？"

"这种低级错误都能犯，程岁宁没谈恋爱之前可不会这样。"谭林说。

这一小插曲虽然闹得不太愉快，但他们也还算维持着表面的和谐气氛。只是一传十、十传百的，没多久连周温宴都听说了。

同时，那天还有件事，让周温宴更是生气。

当时，程岁宁和沈宜在京大的三食堂窗口排队，程岁宁还和周温宴通着电话。

一个外校的来京大蹭食堂的男生排在她们前面，中途他转了一下头，看见程岁宁，非常热情地退开一步，让程岁宁他们先打菜，说什么女士优先。其间，这个男生一直盯着程岁宁。

他问：“学妹，你大几啊？我隔壁体大的，可以加个微信吗？”

程岁宁摇了摇头，电话里的周温宴问：“谁？”

程岁宁说：“不认识。”

那男生说：“现在认识也不晚啊，我叫李伽耀。”

那头的周温宴直接把电话挂了。

程岁宁无奈地看着李伽耀：“抱歉，我有男朋友了。”

李伽耀满不在乎地笑起来：“没事，下一个更好。”

沈宜在一旁“扑哧”笑出声：“还真自信。”

李伽耀确实挺自信的，他像只开屏的孔雀一样，围着程岁宁叽叽喳喳说个不停。程岁宁不理他，他也能自得其乐，丝毫不尴尬。他旁边跟他一起进来的朋友，好几次想要把他拉走。

李伽耀不耐烦：“干吗啊，没看见我泡妹子呢。”

朋友无语地看了他一眼，正巧这时周温宴走进食堂，他走到程岁宁身边，直接牵起了程岁宁的手。

李伽耀的笑容僵在脸上，顿时觉得自己像小丑一样，不知是为了缓解尴尬还是不太甘心，走之前冲程岁宁说了句：“加一下联系方式也没什么，以后指不定想换换口味呢。”

这是第一次有人当着周温宴的面这么大胆。

他的脸色瞬间冷了下来，刚开始忍着没发作，但因为心中攒着气呢，晚上送程岁宁回宿舍故意比原定时间晚了半小时。

他让程岁宁亲自己，亲了一遍又一遍，又让她说多爱多爱他，程岁宁脸红得夜色都遮不住。

“已经说了好多遍了。”程岁宁手指抓着他的衣服，抓得皱巴巴的，“好爱你，真的真的只爱你。”

周温宴犹嫌不够：“你再亲我一下。”

程岁宁踮起脚，嘴唇在他下巴上轻轻碰了一下："好吧，今晚最后一……"

话还没说完，下巴就被他捏住，他直接吻了上来。

程岁宁回到宿舍，沈宜看到她唇上的痕迹："我还以为你今晚回不来了。"

程岁宁没说话，笑了笑，她放下东西，拿着睡衣去浴室洗澡。

等出来时，手机屏幕上多了几条陌生的消息，她看了一眼就全删了。

过了会儿，手机又振动起来，是徐临远的电话。

程岁宁想了想，还是接了起来。

徐临远应该是喝了不少酒，声音不稳："程岁宁，你什么时候和周温宴在一起的？"

"和你没关系吧。"程岁宁不想听他说这些，"我挂了。"

徐临远在她挂断电话前喊道："你为什么要和他在一起啊？你这么好，他不配！"

程岁宁的语气不太好："你和我说这些干什么，我不会因为你说的话，就改变对他的看法。"

徐临远真的很烦周温宴，烦他出现，烦他抢走自己喜欢的女孩儿，更烦程岁宁这样无条件地维护他。

"他就是个人渣，你知道吗？他弟弟其实就是他害死的。"

"徐临远，"程岁宁很严肃地叫了一声他的名字，"没有证据的话，不要乱说。"

"他就是因为愧疚所以在北城待不下去了，才在高三那么重要的时间点转学。他以为他把这些事藏得好就没人知道了吗？程岁宁，你不要被他骗了。"

程岁宁把电话挂了，握着手机的手微微颤抖。

沈宜递了盒牛奶给她，走到她旁边："发生什么了？"

程岁宁摇摇头。

见她不想说，沈宜只好岔开话题："又快期末了，时间过得好快啊。"

程岁宁咬着吸管含混地"嗯"了一声。

"考完后，我打算和黄辰蔚分手。"沈宜忽然说。

程岁宁惊讶道："为什么？"

"我觉得这段时间我变得特别不像自己，我每天都在和自己生气，我之前想视而不见来着，最近还是没忍住去看了他所有的社交账号，你猜我发现了什么？"

沈宜苦笑："他好几个账号都关注着谢雨菲，甚至微信号里的英文字母都是她名字的缩写，数字是他们俩当初在一起的纪念日。你说我之前怎么就能忍，明明这么硌硬人。"

程岁宁感叹："对一个人失望真的挺容易的。"

"你查过周温宴吗？"沈宜问。

程岁宁摇头："没有。"

"要我传授下经验给你吗？"沈宜说，"算了，还是什么都不知道比较好，而且我也没想到他跟你在一起后能这么乖，说真的，要不是我跟你是室友，我打死也不信。过去的事，过去就好了，谁还没个过去呢。"

程岁宁"嗯"了一声。

她没和沈宜说，周温宴那些社交账号上的关注对象，她早在还没和他在一起之前就背下来了。他身边来来往往的女孩儿太多，她从来不敢想，她怕自己会酸死。

沈宜见她情绪低落，搂了搂她："好了，刚刚不是还挺相信他的吗？"

程岁宁点点头。

第十二章

会听话

临近期末周，周温宴忙，程岁宁也忙，两个人再聪明，到了要考试的时候也得费心备考。周温宴比程岁宁早一天考完，他刚出考场没多久，就被一辆车拦住了去路。

周温宴沉默了几秒，还是上了车。车里除了司机，还有周瀚钰。他正在打电话，打完电话才看向周温宴。

“我看了你做的一些项目，还有你写的论文，都不错，其中有个申请专利没什么问题。本科的课程你目前学得怎么样了？”

周温宴平静道：“你不清楚？”

周瀚钰没计较他不恭的态度，直言：“大三去交流一年，大四提前毕业去读 LLM，你读京大我不反对，熟悉国内的一些专业趋势也是有必要的，但后面不要再胡来了。”

他说的“胡来”指的是什么，不言而喻。

周温宴轻笑了一声，没回他的话。

周瀚钰当上位者久了，气势很强，他沉默下来，车里的气氛逐渐变得凝固。饶是跟了他很久的司机，也难免有些不安。

过了一会儿，周温宴问：“还有什么要说的吗？”

周瀚钰看了他一眼：“你女朋友是不是也考完了？”

“没。”

周瀚钰说：“我想见她一面。”

“别见了，没空。”车开到了校门口，周温宴懒得再和他待在一块儿，“话都说完了吧，停车吧。”

司机没敢停，在等周瀚钰发话。

恰巧周瀚钰有电话进来，他看了司机一眼，示意司机将车停下。

周温宴果断地下了车，只是他的脸色很不好，等程岁宁出来了，面色也没有由阴转晴。

程岁宁还有考试，得继续复习，周温宴陪着她吃完晚饭，就回宿舍了。江叙很意外他在宿舍出现，喊他出去庆祝期末结束，他没应，就一个人坐在那儿。

周温宴这段时间想了挺多的。比如，他得把程岁宁看得再紧点儿，不能让程岁宁见那些乱七八糟的人；又比如，程岁宁读完本科后，以后要是还想继续读书，那就支持她读，在国内国外都行。去掉家里给的资金支持，他剩下的钱也够两个人开销。要是不行，他找点儿活儿干也行。

这么想着，他又心急了点儿，拿起手机拨了个电话，对方听说他要找活儿干，都不敢置信，不过因为他能力强，还是喜滋滋地跟他谈了几个项目。

周温宴耐心听着，都说行。

对方好奇地问："你还会缺钱？"

他答得含混："备着吧。"

程岁宁考完试那天，一直没来得及放松的江叙，终于找到了同盟军，非要拉着她们宿舍的人一起出去玩。

最先同意的是沈宜，沈宜同意了，黄辰蔚当然紧随其后。

沈宜心情不佳，程岁宁知道，她今天要和黄辰蔚说分手。路上，沈宜不想跟黄辰蔚太亲密，一直挎着程岁宁的胳膊，和周温宴抢人。

周温宴跟在她们身后，由着她们了。

吃完火锅，大家都有些撑着了，在包间里不想动弹。

江叙最近沉迷一个游戏，怂恿他们赶紧下载，大家一起玩。

周温宴最近睡眠很差，没什么精神地靠在椅子上。陆恕坐在他旁边，和他聊他们专业课的一道题，陆恕问得有点儿深，周温宴解释得很认真。

程岁宁下载完游戏，拿过周温宴的手机，帮他也下载了，然后把手机递还给周温宴，就去注册账号了。

周温宴一边和陆恕说着话，一边也准备注册一个，结果显示他的手机号已经注册过这个游戏了。

不过周温宴忘了密码，用手机验证完，重设了一个密码，然后才登录成功。

进入到登录页面，周温宴按着屏幕的手微微一顿，程岁宁看到了，问他："怎么了？"

周温宴问："真想玩吗？"

程岁宁刚刚听江叙安利了好半天，现在江叙已经建好了房间，在等他们进去。

她不忍心打击江叙，便点了点头。

周温宴"嗯"了一声，又低头继续了。

除了黄辰蔚，其他人都进入了江叙建的游戏房间里。不知道是他的网不好，还是怎么回事，黄辰蔚一直进不去。

江叙过来手把手教学。

程岁宁闲着，在房间里找到周温宴的头像，随手点了进去。

刚一进去，就看见了前一分钟他的游戏系统自动更新了一条动态。

程岁宁只看了一眼，心就猛地一颤。

那条动态是——

我把名字从"我的宝贝叫豆豆"改成了"Y"啦！

程岁宁怔了好一会儿，才勉强回过神，但她全身都是麻的。她觉得自己此刻的表情肯定十分难看，她捂着闷闷的胸口，握着手机站起来，往包间外的卫生间走去。

江叙他们游戏打得正酣，这会儿黄辰蔚貌似有个操作失误，江叙一把抢过他的手机，骂他蠢，黄辰蔚怎么可能受得了这气，两人拌起嘴来。

包间里其他人都没察觉到程岁宁的异常，只有周温宴有所察觉，他若有所思，想到什么，眉头立刻皱起来，大步跟了出去。

周温宴走得快，没两步就追上了程岁宁，他抓着她的手腕，将她往没人的地方带。

程岁宁想抽回自己的手，没挣脱，他的力气反倒更大了。

他们在走廊尽头停了下来。

周温宴问："看到了？"

程岁宁沉默地低着头。她脑子里很乱，一方面觉得这事没什么好生气的，另一方面，没想到自己如今也遇到了和沈宜一样的情形，不由得有些委屈。

他原本的游戏 ID 叫"我的宝贝叫豆豆"，为什么叫这个呢？

豆豆是他的前女友吗？如果是他的前女友，那为什么他当时的 ID 可以是"我的宝贝叫豆豆"，而到了她，就变成了"Y"？

程岁宁知道这种想法幼稚又矫情，还有一种攀比心理在作祟，可她就是没办法控制自己多想。

这个名字是他改的，还是对方改的？

如果是他改的话，那他之前是有多喜欢这个叫豆豆的女生？如果不是他改的，那说明豆豆知道他的手机密码，得到他的纵容和允许。无论哪一种，都说明豆豆很受宠。

程岁宁一声不吭，忽然就明白了之前沈宜在她耳边总是说的那句"谈恋爱真的好委屈啊"。

眼底酸，鼻尖酸，心口也酸。

两人都沉默着，和周围热闹喧嚣的气氛格格不入。

过了许久，程岁宁小声说："我很小气。"

他很快应了一声："嗯。"

"也没有想象中果断和大气。"

他又"嗯"了一声，头更低了，眼睛定定地看着她。

程岁宁不想看他："这次我不只是有一点儿吃醋。"

周温宴声音低了下来，从抓着她的手腕，变成两只手都握着她的手："之前想你吃醋，是想看看你有多在乎我。现在你真吃醋了，我又……"他找了个合适的词，"难受。"

程岁宁没出声。

周温宴特别认真地说："要发火吗？"

程岁宁抿了抿唇，周温宴靠得离她更近了点儿："你想怎么对我都可以。"

最后，程岁宁和他对视良久，火却始终没发出来。

她只是干巴巴地重复了一次那个 ID："我的宝贝叫豆豆。"

周温宴回："我真不记得她是谁了。"

程岁宁满心酸涩依旧没有平复，但比之前还是稍微好了点儿。

倒是包间里不够太平，程岁宁推开包间的门时，沈宜正冷着脸，全身都在颤抖。

江叙没让他们进，自己也出去了，他和周温宴、程岁宁说："在分手。"

周温宴表情平淡，像是早就知道一样。

江叙说："你们刚才不在，这两人吵得太凶了。之前我都没发现，沈宜能这么绝情，小黄在里面都要哭了，眼睛通红地说不分。"

程岁宁表现得也很淡定，只低头看着自己的脚尖。

江叙感觉他俩有点儿不对劲儿："你俩怎么怪怪的？你们刚才干什么去了？"

程岁宁不想聊自己的事。她知道沈宜今天要和黄辰蔚提分手，为了岔开话题，她还是心知肚明地问了句："他俩闹分手，具体因为什么说了吗？"

"好多，小黄可真不是人，沈宜说小黄给她买的衣服都和之前给豆豆买的是一样的。"江叙和黄辰蔚还有黄辰蔚的前女友是高中校友，彼此之间都认识，江叙顺口就说了小名。

程岁宁以为自己听错了："谁？"

江叙没察觉到周温宴脸色不虞，回答程岁宁："你说豆豆吗？豆豆就是谢雨菲啊，之前去小黄他们宿舍换衣服，恰好被沈宜撞见了的那个。"

"……"

外面突然打雷，暴雨没有任何预兆地倾盆而下。火锅店里的服务人员在给离席的客人发一次性雨衣和伞。

沈宜没拿，一个人走了，程岁宁想要去追她，被周温宴拉了回来。

周温宴说："我陪你一起去，别淋雨。"

"不用。"

程岁宁说完，拿过服务员递来的伞，走进电梯里。

雨太大了，火锅店提供的伞不经用，没一会儿就在暴雨中报废了，程岁宁找到沈宜后，两个人都淋得湿漉漉的。

在屋檐下站了一会儿，程岁宁进到便利店，买了两罐啤酒，递给沈宜一罐。

沈宜说："不够。"

程岁宁打开啤酒："先喝吧。"

程岁宁喝了口啤酒，低头看了看手机上的天气预报，上面说半小时后大概率能停雨。

手机一直在振动，程岁宁没管。

她突然明白了为什么谢雨菲之前会突然出现在自己面前。

这时，沈宜问："你知道谢雨菲和黄辰蔚之前为什么分手吗？"

程岁宁说："她喜欢周温宴。"

沈宜愣了愣："你怎么知道的？"

程岁宁抿着唇："刚刚知道的。"

"真无语啊。你别被这破事影响，她当年追不到周温宴，现在肯定也追不到周温宴，你给我好好和周温宴在一起，气死她。"

程岁宁感觉自己现在委屈的情绪更深重了。

她是真的对周温宴感到失望，他分明就知道豆豆是谁，但还是向她隐瞒，就算是怕自己误会，他也不应当欺骗自己。

程岁宁说："男人都是骗子。"

其实周温宴的车一直跟在她们后面，离得不远不近的。

程岁宁和沈宜都没发现。

等她们喝完各自手中的那罐啤酒，雨也小了下来，程岁宁又走进身后那家便利店，沈宜在后面问她："还买酒吗？"

程岁宁说："买把结实的伞。"

江叙看看车外，又看了一下车内驾驶座上坐着的人："我刚刚是不是说错什么了？"

周温宴脸色很沉，没吭声。

江叙突然想到什么，问他："你明天真要去老赵那边做项目啊？"

周温宴按了按眉心，"嗯"了一声，他看着程岁宁浑身湿透的样子，心情变得更糟。

江叙在旁边絮叨："你干吗跟他玩？他这人人品不咋样，赚钱也只赚快钱，迟早栽跟头，你别被他套住。而且明天不是才刚放暑假吗？你这么急做什么？不跟宁宁妹妹约个会什么的？你之前不是还说要珍惜在一起的每一天吗？你到底咋想的？真要缺钱，我借你。"

周温宴拍了一下方向盘："少说点儿话。"

同一时间，车鸣声在雨夜里尖锐地响起。

前面撑着伞、穿着白色裙子的女生受到惊吓，下意识地回头看了一眼，雨水落在眼睫上，让视线变得模糊。但她还是看清了车里的人，于是拉着旁边的人走得更快。

沈宜被拉得差点儿没站稳："这么急做什么？"

程岁宁只道："走吧。"

这是程岁宁第一次和周温宴吵这么严重的架。

她买了回苏州的动车票，但没和他说，也没回他的消息。

不过周温宴最近给她发的消息、打的电话明显比之前要少很多，她心里越发忐忑起来。照理说，他欺瞒自己，本就是他的错，他不应该积极地联系她和她解释吗？

还是说，他最近太忙了？又或者，他对自己的新鲜劲儿过了？

晚上，程岁宁躺在床上，满怀心事地和黎梨打电话。

黎梨说："我觉得你的反应有点儿大，我觉得他不说单纯地就是怕你误会。"

程岁宁说："他不说我才会误会。"

黎梨叹了口气："我的好宁宁，你别多想了。他可能就是受追捧惯了，一时没想到要怎么哄女朋友。"

程岁宁陷在自己难得的小女生脾气里："那他为什么改成'Y'而不是……"

"改成'我的宝贝叫宁宁'吗？"

程岁宁含混地"嗯"了一声，然后郁闷地说："烦死了，好讨厌啊。"

两个女生聊到凌晨 4 点，最后黎梨问她："你不至于为了这么一点儿小事想和他分手吧？"

程岁宁没说话。

黎梨继续问她："不会对吧？"

"嗯。"

又过了几天，周温宴索性连消息都没有了。

程岁宁感觉不太对劲儿，她也顾不了那么多了，不安地给江叙打了个电话，江叙有些含糊其词，只说："你放心，他肯定不会做对不起你的事。"

程岁宁挂了电话，想了一晚上，又订了回北城的车票。

她先是去了周温宴的公寓，黄辰蔚看见她很惊讶，告诉她周温宴一放假就不在这儿了。

程岁宁问："那你能联系到他吗？"

黄辰蔚难免惊讶："你联系不上吗？"

是反问句，更是疑问句。

程岁宁摇了摇头。

黄辰蔚当着她的面给周温宴打了个电话，没通，他问程岁宁："你要住他的房间吗？”

程岁宁摇摇头，她来之前就在酒店订好房间了。

回到酒店，她又给江叙和陆恕以及他其他的朋友都打了电话，挨个儿询问了遍，就是问不出他在哪里，也联系不上他。

程岁宁问黎梨这是什么意思。

黎梨说：“有没有可能他们都在骗你？”

“啊？”

“他们都是周温宴的朋友。”

“所以呢？”程岁宁问。

“他故意消失，冷暴力，变相逼你分手。”

程岁宁进来时没开空调，但是听完黎梨说的这个可能，她感觉大夏天里自己竟然全身冰冷：“为什么？”

黎梨说：“没有为什么，就是一种可能吧。你想想以前周温宴身边的那些女生，不都是一周不联系就默认分手了。”

“……”

凌晨 2 点的时候，窗外又开始电闪雷鸣。

程岁宁翻来覆去睡不着，拿出手机，点开微信置顶的那个头像。

她发过去一条消息：我们是分手了吗？

时间倒退回几天前，那天夜里，月亮高挂。周温宴忙完，从冰箱里拿了罐啤酒，走到工作室外面透气。

老赵也跟了出去，他咬了根烟点上，将烟盒递到周温宴面前，见周温宴摇头又收了回来。

周温宴一边喝着啤酒，一边低头在看手机。

老赵打趣他：“没事就盯着手机看，你不会和大家传的那样，真被那小姑娘套牢了吧？”

周温宴抬眼，似笑非笑的：“大家都怎么传的？”

老赵说：“说你宠得要命，把人看得紧紧的。”

他没否认："嗯，没说错。"

说完后，注意力又回到手机上。他知道程岁宁回家了，他是看着她上了动车才走的。

他知道程岁宁这回是真气着了，消息都不回了。

这时候晚上 11 点，程岁宁估计还没睡。周温宴拨了个电话过去，提示音一直响着，电话那头的人不接也不挂。周温宴耐心地等到电话自动挂断，又切回微信，发了几条消息过去，最后说了个"晚安"。

做完这些，他抬起头，对老赵说："最多后天，咱们这个项目核心部分就可以结束了，剩下的自己来。"

"你有事啊？"老赵问。

"嗯。"

老赵问："什么事啊？"

最近因为太忙，周温宴整个人有些疲倦，他抬手捏了捏酸痛的脖子，说："正事，去哄人。"

"你对象脾气这么大啊？"老赵挑起眉。

周温宴只是笑笑，他喝完啤酒，将空罐子捏扁了扔进垃圾桶里，转身回到室内。

回到座位，周温宴一坐下，四周的女生们又暗戳戳地朝他这边看。周温宴忽视那些视线，专注地看着电脑屏幕。

老赵看着那些冲他犯花痴的女生，心说，周温宴的女人缘还真是好啊。

周温宴旁边坐着一个娃娃脸的女生，叫余伊，是老赵很得意的一个下属。

余伊从第一眼看到周温宴起，心脏就"怦怦"跳。应该不只是她，工作室里的其他女生大部分都这样，她们私下的话题全和他有关，从他的年纪、身高、学位，聊到他的家世，她们甚至会去找老赵打探。

老赵泼她们冷水："人家有女朋友了，你们别做梦了。"

女生们希望破灭，个别不甘心的，道："有女朋友又怎么了，就周温宴那副长相也不像多循规蹈矩的啊。”

余伊对此深表赞同，有的人就是长了一张祸害别人也不用负责的脸。

一天晚上，余伊落了东西在工作室，走到半路又回来取。

那时已经凌晨 1 点多了，工作室里灯几乎都关了，只有周温宴的桌子那儿亮着一盏护眼的台灯。

余伊知道他是老赵专门请过来的，不过大家已经加班熬了一周了，这个项目最重要的部分快接近收尾了，最近也没有那么忙。

他怎么还没走呢？余伊这么想着，忽然听见他说话的声音。

“不理我，是还没消气吗？”

这是在和谁说话？

余伊刚要张口，就又听见他说：“宝贝，我很想你。”

余伊忽然定住了，她反应过来，他应该是在和他女朋友打电话。

周温宴还没发现她，他靠在椅子上，柔和的灯光下，他整个人看起来有种平日里难得一见的温柔。

“我明天忙完应该就能去找你了，现在挺晚了，你睡了吗？”

说完，他咳了两声，将手机拿远。

余伊才看见，他原来并不是在打电话，而是在给那个女生发语音消息，聊天页面上的消息，基本都是他单方面发出的。

余伊不免有些惊讶。

周温宴这会儿终于听到动静，偏头看了过来。

余伊抿了抿唇，为掩饰尴尬，她快步走到自己的工位上，拿上要带回的东西。

周温宴表情冷淡，又重新看回手机屏幕。

想起他刚才的咳嗽声，余伊问：“我这里有感冒药你要吗？”

“不用，谢谢。”

余伊犹豫了一会儿，问：“是和女朋友吵架了吗？”

周温宴没出声。

余伊有些小心翼翼地说：“谈恋爱的时候，小女生就是会作一点儿，你要是太惯着对方的话，她就会恃宠而骄。”

周温宴极其冷淡地送了她四个字：“说完就走。”

“喜欢你的人很多的。”

周温宴戴上耳机，彻底忽视她。

余伊有些尴尬，她不应该多话的，都怪夜色让她蠢蠢欲动，起了不合时宜的心思。

余伊又看了一眼周温宴的背影，然后出了办公楼。仰头看着天上的月亮时，她不禁想，那个能让周温宴都低下头颅的女生，到底是个什么样的人啊。

真让人羡慕。

第二天来到工作室，余伊发现办公室里的氛围有些不对劲儿。

她问正在慌乱处理文件的同事：“发生什么事了吗？”

那个同事叹了口气说：“咱们那个项目涉嫌违规，被举报了，老赵已经被警察带走了。”

余伊一愣：“周温宴呢？”

“也被一起带走了。”

“怎么会涉嫌违规呢？我们不是做得好好的吗？”

“老赵不厚道，隐瞒了这个项目源头上的一些污点，咱们这是被项目委托人的对家给搞了。哎，老赵和周温宴是这个项目的主负责人，一出事他俩这不就得顶上吗？”

周温宴被警方带走后，和老赵分开各自接受了警方的问话。老赵那边不知结果如何，周温宴在警局待了小半天，配合着警方走了一些流程后，就被周家人接走了，还是周瀚钰亲自过来接的人。

这个点虽不是早晚高峰，依然堵车堵得厉害。

车子开开停停，让人心情越发烦躁。

车里很安静，气压低得可怕。周瀚钰的脸色极其难看，又一个被堵的间隙，周瀚钰大概是彻底忍不住了，直接往周温宴身上摔了一沓纸质的资料。

周温宴扫了两眼，大概明白了，但没吭声。

周瀚钰看见他的手机在振动，他说：“你那个女朋友？”

周温宴没答。

周瀚钰拿过他的手机，但不知道手机密码，没办法解开：“我见过那女生的照片，看着像是挺规矩老实的女孩子。你就是为了她，做这种自降身价的事？你一个京大的高才生，马上就要出国深造了，你去接这种来源不明的项目，就为了钱？为了摆脱周家对你的经济制裁？为了那样一个普普通通的女孩子？你知不知道你的行为有多胡闹，有多幼稚?！”

周温宴牙根咬紧，有一瞬间他很想反驳，但他生生忍住了，最后只冷冷淡淡地吐出几个字：“手机还我。”

周瀚钰感觉自己一拳打在了棉花上，他感到几分无力，叹了口气道：“你弟弟忌日快到了。”

“我知道。”

车流开始动了起来，周瀚钰注视着前方，不容置喙地说：“你现在的心思都放在那女孩子身上了！你现在是我们周家唯一的儿子，你知道自己该配个什么样的女孩儿！”

回到家之后，周温宴就被关起来了，谭清芸几乎天天看着他。

其间，谭清芸好几次提到周司铄。

周温宴觉得真的挺好笑的：“活着的时候只知道逼他，也不见你们关心他生活里的细枝末节，死了倒是这里记得那里也记得了，周司铄知道他这么重要吗？”

“周司铄”三个字是周家人的禁忌。

周司铄是初三那个暑假走的，谁都不愿意承认周司铄的去世和自己有关，大家都想逃避，可又都自责。那段时间，家里的氛围太压抑、太扭曲了，到了后头，周温宴和父母的关系也出现了裂痕。

周温宴和周司铄的关系没有那么亲密。周温宴作为周家第一个孩子，打小就活在父母规划的圈子里，一直到周司铄出事前，他都是按部就班地在学习、在生活，甚至有些死板和冷漠。周司铄小时候总喜欢缠着他、亲近他，但是他课业太多，偶尔会嫌周司铄烦。慢慢地，周司铄也就不敢再叨扰他了。

周司铄有点儿贪玩，成绩一直都不高不低的，周父、周母便总是对此唉声叹气，说他不如哥哥，比不上哥哥聪明，也比不上哥哥刻苦。周温宴每次听到父母这样说，心里也会感到不适，但他从未制止过。

他们谁也没有发现，在这般压抑的生活环境下，周司铄早已出现了严重的心理问题。直到周司铄以一种让所有人都猝不及防的方式离开，他们才幡然醒悟。

但是一切都已经晚了。

周温宴闭上眼睛，不愿再去想。

谭清芸显然也想到了这些，眼中浮现出显而易见的痛楚。她闭了闭眼，平复心情，然后对周温宴说："过去的就过去了，不要再想了，你这几天就安安静静在家待着吧。"

"断了我和外界的联系，你们可真是手段高超。"他说。

"你是我儿子，我不会害你。你对那孩子太上心了，但你知道，她进不了周家的门。我和你爸，不会接受她的。"

周温宴充耳不闻，只道："手机给我。"

谭清芸叹息着说："孩子，你们不适合的，不论是从小到大的生活环境，还是性格，你们之间的差距都太大了，最终走不到一起的，趁着这次吵架就分了吧。"

"妈，当初你和爸逼周司铄逼得那么紧，希望他活成你们想要的样子，结果呢？他的前车之鉴都在眼前了，你们还要逼我吗？！"

谭清芸被他这番话吓到了，表情愣怔。

半晌，她问："你就那么喜欢这个女孩子吗？"

"喜欢。"

"有多喜欢？"

他不假思索地回："明天就想娶她回家的那种喜欢。"

然而，谭清芸还是没有把手机还给他。

程岁宁的那条短信一直石沉大海。

她从镇定到慌张，又从慌张到崩溃，最后又恢复了惯有的安静。

又过了好几天，程岁宁接到外公的电话，说外婆突然脑溢血进了医院。

程岁宁连忙买了最快的车次回苏州。外婆平时身体都挺好的，这次突然来这么一遭，把所有人都吓到了。

外婆最宠的就是程岁宁，天天念叨邱凝容，说宁宁这孩子不容易，要对宁宁好一点儿。

程岁宁赶到医院的时候，外婆刚被抢救完送进病房，全身都插着管子，旁边各种仪器在工作。

邱凝容拉着她的手走出病房，语气不乏严厉道："你不是和他们住着的吗？又跑回北城做什么？你外公他年纪大了，腿脚也不麻利，这次差点儿就耽搁了最佳抢救时间，还好是救回来了，不然再晚一点儿，你外婆可能就半身瘫痪了。这几天要多注意点儿，预防有并发症什么的。"

程岁宁脑子嗡嗡的，听话地点头。

邱凝容刚才也是有些慌，现在发泄完，觉得也不能全怪程岁宁。

她补充道："是我话说重了，我打算在外婆家装个急救铃和监控。这之后万一再发生什么，能及时送医。"

程岁宁"嗯"了一声。

邱凝容又说："这件事就交给你了。"

"我知道了。"

邱凝容还要再说什么，程岁宁忽然道："妈妈，我现在想一个人待会儿。"

邱凝容察觉到程岁宁的脸色不太好，这段时间人也瘦了不少，便拍了拍她的肩，然后走远了。

程岁宁走进病房，坐到床边的椅子上，她看着床上的外婆，心情很低落。

她接到电话的那一刻，觉得天跟塌下来了一样。外婆是待她最好的亲人，她无法想象外婆要是醒不过来了，她该怎么办。

在到医院前，邱念念就在手术室外给她发第一手的消息，满屏都是哭泣的表情包。

现在看到外婆已经脱离危险，一颗吊着的心总算是放下来不少。

病房里不需要那么多人，所以最后就留了程岁宁一个人陪夜。外公年纪大，被劝回家了，邱凝容陪了她一会儿，天黑时也走了。

晚上 10 点多，隔壁床的家属关了电视，准备睡觉。

程岁宁去卫生间洗了把脸，回来时看到手机屏幕亮着。

好像是某种预知，程岁宁忽然心跳得很快。

她手指蜷缩又舒展，指纹解锁，微信界面跳了出来，那个消失了很久的人终于回了她一条消息。

宴：是分手了。

“姐姐，那个男生在那棵树下站了好几天了，脸色好差。不知道他是家里人生重病了，还是在等谁。”

邱念念陪着程岁宁去茶水间加热饭菜，排队等微波炉的时候，邱念念闲着无聊，趴在窗口，看着楼下碎碎念。

程岁宁专注地排着队，没应她的话。

邱念念还在盯着那个男生看：“他长得还挺帅呢，姐姐你说我要是一会儿去找他要联系方式，他能给我吗？”

程岁宁还是没往楼下看，只是提醒她：“你开学就高三了。”

邱念念畅想似的说：“对呀，这样他只要等我一年，就能跟我谈恋爱了。”

程岁宁都无语了：“你认都不认识人家呢，就觉得人家能跟你谈恋爱，想得还挺多。”

前面一个人热好了饭，程岁宁拿着饭盒走上前。

下午，病房里的电视上在播放着台风即将登陆的新闻，程岁宁在给老太太冲藕粉。

邱念念啃完一个苹果，探着头从窗户往下看："那个男生居然还在，我要不要去告诉他台风要来了，或者给他送把伞啊？"

没人回答她。

邱念念就像在进行这个男生行为的实时播报一样。

"他一直在看着楼上，好像是我们这个方向。"

"哇，这是第六个女生去给他送伞了，他还是没要，好冷淡哦。"

"这大概就是高岭之花吧。"

…………

程岁宁手里的藕粉冲得差不多了，她走到病床边，将靠背调整到合适的高度，又给外婆身后垫了个枕头。

这时，窗外忽然刮起风来，一瞬间乌云压顶，大雨倾盆而下。

程岁宁不自觉地看了一眼窗外。她睫毛垂下，重重地抿了抿唇，然后问邱念念："你不去送伞吗？"

邱念念："感觉他不会收，我就不去自讨没趣了吧。"

程岁宁说："他会收的。"

邱念念总觉得程岁宁不太对劲儿，但还是拿着伞下去了。

5 分钟后，邱念念上来了。等程岁宁喂外婆吃完藕粉，她将程岁宁拉了出去。

程岁宁看见她手里的伞没了，开口问："他收了吗？"

邱念念不敢相信，自己下去给那个冷漠的大帅哥送伞，对方居然接了，而且，对方还知道她是谁。

邱念念给程岁宁转述了周温宴的话："他说他不想分手，那条短信不是他发的。"

程岁宁许久没说话。

怎么说呢，当她看见周温宴出现在医院楼下时，她就猜出来那条短信不是他发的了。

这些天他跟人间蒸发了似的，不回自己消息，或许也是另有隐情。

其中的原因，大概和他的家庭有关。他的父母……应该是不能接受自己吧。

她之前隐约听到过一些周温宴要出国深造的消息，如今看来，这一计划怕是要提上日程了。

程岁宁陷在自己的思绪里，看起来有些落寞。

邱念念看着她的表情，终于知道了她最近暴瘦的原因，除了外婆突然生病，大概就是和这个男生有关了吧。

“姐姐，下面那个真是你男朋友啊？”

程岁宁没有否定，也没有肯定。

邱念念又问：“你不下去跟他说些什么吗？”

程岁宁知道周家的背景有多强大，周家决定的事，就凭她和周温宴的力量，是难以抗衡的。

她对邱念念说：“你帮我给他递句话吧。让他回去，听他爸妈的，不要再来了。”

走出住院部的门，风刮在身上，雨打在脸上，邱念念心说，自己这是在干吗呢，给别人做传声筒吗？

周温宴不在之前那棵树下站着了，这会儿他站在了附近的屋檐下，风将他的衣摆吹起，将他的头发吹乱。

伞被他拿在手里，他没撑，此时此刻，他低着头不知道在想什么。

邱念念突然有点儿不忍心告诉他姐姐让自己传达的那句话，自己要怎么和他说，才能把对他的伤害降到最低呢。

正在纠结着，恰好周温宴往她这边看了过来，邱念念艰难地走了过去。

犹豫了一阵，邱念念开口道：“我姐她看起来挺软的，其实很倔。”

“知道。”他说。

“所以她决定了的事情一般是没办法改变的。”邱念念一鼓作气，“她让我跟你说，要你回去，听你爸妈的，别再来了。”

邱念念说完，看见他的眼眶突然就红了。

她不知道他俩分手的原因，于是问：“你们之间怎么了呀？我姐什么都没跟我说，但我能感觉到她最近很伤心。”

周温宴很是难过，嘴唇抿到发白。

邱念念忽然觉得他好像变得没那么有距离感了。

见他不答，邱念念只撂下一句“你别在这儿站着了，早点儿回去吧”就转身进去了。

中途，邱念念回头看了一眼。见他还站在原地，大雨令他的面目看起来有些模糊，但邱念念还是感受到了他的难过。

后面几天，周温宴还是会来楼下站着。邱念念怀疑他可能有分身，不然为什么每次看向楼下，他都在那儿。

唯一没变的就是程岁宁仍然不愿见他。

她像是在逃避什么，仿佛只要不见那个人，自己强撑着的外壳就固若金汤。

有天晚上，邱念念来医院送刚煮好的黑鱼汤，路过一个安全通道时，听到里面传来隐忍的哭声。

她没作他想，来到病房，发现程岁宁不在。

5 分钟后，程岁宁才出现，邱念念看见她脸上有着明显的泪痕。视线上移，又看见了她微微红肿的眼睛。

邱念念一时又很心疼表姐。

那天晚上，邱念念下楼去找了那个人。

她几乎是有些生气地对周温宴说：“你能不能别再来了！”

邱念念一开始觉得这个男生坚持又深情，可是他日复一日在这儿等着，表姐又不愿见他，那他的坚持、深情，对表姐而言，就都成了困扰。

周温宴抬头看向还亮着灯的病房，说：“我想见她一面。”

邱念念无奈地说：“我姐她不想见你。”

她知道程岁宁不见他就是怕自己心软。

周温宴几乎是哀求地说："求她一下，好不好？"

这个男人把尊严、骄傲都放下了。

邱念念看着他这副样子，心中也不太好受，但她不能动摇："你和我姐有缘无分，她不想见你肯定有她的考量，你在这儿一直等也没用，你走吧。"

邱念念说完就直接进楼了。

第二天她再往楼下看的时候，发现周温宴真的不在了。这时候她又不禁为自己的表姐感到失落。

周温宴真的不来了，就这么走了，程岁宁会更难过的吧？

"你丢得起那个人，我丢不起！"

周瀚钰找人将周温宴带回来后，觉得这个儿子简直是无药可救了。

周温宴低下头，看着那两条信息。

——我们是分手了吗？

——是分手了。

他已经看了很多次了，每次看都觉得心中窒闷至极。

他没有想到，周瀚钰会找公司的技术人员破解了他的手机密码，然后给程岁宁回复了一条分手消息。

也是因为这条消息，程岁宁再也不理自己了。

或许程岁宁已经猜到了这背后的原因，才决定不见自己。可正是因为这样，周温宴心中才更加难受。

周瀚钰见他为一个女孩子如此神伤，简直恨铁不成钢："你真想让程岁宁的日子不好过吗？"

周温宴抬起头来，恨恨地盯着周瀚钰。

"你用不着这样看着我，我们也是为了你好。"

周温宴额角青筋暴起："让我像个傀儡一样受你们控制，让我完全遵照你们的意愿活着就是为我好吗？！"

周瀚钰一贯受不了别人顶撞自己，闻言一巴掌扇了过去：“你放肆！”

周温宴的脸上霎时起了一片红印子。

“你去国外学校的申请已经批下来了，下周你就走。”

周温宴冷声道：“如果我不走呢？”

周瀚钰觉得他实在不自量力：“你现在翅膀还嫩，你要真想护着那个女孩子，等你足够强大了再来和这个家对抗吧。”

开学前的最后一个周末，程岁宁陪邱念念去书店买书。

邱念念黏程岁宁黏了一个暑假，除了陪外婆外，剩下的时间她都缠着程岁宁帮她辅导功课。

高三开学后的模拟考，邱念念的排名比上学期进步了好几十名。

“你后天回北城吗？”邱念念问。

程岁宁“嗯”了一声，拿起一本题册放到邱念念手上。

邱念念说：“那会不会遇到……”

她话还没问完，程岁宁的脸色就变了。虽然变化很细微，但邱念念还是发现了。

书店里的人特别多，结账的队伍很长。邱念念看一时还排不到她们，和程岁宁说：“姐，你等我一下，我想把之前喜欢的一本小说也买了，我去拿一下，很快回来。”

程岁宁点头。

突然身后被人推了一下，手里的书掉了几本。她一愣，下意识地回头看过去，居然是个小男孩儿。那男孩儿的母亲正冲着她歉意地笑，然后弯腰帮她捡书。

程岁宁说了句“没关系”，也蹲下身。在她身后，有个男人也帮忙捡起了一本书，不过那人没把书递给程岁宁，而是给了那位男孩儿的母亲，然后在程岁宁站起来之前，走出了书店。

不远处回来的邱念念正好看到这一幕，她往书店外那个男人离开的方向看了一眼，又看回程岁宁，想说什么，最终什么也没说。

一周后的一个夜晚。

邱念念刷着题，打开了一本题册。写到第七页时，她看见里面夹了一张便利贴，有些意外。

翻过来，便利贴上写了十六个字：按时吃饭，按时睡觉，好好生活，不要生病。

字写得很好看，邱念念第一时间就想到了那天她和程岁宁逛书店时，她无意中见到的那个人，原来那真的是周温宴，不是她看错了。

她想了想，给程岁宁打了个电话，程岁宁应该在忙，没接。后来邱念念才得知，程岁宁开学后就进了一个很有名的教授的实验室里忙项目。

邱念念将这张便利贴寄给了程岁宁。

快递显示已签收那天，她看见程岁宁长草的朋友圈更新了一条动态。

程岁宁：会听话。

等邱念念再一刷新，这条动态又不见了，她点开程岁宁的朋友圈，也没看见。

估计是被她删掉了。

邱念念又忍不住难过起来。烦死了，她为什么总要为别人的爱情难过啊？

番外

我时时爱你

周温宴有一阵挺怪的。

但具体哪里怪，路逸伦又说不上来，因为周温宴这人心思挺难捉摸的，旁人也不太看得透。

那天在篮球场打球，中途周温宴估计觉得没劲儿了，就下了场，在球场边坐着。

路逸伦投完一球，一侧头，就见周温宴还在原地坐着，姿势都没怎么变，表情始终是若有所思的。

路逸伦把球扔给队友，坐去周温宴旁边，撞了一下他的肩，瞎猜道：“追妹子不顺利？”

周温宴语气敷衍：“追谁啊？”

“那你咋看着这么没劲儿？”

周温宴的视线从操场旁的一片树荫下收回，漫不经心地扔下两个字：“思春。”

“啊？真的假的？”

路逸伦一愣，连忙看向他刚刚看着的方向，那里有好几个女生。

路逸伦八卦欲望爆表：“哪个啊？谁啊？”

周温宴已经起身，又回到了球场上。

路逸伦开始瞎琢磨，第一个他就排除了程岁宁，把目标锁定在剩下的几个人之间。

“你还打不打？”场上有人催他。

路逸伦只能把八卦之魂按捺住：“打。”

周温宴的不对劲儿，在寒假放假前几天，还被江叙发现了。

江叙寒假放得早，他闲不住，厚着脸皮来周温宴的公寓住了好几天。

那晚，江叙正窝在他房间里打游戏，忽然在桌子底下发现了一个揉得皱巴巴的纸团。

正好一局游戏结束，江叙鬼使神差地将那个纸团捡了起来，展开一看，上面是一句话。

“不知如何表达，但我时时爱你。”

江叙第一眼以为是哪个女生写给周温宴的，刚要扔回原位发现不对。周温宴在拒绝人这方面绝情得很，什么时候会把这些东西带回家了？他更不可能打开来看。

江叙又看了一眼，不禁瞪大了眼睛，这居然是周温宴的字迹。

就在这时，周温宴从卫生间里洗完澡出来了。他头上盖着浴巾，身上穿着棉质的家居服，看到江叙还在自己房间，嫌弃地问：“你怎么还在？”

江叙懒得计较周温宴嫌弃自己的语气，他举起手里的那张皱巴巴的字条，问：“你写的啊？情书？”

周温宴脸色微变，从他手里将那张字条抽走。

江叙盯着周温宴的表情，语气夸张道：“我这趟来得可太值了，居然能看到周温宴写给妹子的情书。”

周温宴无语道：“我怎么就不能写情书了？”

“能能能！不过你这么写，会不会有点儿太敷衍了？”

周温宴擦头发的动作一顿：“哪儿敷衍了？”

“就一句话太简单了，虽然这话看着还挺有少男心的。”江叙说着，拿出手机找了几个例子给周温宴看，周温宴垂眸看着，还挺认真。

江叙离开后，有一天还专门打了个电话过来问周温宴：“你重写没？送出去没？结果咋样？”

那阵子周家内部矛盾很大，周温宴心情差得要命，江叙虽然问了，但周温宴没搭理他，他也就没追问。

再次想起这件事，已经是多年后，这时候程岁宁和周温宴已经结婚了。

那天是周温宴生日，江叙带着一群朋友不请自来，还带了一堆食物和酒水。

酒过三巡后，江叙喝多了，又谈到了这件事。他本来是想故意闹周温宴的，自从这两人结婚后，把他孤家寡人的气质衬托得更明显了。

程岁宁本来在专心切蛋糕，闻言抬眸看了一眼周温宴，视线正好和他的撞上。他笑了笑，众目睽睽之下，四周都是八卦的目光，但他就只问她："想知道啊？"

程岁宁乖乖地点了点头。

周温宴接过她手里的蛋糕，却不说话了。

一屋子人的胃口都被他吊起来了，怎么能放过他，纷纷出声。

"宴哥，你重写没啊？"

他懒洋洋地"嗯"了一声。

"那到底是写给谁的啊？"

周温宴尝了一口蛋糕便放下了，他在桌下拉住程岁宁的手，有一搭没一搭地捏着她的手指，漫不经心地回他们的话："还能是谁啊！"

现场的都是和他关系很近的朋友，大家都知道他和程岁宁是高中同学。周温宴一说完，所有人的目光一下都聚集到程岁宁身上。

程岁宁和周温宴在一起久了，已经蛮适应这种目光了。但她真不记得这件事了，如果她当时收到周温宴的情书，她哪儿还用得着暗恋。

她刚要摇头，手心就被周温宴重重地捏了一下。

她凑到他耳边，小声问："给我了吗？"

周温宴将她抱到腿上，手搂着她的腰，下巴放在她的颈窝处。

有几个人在那直喊"虐狗"，见周温宴不搭理他们，就自己玩了。

这端，程岁宁又问了一遍："给了吗？"

"给了。"周温宴带着酒气的温热气息打在她的肌肤上。

有点儿痒，但程岁宁现在的心被他磨得更痒。

“什么时候啊？”她问。

“寒假前一天。”

程岁宁一顿：“啊？你放在哪里了？”

周温宴捏住她的下巴：“自己想。”

程岁宁想了好一会儿，就是想不到，她难得这么没耐心：“能先告诉我内容吗？”

他低笑道：“今天谁生日啊，怎么问我讨礼物？”

话虽这么说，他还是贴在她耳边，声音低低地、一字一顿地告诉她：“不管未来如何，我都会时时爱你。”

他说到最后，嘴唇好像碰到了她的脖子，程岁宁整个背都麻了，攥着他的手，还在等他接下来的话。

但他很是恶劣地说：“其他的，自己找。”

某个周末，程岁宁闲来无事，把高中时候的一些杂物翻出来又重新整理了一遍。

在翻到一本语文课本的时候，里面飘出来一张便笺。

她打开一看，看见了那一纸周温宴写给自己的少时情书。